FRANÇOISE BOURDON

Née à Mézières, dans les Ardennes, Françoise Bourdon a enseigné le droit et l'économie pendant dix-sept ans avant de se vouer à sa passion pour l'écriture. Elle a publié de nombreux romans, dont *La Forge au Loup* (2001) – écrit en mémoire de son grand-père, engagé volontaire en 1915 –, *Le Vent de l'aube* (2006), *Les Chemins de garance* (2007), *La Figuière en héritage* (2008), *La Nuit de l'amandier* (2009), *La Combe aux Oliviers* (2010), *Les Bateliers du Rhône* (2012) et *À travers la nuit et le vent* (2018), tous édités par les Presses de la Cité. Plus récemment a paru *La Fontaine aux violettes* (2019), chez le même éditeur.

LE MAÎTRE ARDOISIER

FRANÇOISE BOURDON

LE MAÎTRE ARDOISIER

PRESSES DE LA CITÉ

© Presses de la Cité, 2004

ISBN : 978-2-266-15036-1

À ma fille, Caroline.

Qu'il me soit permis de citer en exergue ces quelques lignes de Jean Rogissart :

« Vous me recouvrirez, comme un bon Ardennais,
D'une ardoise d'Ardenne.
Puisqu'on revêt ainsi les maisons de chez nous,
Quelle pierre peut mieux convenir à la mienne ? »

1

1863

Le soleil pâle de novembre ne parvenait pas à percer la brume vaporeuse qui enveloppait le vallon. Bien abritées derrière un bosquet de hêtres, les Ecaillères, la maison forte des Warlet, paraissaient enracinées dans la terre. Chapeautée de ces ardoises d'un délicat bleu-violet qui avaient fait la renommée de la famille, la bâtisse était ornée de deux tourelles adoucissant ses lignes robustes.

Chaque fois qu'il la contemplait, Eugène Warlet se sentait à la fois fier et inquiet. Certes, il avait sauve-gardé et même développé les ardoisières, mais il se demandait ce qu'il adviendrait du patrimoine familial après sa mort. Louis, son fils unique, n'était jamais des-cendu au fond de la fosse.

« Le fils Warlet a peur de se salir ! » ricanaient les « écaillons », des hommes rudes à la tâche. Eugène les connaissait tous par leur prénom ou leur surnom et n'hésitait pas à aller donner un coup de main lorsque le besoin s'en faisait sentir. C'était un homme du fond, lui aussi. Il avait appris son métier sur le tas, sous la férule de son père, le vieil Emile, qui n'était pas un tendre.

11

Lucienne avait beau prétendre que les temps avaient changé, ils n'en seraient pas là si elle l'avait laissé élever Louis à sa façon ! Sa femme avait toujours outrageusement gâté leur fils, sous prétexte qu'il était de santé fragile. Eugène pensait plutôt – et il n'était pas le seul – que Louis était un beau feignant ! Sous prétexte qu'il toussait fréquemment l'hiver, sa mère avait décrété que la fosse n'était pas un endroit pour lui, et elle avait réussi à embobiner le docteur Savary. Encore un délicat, celui-ci, prétendant que la poussière empoisonnait les poumons des ouvriers.

Tout le monde savait, en Ardenne, que le métier d'ardoisier comportait des risques. Mais on l'acceptait : le père et le grand-père avaient eux aussi été écaillons, et puis on n'avait pas le choix. Un métier rude sur une terre âpre.

Eugène prit une longue inspiration avant de franchir le seuil de sa maison. Chaque matin, quel que soit le temps, il allait marcher une bonne demi-heure, puis rejoignait sa femme pour déjeuner en sa compagnie. Lucienne se contentait de tartines de confiture. Eugène, lui, avait besoin d'une nourriture plus roborative. Une miche de pain, du beurre de la ferme, du saucisson et du pâté de sanglier. Le tout arrosé d'une chopine de vin blanc, ce qui faisait froncer les sourcils de son épouse.

Il poussa la porte d'entrée, ôta son paletot qu'il accrocha à une patère. Malgré les efforts de Lucienne, les Ecaillères étaient restées une demeure rustique, dépourvue du luxe ostentatoire qu'on pouvait trouver dans certains « châteaux » édifiés le long de la vallée de la Meuse par les maîtres de forge et les patrons des boulonneries. Eugène avait refusé tout tapis sur le carrelage à damier noir et blanc du hall. Seule concession faite à la maîtresse des lieux, un petit salon situé sur l'arrière de la maison qu'elle avait aménagé à son goût. Elle y recevait ses amies chaque vendredi. Ces dames s'occupaient de leurs bonnes œuvres tout en commentant d'une langue souvent perfide les derniers potins glanés en ville. Si cela pouvait les amuser, pour sa part Eugène n'y voyait pas d'inconvénient.

Honorine, la jeune cuisinière, servit Eugène dès qu'il se fut assis.

— Fait guère chaud ce matin, commenta-t-elle tout en s'affairant autour de la table rectangulaire fabriquée par un maître ébéniste de Rimogne.

Eugène lui sourit. Elle avait une figure avenante, contrastant agréablement avec la mine revêche d'Alice, qui s'était retirée chez sa fille à soixante-quinze ans bien sonnés.

« C'est facile de sourire quand on est jeune ! », prétendait Lucienne.

Elle n'avait pas besoin d'en dire plus. Il existait une sourde animosité entre les deux époux, attisée par des mots aigres-doux, de vieilles rancunes… Lucienne Warlet n'avait pas réussi à s'habituer à la vie rurale et s'en plaignait souvent.

Honorine avait des cheveux clairs, tirés en chignon, des yeux bleus, un nez retroussé, une silhouette généreuse. « Un beau brin de fille ! », commentait Gustave, le portier des ardoisières, quand il la voyait passer. Eugène partageait cette opinion.

— Benjamine n'est toujours pas levée ? s'enquit-il après avoir fait honneur au pain encore tiède, craquant sous la dent, et au pâté de sanglier.

Lucienne eut un haussement d'épaules. Sa silhouette mince, vêtue de gris tourterelle, trop élégante, paraissait déplacée dans la salle à manger aux murs lambrissés de chêne.

— C'est votre fille, mon cher, vous le répétez assez souvent ! J'ai renoncé depuis longtemps à suivre ses foucades.

13

Eugène ne releva pas la pique. Il savait que Lucienne ne pardonnait pas à leur fille son intérêt pour la fosse.

Il s'essuya les lèvres, repoussa sa chaise.

— Bonne journée, déclara-t-il distraitement à son épouse, sans même la regarder.

Il croyait deviner où se trouvait Benjamine.

« Si j'étais un garçon... », pensa l'adolescente avec force.

Fille de l'ardoise, elle se passionnait depuis toujours pour l'entreprise familiale. Au point d'affirmer en riant qu'elle avait dû naître sur un « verdou », dans l'une des cabanes de fendeurs qui marquaient le paysage ardoisier.

Ces entassements de schistes, verdâtres et violacés, faisaient partie de Benjamine. Elle les avait escaladés enfant avant de s'intéresser aux fosses et à l'histoire des ardoisières Warlet. Elle était âgée d'à peine huit ans lorsqu'elle avait accompagné pour la première fois son père au fond de la fosse des Prémontrés. Elle n'oublierait jamais l'odeur de poussière et de suif, l'obscurité, l'impression de descendre dans les entrailles de la terre... Elle n'avait pas eu peur. Elle observait tout avec une grande attention, écoutant les explications de son père et d'André Lefort, qu'il lui avait présenté comme l'un de ses meilleurs ouvriers du fond.

« Ne te fie pas à sa taille courbée, avait dit Eugène à sa fille. Les gars comme Lefort sont les seigneurs de l'ardoise. »

Il existait une complicité bien réelle entre le patron et l'ouvrier. Benjamine l'avait perçue malgré son jeune âge. Par la suite, elle était souvent retournée sur les lieux d'extraction. Elle s'était familiarisée avec le processus du « crabotage » consistant à dégager, à l'aide du pic, une excavation d'environ quatre-vingts centimètres de haut sur toute la longueur de l'ouvrage.

Son père lui avait expliqué que les moines, cisterciens et prémontrés, avaient été les premiers à exploiter le schiste ardoisier afin de remplacer les vieilles tuiles en bois couvrant leurs abbayes. C'était en leur honneur qu'Alexandre, le grand-père de son propre père, avait baptisé la fosse d'origine les Prémontrés. Benjamine aimait bien cette idée de continuité. Elle appartenait à une lignée d'ardoisiers et en était particulièrement fière.

— Eh bien, ma fille ! Je t'y prends !

Elle sursauta en entendant la voix de son père dans son dos. Elle se retourna, lui décocha un sourire confus.

— Je ne peux pas m'en empêcher, père. L'ardoise… fait partie de moi.

Elle exprimait si bien ce qu'il ressentait lui-même qu'il ne trouva pas les mots pour la sermonner. Lucienne allait encore gémir, se répandre en récriminations. A l'entendre, le département tout entier était scandalisé par le comportement de Benjamine ! Comme si le fait de se passionner pour l'ardoise avait quelque chose de répréhensible… Oui, bien sûr, Benjamine était une fille, et les filles n'étaient pas censées s'intéresser à l'industrie.

— Quelle ineptie ! bougonna Eugène entre ses dents.

Fille ou garçon, seule la passion comptait. Il lui offrit son bras.

— Accompagne-moi au bureau, puisque tu es là. Tu me donneras ton avis au sujet de cette nouvelle machine…

Une forte complicité liait le père et la fille. Devant le désintérêt manifeste de Louis, Eugène Warlet avait pris le pli de répondre à toutes les questions que Benjamine lui posait. Il se disait qu'ainsi l'entreprise avait une chance de ne pas mourir. A moins que Louis ne se ressaisisse ? Il en doutait fort et, à force d'accumuler les déceptions, n'avait plus que mépris pour son fils.

André Lefort suivit d'un regard attentif le père et la fille qui marchaient au même pas.

— Cette petite, c'est notre espoir de relève, confia-t-il à son aîné, Félicien, homme du fond comme lui.

Tous deux n'avaient pas dix ans lorsqu'ils avaient commencé à travailler. On n'avait pas le choix, alors, et on ne l'avait toujours pas. Les gamins savaient que le seul moyen de gagner leur vie était de manier le pic et les coins de fer.

Félicien, lui, avait craboté dans une fosse grisouteuse, et échappé de peu à la mort suite à l'explosion d'une poche de méthane. Brûlé au visage et aux mains, il avait été sauvé de justesse grâce à l'intervention d'Eugène Warlet, qui était descendu en compagnie de quelques solides gaillards porter secours à ses hommes. Les deux familles s'estimaient, sans se fréquenter pour autant. C'eût été inconvenant.

Félicien aurait pu refuser de retourner au fond. Au contraire, dans son esprit, il avait une revanche à prendre. L'ardoise lui devait son visage marqué par les brûlures. Lorsque la rage le prenait, il était le dernier à remonter, au grand dam de ses compagnons. Il avait une réputation de risque-tout qui séduisait Eugène.

— Ce garçon-là a des tripes, confia-t-il le soir venu à sa famille rassemblée à table pour le souper.

Lucienne fronça les sourcils. Ce langage, vraiment ! On se serait cru au milieu des fendeurs. Or, Lucienne détestait l'ardoise.

— Vous en vivez, pourtant, répliqua le maître ardoisier d'un ton glacial.

Bec cloué, Lucienne se réfugia dans un silence boudeur. L'atmosphère se fit pesante autour de la table. Louis, mal à l'aise, comme toujours lorsque la conversation roulait sur les ardoisières, évoqua alors tel paysage, en bord de Meuse, qu'il projetait d'aller peindre « sur le motif », et Benjamine demanda à son père pour quelle obscure raison l'ardoise ardennaise était moins réputée que l'angevine. Les rôles étaient bien distribués dans la famille Warlet. Le père et la fille partageaient la même passion. Lucienne et Louis étaient les branches rapportées, des gens de la ville, qui ne comprenaient rien aux « scailles ».

Eugène s'essuya les lèvres, replia sa serviette.

— Tu m'accompagneras en Belgique demain, proposa-t-il à son fils. Je dois voir un client important. Il est bon que tu le connaisses.

Louis fit la moue. Il détestait les discussions d'argent, interminables et stériles. De toute manière, son père se débrouillerait pour garder le marché. Il pensait lui apprendre le métier… comme s'il espérait encore convaincre Louis de prendre sa suite ! N'avait-il donc pas compris que ce dernier ne travaillerait jamais l'ardoise ?

2

1863

Pauline aimait par-dessus tout les dimanches. Ce jour-là, elle se réveillait à la même heure que d'ordinaire pour le plaisir de se rendormir en savourant son bien-être. Il faisait bon dans le lit, encore plus lorsque le givre formait sur le carreau d'étranges dessins.

— Mmh… soupirait d'aise la jeune fille en rabattant l'édredon de plumes sur sa tête.

Coralie était déjà levée. Sa sœur ne savait pas profiter des petits bonheurs de la vie. C'était une femme de devoir, comme leur mère, toujours à trimer avec le sourire aux lèvres. Quand elle pensait à la vie qui l'attendait, Pauline avait envie de hurler.

Dieu merci, il y avait Matthieu. Matthieu, son « presque promis », qui courbait sa haute taille pour l'enlacer, le soir du 14 Juillet, et la faisait tourner, tourner, jusqu'à ce qu'elle crie grâce.

Les familles Lefort et Servant occupaient des maisons voisines, à la cité des ardoisières. Matthieu pressait Pauline de l'épouser. Elle se faisait prier, affirmant qu'elle avait tout son temps. Elle aimait être courtisée, la situation ne manquait pas de piquant – d'autant qu'à vingt ans sa sœur aînée, Coralie, était toujours fille.

— Vas-tu te lever ? Nous serons en retard pour la messe.

— Et après ?

Pauline s'étira, rejetant en arrière la masse de ses cheveux sombres.

« Dieu, qu'elle est belle ! », songea Coralie, en ressentant une pointe au cœur. Elle détestait l'idée même de la jalousie, et pourtant ne pouvait se défendre d'en éprouver un soupçon. Pauline avait toujours attiré les regards, les attentions, les sourires. Par contraste, Coralie s'était faite de plus en plus rigide, comme pour bien marquer sa différence avec sa sœur. Cela faisait rire leur père, qui avait surnommé l'une la « papesse » et l'autre la « luronne ».

— Dépêche-toi, répéta Coralie.

Elle ouvrit toute grande la fenêtre, ce qui fit se recroqueviller sa sœur sous l'édredon. Au-dehors, les garçons se bombardaient de boules de neige.

— L'étang est gelé, annoncèrent-ils gaiement.

— Encore en retard, commenta Emma Lefort en voyant surgir sa fille cadette sur le seuil de la cuisine.

Elle se demandait souvent de qui Pauline tenait cette peau laiteuse, cette beauté radieuse. La jeune fille faisait sensation dans le village et il se trouvait plus d'un gars pour lui faire un brin de cour, bien qu'on la sût engagée à Matthieu Servant.

Chaque matin, Pauline allait de maison en maison livrer le lait de la ferme. Vagabond, son grand chien noir, qui tirait la charrette, connaissait bien le parcours. Cette occupation convenait à la jeune fille car elle lui permettait de voir du monde. Elle n'aurait voulu à aucun prix être embauchée aux ardoisières. Se retrouver au fond d'une fosse obscure comme son père et ses deux frères, non merci ! Matthieu, lui, était fendeur. Il travaillait en surface, dans une baraque.

Emma Lefort avait préparé le café traditionnel du déjeuner. Elle le confectionnait à la turque, dans une grande gamelle en terre. Pauline se rappelait que sa mère, pour clarifier le jus, avait longtemps ajouté au liquide chaud deux ou trois cuillerées d'eau froide. Par la suite, suivant l'exemple d'autres ménagères, elle avait pris le pli d'utiliser le « ramponneau », ou pied de chaussette, en guise de filtre.

Le dimanche, la mère servait avec le café des tranches de pain grillées devant l'âtre. C'était le régal de Pauline, qui les accompagnait de confiture de mûres. Ses frères, eux, mangeaient des « quertons » de lard avec leur pain émietté dans le bol de café. Il leur arrivait même de terminer les restes de la veille – quand il y en avait ! – et avaler une salade au lard à cinq heures du matin ne les effrayait pas.

Emma s'approcha du carreau, soupira.

— Mes drôles vont encore manquer la messe. Avec un père mécréant, quel exemple !

Pauline esquissa un sourire. Dans la plupart des familles, seules les femmes se rendaient à l'église. Les hommes trouvaient toujours une bonne excuse – le jardin à cultiver, leur tabac à fumer, un rendez-vous au cabaret de la mère Bonfils.

« Ma femme prie pour moi ! », disaient-ils en riant.

Emma vérifia d'un œil critique la tenue de ses filles. Pauline avait procédé à une toilette de chat dans l'arrière-cuisine pendant que Coralie débarrassait la table. Les deux sœurs portaient un bonnet blanc, un caraco à manches sous leur robe de laine grise, protégée par un « sortir », le tablier des dimanches. Elles avaient enfilé des bas noirs en laine et muni leurs socques à brides de cuir de patins afin de ne pas déraper sur le chemin enneigé.

— Mettez votre cape, recommanda la mère en couvrant ses cheveux gris d'une *bachlique*, plus chaude que le simple bonnet.

A la différence de ses filles, qui portaient des gants en laine tricotés par leurs soins, Emma avait sorti de l'armoire son manchon « Gérard ». C'était un petit sac en toile grise, doublé de coton duveteux, qui lui serait bien utile pour protéger ses mains durant l'office.

Les cloches sonnaient déjà, rappelant à l'ordre les retardataires.

La mère jeta un dernier coup d'œil à la salle avant de tirer la porte. Leur maison, si elle était modeste, était d'une propreté rigoureuse. Emma astiquait elle-même le meuble dont elle était le plus fière, le ménager, un buffet-vaisselier en cerisier qui lui venait de sa grand-mère. La table rectangulaire était plus rustique mais ils s'y tenaient sans problème. André, qui travaillait le bois à ses heures perdues, avait fabriqué un petit meuble de rangement pour les couverts ainsi qu'un cadre en bois portant les « papinettes », les cuillères en bois, le louche, la casse, une petite casserole en cuivre utilisée pour puiser l'eau… Un jambon, protégé par un torchon, séchait au plafond.

Elle avait dressé la table, éteint le feu dans la cheminée. Depuis qu'un incendie avait ravagé une partie du village, une vingtaine d'années auparavant, les consignes de sécurité étaient particulièrement strictes et certaines voisines jetaient régulièrement des poignées de gros sel dans la cheminée afin de se prémunir contre un feu trop ardent.

— Viens-tu, maman ? s'impatientait Pauline.

Emma referma la porte. Monsieur le curé allait encore froncer les sourcils. Elle détestait cette idée.

André Lefort laissa peser son regard sur la tablée et sourit à sa femme. Même s'il travaillait dur, il s'estimait satisfait de son sort : il parvenait à faire vivre sa famille. Maître Warlet était un patron exigeant mais il savait reconnaître le travail de ses meilleurs ouvriers.

André s'entendait bien avec lui. Il savait qu'Eugène Warlet connaissait l'ardoise aussi bien que lui et était descendu lui aussi très jeune au fond de la fosse.

Il coupa le pain, lentement, avec des gestes empreints de respect. Pauline, sa « luronne », trépignait intérieurement. Seuls ses yeux trahissaient sa faim. Il avait une secrète préférence pour la petite dernière, tout en se disant qu'il se montrait injuste vis-à-vis de ses autres enfants. Injuste ? Non, pas vraiment. Il les aimait tous, ses garçons, grands, bruns, silencieux de nature, Coralie, sa « papesse », raisonnable, parfaite maîtresse de maison, et Pauline, un vrai vif-argent. Emma et lui avaient une belle famille et, même s'il avait toujours un pincement au cœur lorsqu'il songeait aux trois petits qu'ils avaient perdus en bas âge, André se disait qu'ils avaient eu de la chance.

Sa femme était le pilier de la maison. Toujours sur la brèche, ayant un mot gentil pour chacun, Emma était à la fois maîtresse-femme et femme de cœur. C'était en grande partie grâce à elle que l'harmonie régnait dans leur famille. Elle n'aurait pas toléré que ses fils ou son mari rentrent saouls le soir de la paie ou que ses filles ne se « tiennent » pas.

Tout le monde fit honneur à la soupe, réconfortante par ce froid humide. En maîtresse de maison économe, Emma l'avait préparée avec un mélange haché menu de bettes, d'« arroche », de poireaux et de cerfeuil conservés depuis l'été dans des pots de grès.

— On va bientôt attaquer la fosse Vulcain, fit remarquer le père après qu'Emma eut débarrassé la soupière.

André Lefort servit à ses fils la « petite bière » fabriquée à la maison par sa femme. Pour ce faire, elle mélangeait deux kilos d'orge germée aplatie, deux kilos de sucre, deux cents grammes de fleurs de houblon, un paquet de chicorée et cinquante grammes de levure après avoir brassé le tout.

Pauline fronça les sourcils.

— Je déteste les fosses et l'ardoise, laissa-t-elle tomber.

Son père tressaillit violemment.

— C'est notre gagne-pain, ma fille. On ne fait pas la fine bouche, à moins d'être un ingrat. Sans l'ardoise, ta mère ne pourrait pas nous faire à manger.

— Bah ! Il y a toujours d'autres métiers moins pénibles ! répliqua la jeune fille.

Elle rêvait de la ville, d'une vie moins grise, moins laborieuse. Elle avait essayé de le faire comprendre à Matthieu. Il avait soupiré avec lassitude : « Nous sommes des écaillons, Pauline. Comme nos pères et les pères de nos pères l'ont été avant nous. Je ne sais rien faire d'autre. »

A dix ans, Matthieu avait quitté l'école pour entrer en apprentissage. Content ou pas, c'était la règle. Il supportait mal l'enfermement au fond de la fosse. Il avait donc préféré travailler à la surface, dans une cabane de fendeur.

Certains soirs, il avait l'impression d'être imprégné de poussière de schiste. Il en avait partout, dans les cheveux, dans la gorge, sous ses ongles pourtant coupés très court… Il comprenait le dégoût de Pauline pour l'avoir lui-même éprouvé. Tout en sachant qu'il n'avait pas d'autre métier à exercer.

André Lefort se roula une cigarette avec des gestes précis. Félicien se racla la gorge.

— Père…

— Oui, les gars, vous pouvez sortir.

Le père de famille repoussa légèrement sa chaise avant de préciser à ses fils que Coralie et Pauline les rejoindraient après la vaisselle. Il n'avait pas besoin de leur demander où ils avaient l'intention de se rendre. De son temps, déjà, l'étang gelé constituait un lieu de rendez-vous, les dimanches d'hiver.

— Ne rentrez pas trop tard, ne put s'empêcher de recommander Emma.

André l'attira contre lui d'un geste familier qui révélait une grande tendresse.

— Laisse donc, ma femme, ils peuvent bien s'amuser une fois dans la semaine. La vie est dure…

Il n'en dirait pas plus, par pudeur, mais Emma devinait ce qu'il pensait. Les accidents étaient fréquents au fond de la fosse. Les chutes de blocs, survenant sans signes d'alerte, provoquaient de nombreuses morts par écrasement ou par fracture du crâne. Chaque fois qu'elle entendait la sirène signalant un accident, Emma se signait et courait jusqu'au chevalement qui étirait sa silhouette sombre au-dessus du site.

Là, en compagnie des autres femmes, elle attendait. C'était un supplice dont les hommes n'avaient pas idée. Eux se trouvaient au cœur de l'ouvrage. Les femmes, de leur côté, se sentaient inutiles. Passives.

Emma soupira, se pencha au-dessus de l'âtre pour vérifier si sa pâte à gaufres avait bien « monté ». Les enfants auraient faim, à leur retour.

3

1863

Le ciel, bas et clair, annonçait la poursuite du gel. Le soleil hivernal jouait avec les branches des hêtres, striant d'ombre l'épaisse couche de neige. Les oiseaux avaient disparu, le parc restait étrangement silencieux. Lucienne Warlet se détourna de la fenêtre avec un petit soupir.

— Est-ce bien raisonnable de sortir par ce temps froid, Louis ? répéta-t-elle. Tu as encore toussé la nuit dernière.

L'aîné haussa légèrement les épaules. Sa toux était devenue chronique, il avait bien fini par s'y habituer. Il ne supportait pas la poussière, l'odeur de l'ardoise, comme disait Honorine, qui s'infiltrait partout. Son père refusait de l'admettre, tout comme il ne comprenait pas que Louis rêve d'autres horizons, d'une autre vie.

Dès qu'il avait franchi les grilles des Ecaillères, il se trouvait confronté à un paysage uniformément gris et triste qui lui donnait la nausée. Il n'était pas fait pour le monde de l'ardoise. Il lui fallait de la couleur, du soleil, une existence différente…

— J'ai promis à Benjamine de l'emmener à l'étang, répondit-il.

Malgré leurs dix années d'écart, le frère et la sœur s'entendaient plutôt bien. Louis avait un caractère agréable, du moment qu'on ne cherchait pas à l'intéresser aux ardoisières, et Benjamine aimait à discuter d'art avec son frère. Il rassura Lucienne qui s'inquiétait déjà. Ne risquait-il pas de prendre froid ? de se casser un membre ? La sollicitude dont sa mère l'entourait lui pesait de plus en plus sans qu'il parvienne à le lui dire.

— Laissez-le donc ! intervint Eugène, exaspéré. Il n'est pas en sucre, tout de même !

Lucienne pinça les lèvres. Elle était devenue grise, elle aussi, à force de vivre auprès des ardoisières.

Le frère et la sœur s'éloignèrent bras dessus, bras dessous. Ils étaient beaux, devisaient en souriant, comme si le monde leur appartenait.

— Si nous habitions en ville... murmura Lucienne, le nez contre le carreau gelé.

A Charleville, elle pourrait aller au théâtre, recevoir plus souvent ses amies, fréquenter les salons de la préfecture, se rendre au concert... Toutes occupations qui leur étaient interdites dans ce maudit village ayant pour seule religion l'ardoise !

Eugène se tourna brusquement vers sa femme.

— Hé ! Que croyez-vous donc ? lui lança-t-il, presque brutalement. Nous sommes des ouvriers qui ont réussi, rien de plus. C'est bien pour cette raison que je ne quitterai jamais les Ecaillères.

Elle ne répondit rien. Il avait l'argent, et le pouvoir. Cette certitude lui échauffait la bile.

Toute la jeunesse de La Roche-Laval s'était retrouvée au bord de l'étang du Sart. Personne, bien entendu, n'était équipé de patins à glace, mais l'ingéniosité remédiait au manque de moyens. Les jeunes gens, Félicien en tête, avaient confectionné à la hâte des luges de fortune et poussaient les enfants et les filles sur la surface gelée. Tout autour de l'étang, des rangs de peupliers, dessinés d'un trait d'encre de Chine, offraient un abri contre le vent soufflant du nord. Au-delà, le regard allait buter contre la Meuse, qui commençait à être prise, elle aussi, par les glaces.

— Encore ! s'écria une voix juvénile.

Pauline, les joues rosies par le froid, les yeux brillants, venait de faire le tour de l'étang, entraînée par ses deux frères. Matthieu, qui n'avait pas eu envie de se joindre à eux, fumait sur la berge. Son regard était mélancolique.

Louis tourna la tête vers la cadette des Lefort, qu'il connaissait de vue. Il savait qu'elle livrait le lait chaque jour aux Ecaillères, mais n'était pas assez matinal pour croiser son chemin. Tout à coup, elle lui paraissait différente, avec cette fièvre qui l'animait, cette vitalité qui émanait d'elle. Elle riait, irradiant la joie de vivre. Comparées à elle, les autres jeunes filles faisaient pâle figure. Il ne les voyait même pas.

Louis s'approcha de Félicien et de Léon, qu'il salua.

— Mademoiselle Lefort, ajouta-t-il, son chapeau à la main.

Il reçut le rire de Pauline comme une promesse. Un seul instant lui avait suffi pour percevoir que, tout comme lui, elle aspirait à une autre vie, un autre cadre. Elle et lui étaient de la même race, incapables de se satisfaire de l'ardoise.

Il lui proposa de venir faire quelques pas le long de la berge. Elle accepta avec un sourire d'enfant émerveillée. De l'autre côté de l'étang, Coralie rejoignit Matthieu. Tous deux suivirent du regard le couple que formaient l'héritier des ardoisières et la fille de l'écaillon.

— Pauline n'a peur de rien, commenta Coralie d'un ton neutre.

Matthieu garda le silence. Avec sa haute taille un peu voûtée et son visage déjà marqué, il paraissait plus âgé que ses vingt-quatre ans. Volontiers taciturne et solitaire, il fréquentait peu le cabaret, préférant économiser une bonne partie de sa paie.

Le rire de Pauline leur parvint. Matthieu tressaillit. Coralie, qui l'observait avec attention, vit sa main se crisper sur le tuyau de sa pipe. Sur l'étang, les frères Lefort poussaient Benjamine Warlet qui avait remplacé Pauline sur la luge.

— Cela ne te tente pas ? s'enquit Matthieu, en se retournant vers Coralie.

La jeune fille secoua la tête. Elle avait de grands yeux noisette, ombrés de longs cils, un visage aux traits fins, une bouche sensible. Il l'aurait trouvée belle, pensa Matthieu, presque étonné, si Pauline n'avait pas existé. En présence de sa sœur, Coralie perdait tout attrait.

— Je ne suis pas très crâne sur la glace, avoua-t-elle en souriant. Pauline est beaucoup plus douée que moi.

Elle avait surtout un fameux toupet, se surprit à penser Matthieu. Il n'était pas près de lui pardonner sa défection. Bon sang ! Quel besoin avait-elle de s'afficher ainsi avec le fils Warlet ? Cherchait-elle par hasard à le rendre jaloux ?

Il le lui dit tout net une heure plus tard, alors que Louis et Benjamine venaient de repartir en direction des Ecaillères. Pauline le prit de haut.

— Nous ne sommes pas fiancés ! répliqua-t-elle avec une belle insolence. De plus, je n'ai rien fait de mal.

Elle le défiait, le sourire aux lèvres. Il l'entraîna sous les peupliers, l'embrassa, avec une fièvre avide. Il avait envie de lui faire mal pour se venger de son abandon. Il savait bien, cependant, qu'il en était incapable. Il aimait Pauline depuis l'enfance, il lui semblait qu'il l'avait toujours aimée.

— Nous n'avons pas besoin de fiançailles, répondit-il lentement, accentuant sa pression sur la taille fine de la jeune fille. Tu m'appartiens.

Pauline se rejeta vivement en arrière. Ce ton suffisant, cette main possessive... ce n'était pas Matthieu !

— Je n'appartiens à personne ! lança-t-elle, souveraine.

Tournant les talons, elle le planta là pour courir rejoindre les siens. Le soleil avait disparu d'un coup. Les jeunes gens désertaient lentement l'étang, comme à regret.

— On rentre à la maison ? proposa Pauline, désinvolte, à ses frères.

Coralie fut la seule à se retourner en direction de Matthieu. Il n'avait pas bougé. Planté au bord de l'eau gelée, il demeurait figé dans une immobilité inquiétante. Coralie lui adressa un signe de la main auquel il ne répondit pas. Déroutée, elle pensa qu'il ne l'avait même pas vue.

Honorine, après avoir préparé un roux, ajouta de la marinade sur les morceaux de sanglier. Vin rouge, oignons, baies de genièvre, bouquet garni... elle était attentive à n'oublier aucun ingrédient. Elle aimait à cuisiner, et elle appréciait de pouvoir utiliser une large gamme de produits. Chaque jeudi, lorsqu'elle faisait le marché, place Ducale, à Charleville, en compagnie de Madame, Honorine pensait qu'elle aurait pu nourrir la mère et les petits pendant au moins deux semaines avec ce qu'on achetait pour trois jours. On ne gaspillait pas, pourtant, mais le maître tenait à entretenir la réputation d'hospitalité des Ecaillères. Comme dans la plupart des familles bourgeoises, la chère était abondante chez les Warlet.

Elle referma le cahier de recettes qu'Alice lui avait confié. Elle cuisinait à l'instinct, suivant des règles qui lui avaient été transmises par sa mère. Il fallait que ses ingrédients mijotent longtemps, jusqu'à embaumer toute la maison. Elle avait la chance de pouvoir choisir les meilleurs morceaux. C'était un plaisir de préparer du sanglier en utilisant un vin de garde pour sa marinade et non une horrible piquette.

Le maître appréciait la bonne cuisine d'autrefois, avec un faible pour la tripaille, qu'il allait chercher lui-même à Haybes et même à Rethel, où l'on fabriquait de délicieux boudins blancs.

Sa femme, d'estomac fragile, préférait des mets plus délicats. Les domestiques n'aimaient guère Lucienne Warlet. Ils la trouvaient « poseuse », « faiseuse d'histoires ». Une dame de la ville, qui ne savait pas ce que voulait dire le mot « travail »… Heureusement, Benjamine ne ressemblait pas à sa mère ! Elle n'hésitait pas à partager le casse-croûte du père, sur le coup de neuf heures, et boudait les « goûters dînatoires » du vendredi. « Goûter dînatoire »… La première fois qu'elle avait entendu cette expression, Honorine avait bien failli éclater de rire au nez de Lucienne Warlet ! Heureusement qu'Alice l'avait chapitrée : « Ces dames sont tellement serrées dans leur corset qu'elles mangent moins qu'un oisillon ! Il suffit de soigner la présentation, et Madame est contente. »

Contente… Honorine pinça les lèvres. Lucienne exprimait rarement sa satisfaction. Sa langue était plus prompte à critiquer qu'à féliciter.

« C'est bien une patronne, commentait Alice avec un brin de cynisme. Tout sourire par-devant pour les gens de la haute, tout fiel à l'intérieur. Et pingre, avec ça ! »

Honorine aimait bien travailler pour les Warlet, pourtant. Elle considérait un peu les Ecaillères comme sa deuxième maison. Chez elle, à Hargnies, on s'entassait à sept dans une misérable cahute au sol de terre battue. L'hiver, il y gelait. Le père était mort depuis longtemps. Une mauvaise toux, contractée au fond de la fosse. Les médecins d'alors disaient que les hommes n'étaient pas assez solides, que les ardoisières n'étaient pas en cause. Leur discours n'avait guère changé, bien qu'à quarante ans, la plupart des écaillons soient déjà des hommes usés.

« Nous, les ouvriers, on nous considère comme des bêtes de somme », affirmait son père, un pli d'amertume au coin de la bouche.

Honorine rêvait d'un monde transformé, tout en sachant que c'était illusoire.

Parfois, en servant à table, elle glanait des bribes de conversation. Maître Warlet aimait « ses gars », comme il les appelait, même s'il ne pouvait pas vraiment se rendre compte de leurs conditions d'existence. Sa femme ne se posait pas la question. Pour elle, les écaillons n'existaient pas. C'était plus simple. De cette manière, elle n'avait pas à se soucier de leur sort.

Presque malgré elle, Honorine tendit l'oreille en entendant claquer la porte d'entrée. Dès le retour du maître, la demeure paraissait plus vivante.

Elle souleva le couvercle de sa marmite en fonte, touilla son ragoût de sanglier.

Eugène Warlet passa la tête dans l'encadrement de la porte de la cuisine.

— Ça sent drôlement bon par ici ! s'écria-t-il en se frottant les mains.

31

Ils échangèrent un regard incertain. Honorine se pencha sur sa marmite pour se donner une contenance. Eugène se détourna avec un soupir. Il se demandait quelle serait la réaction de Lucienne s'il osait lui avouer qu'il aurait préféré manger dans la cuisine plutôt que dans la grande salle.

4

1864

Félicien Lefort repoussa en arrière sa casquette et approcha la masse de la « longuesse », la division de l'ardoise dégagée par le crabotage, sur laquelle il était agenouillé. La chandelle, faite de suif enrobant une mèche de chanvre à combustion assez lente, éclairait chichement le fond. Comme beaucoup d'ardoisiers, l'aîné des Lefort avait adopté le « jacques ». Il fixait une chandelle supplémentaire à sa casquette en la plantant sur une pointe qui traversait une planchette glissée dans la visière et une boîte de sardines vide bien utile pour recevoir le suif fondu.

Il sifflota entre ses dents.

— Viens voir ! cria-t-il à son frère. De la belle veine rouge.

Comme tous les écaillons, Félicien et Léon savaient que les ardoises rouges se vendaient beaucoup plus cher que les violettes ou les bleues. Or la spécificité du bassin ardennais faisait que les nuances des veinules d'une couche pouvaient se modifier sans transition. On avait ainsi différentes veines de schiste rouge, puis violet, gris, et enfin noir bleuté.

— Tu as toujours eu le nez pour dégoter les bons endroits, commenta Léon, admiratif.

Lui se savait bon ouvrier, tâcheron. Son frère avait la passion de la scaille. Chaque parcelle arrachée à la veine représentait pour lui un défi, et une victoire. C'était un maître en matière de crabotage.

Cette technique consistait à aménager la cavité initiale et à pratiquer l'extraction en descendant.

Le régisseur, Bernier, avait donné son accord. Dix hommes se placèrent à genoux sur l'arête supérieure. Ils avaient leur pic, leurs coins et leur masse. Bernier avait tracé la ligne de partage. Chacun y fit un trou de la pointe du pic afin de planter un coin.

Toutes les masses se levèrent alors pour retomber sur la ligne des coins. Ce fut un bruit assourdissant, évoquant des coups de canon et se répercutant dans la fosse. Félicien poussa un « Han ! » exprimant à la fois son effort et son désir de gagner.

Cette exploitation en damier se pratiquait depuis plusieurs siècles. Comme son père, Félicien estimait qu'il devait exister un moyen moins dangereux. Bernier, cependant, ne voulait pas en entendre parler.

« Tu veux peut-être te faire passer pour un ingénieur des mines ? », avait-il lancé un jour à l'adresse d'André Lefort.

Le mépris dont faisait preuve le régisseur était parfois difficile à supporter. Surtout lorsqu'on savait qu'il levait volontiers le coude et était adepte du « café infernal », ce breuvage terrible confectionné en remplaçant l'eau par de l'alcool. « Un mauvais homme », commentait Emma lorsqu'on évoquait le nom de Bernier en sa présence.

Léon s'essuya le front. Mine de rien, Félicien veillait en permanence sur son frère. C'était déjà assez d'un accident dans la famille !

Il avait mal au dos et aux épaules. Les coups violents qu'il donnait à la longuesse résonnaient dans tout son corps. Certains soirs, il était si épuisé qu'il peinait pour remonter les degrés des échelles permettant d'accéder à l'air libre. Un homme cassé, sans âge, alors qu'il avait à peine vingt-quatre ans... Ces soirs-là, il se disait qu'il rêvait d'un autre métier pour ses fils à naître.

S'il s'entendait bien avec les Lefort, Matthieu Servant avait pourtant le sentiment d'appartenir à une autre catégorie d'ardoisiers, celle des « hommes d'en haut ».

Il était fréquent de distinguer les ouvriers du dehors de ceux du fond. En fait, le travail et l'usure physique étaient les mêmes. Cependant, les fendeurs travaillaient debout, dans des baraques, qu'ils appelaient encore des « haillons », suivant une terminologie en vigueur au XVIIIe siècle. Les installations de surface étaient de forme trapue, dépourvues de fenêtres, avec une portion de toit vitrée. La plupart du temps, elles étaient fortement humides afin de faciliter le travail des fendeurs. Ceux-ci, en effet, devaient déjà diviser en épaisseur les blocs remontés du fond à dos d'homme. Pour ce faire, ils utilisaient une scie à main, des coins de différentes tailles et un maillet. Une fois que le bloc était subdivisé en pièces d'ardoise longues de un à deux mètres et larges d'environ cinquante centimètres, il fallait le débiter en ardoises calibrées avec soin.

Lorsque le bloc avait attendu d'être travaillé dans la baraque, Matthieu le recouvrait d'un sac mouillé ou bien le faisait tremper dans un bac rempli d'eau, l'humidité étant indispensable au bon fendage des blocs d'ardoise.

Matthieu posa le « sparton » sur le sol en terre battue de la baraque. Il le bloqua fermement entre ses sabots de bois. A l'aide de son ciseau spécial, il débita son bloc en deux, quatre, puis huit feuillets. Sa position, pour malcommode qu'elle fût – il était courbé au-dessus de son sparton –, lui était familière et il n'aurait pas su faire autrement.

Tout en travaillant, il songeait à Pauline. Il s'inquiétait au sujet de sa relation avec le fils Warlet. Pauline était la plus belle fille du village ; il avait souvent eu le sentiment diffus qu'elle n'y avait pas sa place. D'ailleurs, elle avait toujours refusé de travailler aux ardoisières, à la différence de sa sœur.

Ces derniers temps, elle se faisait lointaine. « Fais-moi rêver… », lui avait-elle demandé un dimanche après-midi, alors qu'il était venu la convier à une promenade.

Rêver ? Matthieu en avait eu le souffle coupé. Lui, ce qu'il désirait, c'était vivre avec Pauline, lui faire des enfants, tout partager avec celle qu'il souhaitait épouser. Il savait bien qu'elle était attirée par une autre vie, mais se demandait comment la mettre en garde. Elle se comportait comme une enfant capricieuse. Une fois qu'ils seraient officiellement fiancés, Matthieu ne tolérerait pas qu'elle fasse les yeux doux à un autre homme. Il avait confiance en elle… enfin, presque ! tout en restant sur la défensive.

Il lâcha son sparton, proféra un juron. Il venait de se blesser d'un coup de ciseau maladroit. Sylvestre, l'un de ses camarades de baraque, se tourna vers lui.

— Hé, Matthieu ? Tu penses à tes amours ?

— Ça se pourrait, répondit-il sans se démonter.

Il lui restait une heure avant la fin de la journée. Son dos et ses bras le faisaient souffrir, bien qu'il n'y prêtât plus attention. Il travailla avec une ardeur décuplée. Il avait hâte de voir Pauline et de s'expliquer avec elle.

— Bien sûr, que je t'aime…

Elle n'acheva pas sa phrase, et il eut le sentiment qu'elle n'osait pas prononcer un « mais » qui lui brûlait les lèvres.

Ils s'étaient retrouvés en bordure de Meuse, sur le chemin de halage. Les collines boisées adoucissaient le paysage. Le fleuve, large et paisible, coulait vers la Belgique. A cet endroit, on pouvait presque oublier l'existence des ardoisières, leur univers sombre. Déjà, étant enfants, ils avaient pris le pli de construire des cabanes de roseaux sur les talus herbeux. Coralie se joignait à eux, alors. Chaque fois qu'elle riait, elle plaquait sa main sur sa bouche, comme si elle avait eu peur de se faire remarquer. « Coralie, c'est de l'eau dormante, prétendait Pauline. Moi, je vis ! »

Un écaillon belge avait commenté un jour : « Elle est "spitante", cette gamine ! » Le mot avait plu à Pauline, elle s'était enquise de sa signification. Lorsqu'elle avait appris que cela voulait dire « pétillante », elle s'était redressée, toute fière.

Matthieu la contempla sans mot dire. Il l'attira contre lui, passa la main dans ses cheveux.

— Qu'est-ce qu'il t'a promis ?

La jeune fille tressaillit avant de reculer d'un pas. Elle soutint le regard de Matthieu sans ciller. Tous deux se connaissaient suffisamment pour refuser de se mentir. Elle amorça un geste vers lui.

— Il faut me comprendre, souffla-t-elle. Louis, c'est la chance que je ne retrouverai jamais. Il a de l'argent, et il ne veut pas rester au village. Partir, j'en rêve depuis si longtemps !

Matthieu avait blêmi. Pauline pensa durant quelques secondes qu'il allait la frapper. Elle lui jeta un regard chargé de défi.

— Dis-moi au moins que tu l'aimes ! cria-t-il.

Elle se figea. Dans son visage pâli, ses yeux agrandis se remplirent de larmes. Elle secoua la tête, lentement. Matthieu la saisit aux épaules.

— Tu ne l'aimes pas, Pauline. Une fille comme toi ne peut pas aimer cette chiffe molle qui n'a jamais eu le courage de s'intéresser à ce qui le fait vivre. Et si tu le choisis sans l'aimer, tu te vends, Pauline, et tu nous renies tous, tes parents, tes frères, et moi.

— Pourquoi tout compliquer ?

Elle lui dédia un sourire complice, se fit aguicheuse.

— Nous pourrons toujours nous voir, toi et moi.

Ce fut Matthieu qui recula.

— Pour qui me prends-tu ? Si tu vis avec le fils Warlet – je serais bien étonné qu'il te marie ! – tu n'existeras plus pour moi.

Elle marqua une hésitation. Elle se souvenait de leurs étreintes, de la force de Matthieu, de la façon qu'il avait de la réconforter, de lui répéter qu'il l'aimait... Et puis, lentement, les mots prononcés par Matthieu firent leur chemin dans sa tête.

— Il m'épousera ! lança-t-elle avec assurance.

Ils échangèrent un regard chargé de haine.

— Je te croyais une fille bien, laissa tomber Matthieu, glacial.

Il s'éloigna aussitôt sans se retourner. Pauline le suivit des yeux. Elle aurait voulu s'élancer derrière lui, le rattraper et, pourtant, elle savait qu'elle ne le ferait pas. Sa vie était ailleurs.

Loin du village, loin des ardoisières.

5

1864

A son habitude, Honorine fit le signe de croix avant de pétrir sa pâte à pain, de la battre avec vigueur, et de la couper en pâtons. Le four chauffait. Elle avait juste le temps de glisser ses pannetons et ses tourtières dans ses draps encore tièdes. C'était le meilleur moyen de continuer à faire lever la pâte.

L'atmosphère était lourde aux Ecaillères. La faute, assurément, à ce mariage que les bourgeois de Charleville avaient snobé, et qui avait rendu madame Warlet à demi folle de colère et de rancœur.

Madame Warlet... Honorine esquissa un sourire. Elles étaient deux, à présent, à porter ce nom, et la mère de Louis n'était pas prête à l'accepter. Elle avait prétexté une indisposition pour ne pas accompagner son fils à l'église. Benjamine y était allée, ainsi que le maître. Certes, la nouvelle ne l'avait pas ravi mais il avait un temps caressé l'espoir que Pauline, fille d'écaillon, réussirait à intéresser Louis à la fabrication de l'ardoise. Las ! Il avait vite dû déchanter en constatant que la cadette des Lefort rêvait elle aussi de s'installer en ville.

« Mon pauvre garçon, cette fille n'en veut qu'à ton portefeuille ! », avait sangloté Lucienne, qui ne quittait plus sa chambre.

Honorine enfourna ses pâtons, qu'elle venait de badigeonner avec un pinceau trempé dans du jaune d'œuf. Cuire le pain était pour elle un acte d'amour, tout comme confectionner son fameux jambon en terrine, dont le simple parfum, embaumant toute la maison, redonnait le sourire à Eugène Warlet, qui en était particulièrement friand.

« Il n'y a qu'une fille d'ici pour réussir cette merveille ! », affirmait-il d'un air gourmand.

Honorine ne donnait à personne la recette de sa fameuse pâte, héritée de sa mère. Elle utilisait un jambon fumé dans une cheminée spéciale, alimentée au bois de genêt, ce qui lui donnait un goût particulier, puis séché pendant des mois.

Elle le plaçait dans une marmite en terre, l'arrosait d'un peu d'eau, avant de prendre soin de luter le couvercle de pâte afin de préserver le délicieux parfum. Le jambon mijotait à four doux une journée et une nuit entières, pour le plus grand plaisir des gourmets exigeants.

Lucienne pinçait encore plus les lèvres en assistant au manège de son mari. Elle-même avait la cuisine en horreur. C'était là une occupation réservée aux bonnes ! Lorsqu'elle énonçait cela, Eugène la considérait d'un air navré, pitié et dédain mêlés.

Honorine, qui avait un jour surpris ce regard, en avait été toute retournée. Chez elle, on avait beau tirer le diable par la queue, le père et la mère se respectaient mutuellement. Or, elle avait l'impression que seules la haine et l'incompréhension unissaient désormais Eugène et Lucienne Warlet.

Elle astiqua sa table, se redressa en souriant. La cuisine constituait son domaine. Peu à peu, elle avait aménagé la vaste pièce à son goût. Elle avait lessivé les murs, ciré le buffet-vaisselier, usé d'huile de coude pour décrasser la taque de fonte de la cheminée. Alice était peut-être une bonne cuisinière mais elle se souciait peu de travailler dans un local enfumé dont les murs et les meubles étaient imprégnés de graisse et de crasse.

« C'est plus de mon âge ! », disait-elle lorsque Honorine lui en faisait la remarque.

L'âge… la belle excuse ! Alice était une souillon et si madame Warlet était venue plus souvent dans la cuisine, elle s'en serait très vite aperçue. Honorine renifla avec mépris. Heureusement que les Letort avaient insisté pour faire les choses dans les règles ! La maîtresse aurait bien supporté de marier son fils à la sauvette. Pauline avait donc réuni dans la petite maison des Lefort les jeunes filles célibataires de la région, la veille de son mariage. Elle les avait invitées à venir manger des pois et du riz, suivant une très ancienne tradition, avant de leur distribuer du pain. Sa mère lui avait recommandé de donner la croûte aux plus âgées. Si l'on en croyait un vieil adage, elles seraient ainsi assurées d'être mariées, elles aussi, dans l'année.

De son côté, Louis avait offert un vin d'honneur et des brioches au café du village. Beaucoup d'écaillons n'étaient pas venus. On savait que Pauline était quasiment fiancée à Matthieu, et l'on jugeait mal les futurs mariés.

« La Pauline a la folie des grandeurs, ça risque de lui retomber sur le nez ! », commentaient, moqueurs, les villageois.

Un drôle de mariage, assurément, même si les jeunes gens avaient décoré au matin des noces, comme il se devait, la porte des Lefort d'une couronne de fleurs suspendue à un clou par trois branches garnies de feuillages. Des coups de fusil avaient aussi été tirés à la sortie de l'église. Eugène Warlet avait payé les musiciens destinés à accompagner le cortège. Il y avait eu un moment d'émotion quand Pauline avait sorti de son réticule brodé la pièce que sa mère lui avait remise quelques minutes auparavant, et qui lui venait de son propre mariage.

En revanche, André Lefort avait froncé les sourcils lorsqu'un invité avait réussi à dérober le morceau de ruban béni enfilé dans l'alliance destinée à la mariée. Il savait que l'auteur du larcin aurait le droit par la suite de faire servir à l'auberge une tournée générale aux frais des garçons d'honneur. Ceux-ci étant Félicien et Léon, cette plaisanterie risquait de leur coûter cher.

A la sortie de la messe, Pauline et Louis avaient bu le vin chaud offert dans une soupière. Tout au long du repas de noces, interminable, comme l'exigeait la tradition, et lourd, si lourd, Honorine avait en vain cherché quelque complicité entre les deux époux. Se tenant bien droits, ils donnaient l'impression d'être là en représentation, et d'attendre autre chose. D'être seuls, enfin ? Honorine en doutait. Si elle avait eu la chance de se trouver à la place de la mariée... macache ! elle aurait eu le sentiment d'avoir le monde à portée de main. Honorine, cependant, savait qu'elle resterait fille. Elle avait dû refuser trois demandes, alors qu'elle avait à peine seize ans : sa mère avait besoin d'elle. Comme beaucoup de ses camarades, elle avait invoqué les Rois mages la veille de l'Epiphanie afin de connaître le visage de son futur époux. Respectant à la lettre une coutume qui se transmettait de mère en fille, elle avait posé sous son oreiller le miroir ébréché qui surmontait la pierre à évier. Sur le miroir, elle avait placé en croix une paire de bas de laine et un peigne. Elle avait ensuite pris soin de monter dans son lit du pied gauche, en récitant cinq *Pater* et cinq *Ave*, puis en déclarant : « J'ai récité ces cinq *Pater* et ces cinq *Ave* en l'honneur des trois grands rois, Gaspard, Melchior et Balthazar, pour qu'ils me fassent voir en dormant celui que j'aurai en mon vivant. »

Elle avait eu beau attendre avec ferveur, afin de se lever à minuit et d'allumer une chandelle devant la glace, aucune image ne lui était apparue. La preuve, assurément, qu'elle deviendrait vieille fille.

Honorine haussa les épaules. Au fond, cela lui importait peu. D'ailleurs, elle n'était pas certaine de parvenir à supporter un homme à demeure. Elle avait du caractère, et le goût de son indépendance.

« Tout comme Pauline », songea-t-elle soudain.

Son pain était cuit. Elle sortit du four les miches bien gonflées et dorées à l'aide d'une pelle en bois, les plaça au sec sur des volettes. Elle huma l'odeur délicieuse du pain frais en songeant que, chez elle, on n'avait pas de four. Afin d'économiser quatre sous, sa mère n'achetait pas le pain chez le boulanger ambulant mais envoyait ses jeunes enfants chercher en Belgique une miche de huit livres enveloppée dans un torchon. Faire son pain avait pour elle un goût de revanche sur son enfance.

Benjamine se faufila dans la cuisine. Elle avait des cheveux fauves, des yeux couleur d'ardoise, qui vous observaient attentivement. Honorine l'aimait bien. C'était une gamine intelligente et sensible.

— Mmh, ça sent bon ! s'écria-t-elle. Je peux ?

Incapable de résister, elle cassa le quignon de la plus petite miche, croqua dedans d'un air ravi.

— Vous allez avoir mal au ventre, la mit en garde Honorine.

C'était entre elles deux comme un jeu qu'elles répétaient sans se lasser. Elles s'entendaient bien, peut-être grâce au caractère optimiste qu'elles avaient reçu en héritage.

— Le chemin de fer va tout révolutionner, enchaîna Benjamine suivant son idée. Nous allons pouvoir acheminer une partie de notre production par rail.

Elle « vivait » l'ardoise, songea Honorine. Drôle de destin pour une fille…

Parfois, elle comprenait le maître. Les rôles avaient été mal distribués à la naissance de ses enfants. Son fils unique s'était installé à Charleville avec sa jeune femme. Tous deux vivaient d'une rente versée par Eugène Warlet. Ils parlaient de partir pour Reims. Là-bas, Louis pourrait se consacrer à son art. Honorine en doutait fort, mais on ne lui avait pas demandé son avis.

La jeune fille, de plus en plus animée, confia à la cuisinière que son père, cédant à ses suppliques, avait accepté de l'emmener avec lui sur le site Saint-Benoît, exploité depuis peu.

Honorine sourit.

— Et qu'en dit votre mère ?

Benjamine haussa les épaules. Sa mère détestait l'ardoise, tout le monde le savait, son avis sur la question n'avait donc pas d'importance.

C'était ainsi qu'allait le monde, songea Honorine dans un soudain accès de mélancolie. Les hommes avaient le pouvoir, et personne n'y trouvait rien à redire. Finalement, elle préférait ne pas se marier. De cette manière, elle parviendrait peut-être à sauvegarder l'illusion de son indépendance.

Benjamine s'esquiva. Elle avait promis de passer chez le père Faynet pour la préparation de la fête patronale. Honorine la suivit des yeux en souriant. Même si Louis s'était dérobé, il restait Benjamine pour assurer la relève.

6

1865

Coralie vérifia d'un coup d'œil que le chargement d'ardoises correspondait bien aux instructions du contremaître et fit signe d'avancer au conducteur du tombereau. Le charretier allait conduire le chargement jusqu'au port sur la Meuse. Là-bas, les ardoises seraient stockées dans une baraque avant d'être transportées à bord des péniches. Cela faisait douze ans, désormais, qu'elle travaillait aux ardoisières. Elle ne portait plus sur son dos la hotte pleine à craquer de débris mais son travail ne la passionnait guère pour autant. Les premiers temps, elle avait pensé : « Passer toute ma vie dans la poussière, je ne saurai pas ! » Et puis elle s'était fait une raison. De toute manière, comme le lui avait un jour fait remarquer son père, ils n'avaient pas le choix ! Les ardoisières Warlet faisaient vivre le village. Sans elles, pas de travail, pas d'argent.

Matthieu passa à côté d'elle, la salua en touchant de deux doigts sa casquette.

— Ça va comme tu veux, Coralie ?

Elle inclina lentement la tête. Elle se sentait toujours un peu gênée en présence de Matthieu. Presque coupable. Elle avait tenté d'en discuter une fois avec sa mère.

Emma avait soupiré : « Ma pauvre grande, tu apprendras vite que les choses se passent rarement comme on le souhaite ! »

Coralie savait que ses parents avaient fort mal pris la décision de Pauline. Une fille d'écaillon épousant le fils du patron, on n'avait jamais vu ça ! Ils avaient bien tenté de s'opposer au mariage mais la cadette avait menacé de s'enfuir avec Louis. Ils savaient qu'elle en était tout à fait capable. André et Emma avaient donc dû s'incliner, en prédisant à Pauline qu'elle allait au-devant des ennuis. Que croyait-elle donc ? Les unions mal assorties finissaient souvent mal. Louis se lasserait d'elle, la beauté de Pauline se fanerait. La « luronne » avait éclaté de rire. Pas question pour elle de trimer comme sa mère ! Ce faisant, elle n'avait pas pris conscience de la peine qu'elle infligeait à ses parents. Eux ne connaissaient pas d'autre vie. Ils étaient déjà bien heureux d'avoir du travail, et un toit au-dessus de leur tête !

Coralie avait eu mal pour eux. Pauline, insouciante, était partie en leur laissant Vagabond et sa charrette à chien. « Tu n'auras qu'à livrer le lait à ma place », avait-elle dit à sa sœur. Comme si Coralie avait possédé son bagout !

Elle s'essuya le front en entendant résonner la sirène annonçant la fin de la journée. Quand elle était gamine, elle se rappelait avoir grimpé sans relâche les sentiers conduisant au sommet des verdoux. A présent, elle triait, comptait, rangeait les ardoises venant d'être fabriquées. Les gamins, des apprentis, l'aidaient à charger la production. C'était un travail pénible, répétitif, qui ne vous empêchait pas de penser. De temps à autre, une compagne se mettait à fredonner une chanson en vogue, et tout le monde la reprenait en chœur.

Coralie avait perçu une sensation de malaise parmi ses camarades les jours suivant le mariage de Pauline.

46

On l'attendait au tournant, histoire de voir si elle n'allait pas faire sa maligne ou bénéficier de passe-droits. Comme son statut n'avait pas changé, qu'elle travaillait toujours aussi dur pour un salaire de misère – les ouvrières gagnaient, en une année, une somme équivalant à la paie d'un fendeur pour un mois ! –, les choses étaient vite rentrées dans l'ordre.

Il restait cependant comme une défiance à l'égard des Lefort.

— Coralie...

Elle tressaillit. Elle n'avait pas besoin de se retourner pour reconnaître la voix grave de Matthieu. S'immobilisant, la jeune fille frotta ses mains l'une contre l'autre. De nature méticuleuse, elle souffrait de ne jamais avoir les ongles nets. Les débris d'ardoise, en effet, s'infiltraient partout et résistaient aux brossages répétés.

— Je te raccompagne, enchaîna Matthieu.

Malgré ses efforts, elle ne parvenait pas toujours à l'éviter. Chemin faisant, alors qu'ils avaient ralenti le pas pour laisser passer devant eux le long défilé des ouvriers, il lui demanda si, par hasard, il ne lui faisait pas peur. C'était en tout cas l'impression qu'il avait.

Il souriait en disant cela, et Coralie, mise en confiance, osa lui expliquer sa gêne. Elle avait honte du comportement de Pauline, et ne savait quelle attitude adopter.

Matthieu haussa les épaules.

— Pauline, c'est le passé. Je ne vais pas porter le deuil toute ma vie ! De toute manière...

Il ne termina pas sa phrase. Coralie aurait pu le faire pour lui. Il était quasiment impossible de rivaliser avec le fils du patron ! Surtout lorsqu'on connaissait bien Pauline. Elle avait toujours promis qu'elle ne passerait pas sa vie entre la maison de la cité ouvrière et les ardoisières. Elle avait d'autres rêves, d'autres ambitions.

47

— Tu vois, reprit Matthieu, j'ai eu mal, bien sûr, mal à en crever mais, finalement, je crois que c'est mieux ainsi. Un jour ou l'autre, Pauline serait partie. C'était mieux qu'elle le fasse avant notre mariage.

Coralie croyait comprendre ce qu'il voulait dire.

Ils marchèrent au même pas sans rien dire. Leurs corps courbatus se déliaient, se redressaient de façon perceptible. Le ciel, couleur gris tourterelle, annonçait un lendemain pluvieux. La Meuse traçait sa route vers la Belgique, portant les péniches lourdement chargées d'ardoises. Le temps était doux, incertain.

Lorsqu'ils furent parvenus devant la maison des Lefort, Matthieu ôta sa casquette, qu'il fit tourner entre ses doigts.

— Coralie, toi et moi, on pourrait être heureux, tu ne crois pas ?

Il comprit qu'il avait été maladroit en voyant s'assombrir le regard de la jeune fille.

— C'est ma sœur que tu aimes, jeta-t-elle avec une violence qu'il ne lui connaissait pas. Pas moi. J'ai toujours dû céder à Pauline – elle était plus jeune que moi, et puis j'étais la plus raisonnable. A présent, c'est fini. Je me marierai avec un homme que j'aimerai et qui m'aimera, moi, Coralie.

Un lent sourire étira les lèvres de Matthieu.

— Tu devrais te mettre en colère plus souvent, dit-il en riant.

Il ajouta, après avoir marqué une hésitation :

— Tu n'es pas à ma place. Tu ne peux pas savoir si je t'aime ou non.

— Justement !

Coralie fit peser sur lui un regard chargé de défi.

— A toi de me convaincre, Matthieu Servant !

Il pensa qu'elle ne manquait pas de cran. N'avait-elle pas trouvé le moyen de le pousser dans ses

48

retranchements, malgré sa timidité ? Son sourire s'accentua. « Attends un peu », pensa-t-il.

Il saurait lui prouver qu'il était capable d'oublier Pauline. Il l'avait haïe, avant de la considérer avec indifférence. De toute manière, la cadette des Lefort ne fréquentait plus le village depuis son mariage. Emma et André ne connaissaient même pas leur petit-fils, prénommé Bertrand, et n'avaient pas été conviés à son baptême. Même s'ils gardaient le silence à ce sujet, les parents de Pauline souffraient de l'abandon de leur fille.

« Tu n'as rien à regretter, Matthieu. Pauline n'est pas une fille intéressante », avait commenté Thomas, un écaillon d'une bonne cinquantaine d'années qui avait appris son métier au fendeur. C'était l'opinion générale dans le village. Les ouvriers avaient eu le sentiment d'être trahis le jour du mariage de Pauline.

Il regagna son logis à pas lents. Il ne fréquentait pas le cabaret de la mère Bonfils. Son père avait l'alcool mauvais. Matthieu avait assisté, étant enfant, à des scènes d'une rare violence. Il gardait à l'arcade sourcilière droite la marque d'un coup asséné par le vieux Servant, au retour d'une soirée de beuverie. Cette nuit-là, alors que les larmes de sa mère se mêlaient au sang coulant de sa blessure, Matthieu s'était promis de ne jamais toucher à l'alcool. Par la suite, il n'avait pas dérogé à cette règle.

Il poussa la porte d'un coup d'épaule. L'odeur d'humidité le prit à la gorge. Sa bicoque, mal exposée, aurait dû être aérée plus souvent, se dit-il en s'activant devant le vieux fourneau pour préparer du café. Café et tartines composaient son ordinaire.

Il s'installa sur le pas de la porte pour fumer tandis que son café passait. Les yeux dans le vague, il entendait sans vraiment y prêter attention les bruits provenant des maisons voisines. Chez les Hubeaux, sur sa droite, on parlait fort, sans d'ailleurs se quereller pour autant. A force de travailler sous terre, à taper comme des forcenés, nombre d'ouvriers perdaient de leur acuité auditive. Les Ponsin, sur sa gauche, se faisaient du souci au sujet de la grand-mère, qui souffrait de tremblements. Le grand-père, lui, était mort depuis longtemps, de la mauvaise toux des écaillons.

Deux maisons plus loin, vivait Coralie. Il pensa de nouveau à la manière bravache dont elle lui avait répondu et sourit. Son cran lui plaisait. Elle était la femme qu'il lui fallait, il en était persuadé.

Les torches se déplaçaient dans le village, évoquant une armée de feux follets. Les petits groupes de jeunes se hélaient, échangeant les dernières informations.

— Il ne reste plus grand *yauque* !

— Ils sont tout de même bien quelque part…

— Et la mère Aubin ?

Tout le monde se rua chez la vieille femme, qui tenait l'unique épicerie de La Roche-Laval. La jeunesse du pays était bien décidée à débusquer les mariés, et ce malgré le froid déjà vif de la nuit de fin septembre.

Ils comprirent qu'ils avaient sonné à la bonne porte en voyant la mère Aubin cligner de l'œil à leur intention. Ils se ruèrent dans l'escalier aux marches vermoulues. Matthieu les attendait sur le palier. Sa femme et lui étaient encore habillés et buvaient tranquillement une tasse de café.

— Vous en avez mis du temps ! se moqua Coralie.

Ils savaient ce qui les attendait. D'ailleurs, les « chasseurs de mariés » brandissaient déjà un vase de nuit rempli de crème au chocolat.

Coralie et Matthieu se prêtèrent sans rechigner au rituel instauré par la jeunesse de La Roche-Laval : manger la crème sous les encouragements de l'assistance du village.

C'était pour eux le meilleur moyen de se débarrasser au plus vite des fâcheux. Suivant la tradition, Matthieu annonça qu'il paierait une tournée générale le lendemain au cabaret. La compagnie, déjà bien éméchée, se dispersa en chantant.

Matthieu referma la porte, s'y adossa. Il sourit à Coralie. Elle soutint son regard tout en commençant de délacer son corset.

— Tu es sûr de ne rien regretter ? lui demanda-t-elle.

Il la rejoignit devant le lit et enfouit son visage dans les longs cheveux châtains de la jeune fille.

— Je t'aime. Toi, Coralie, souffla-t-il.

Elle l'attira contre elle.

A cet instant, elle songea que Pauline devrait se tenir à l'écart de leur couple. Elle avait confiance en Matthieu, à condition qu'il ne soit pas en mesure de la comparer à sa sœur.

7

1866

Le chevalement du puits, constitué de belles poutres de chêne, se détachait sur le ciel gris-rose. Il paraissait sinistre mais l'adolescente n'avait pas peur. La silhouette juvénile, vêtue d'un pantalon large et d'un paletot gris, marqua cependant une hésitation avant de s'engager sur les échelles en s'appuyant sur les mains et les pieds, suivant une technique de descente ancestrale.

Malgré les reproches cinglants de sa mère, Benjamine n'avait pas cédé. On avait besoin du patron au fond de la fosse Médicis. Son père étant cloué au lit par une mauvaise grippe, elle le remplacerait. Et tant pis pour ceux qui trouveraient à y redire ! Après tout, elle était une Warlet, elle aussi.

Lucienne avait eu des phrases cruelles : « Personne ne te respectera si tu t'obstines à te donner en spectacle ! C'est comme cette manie de porter de vieux habits de ton frère. Ma pauvre fille ! Tout Charleville va se gausser de toi. »

Benjamine se moquait éperdument de ce que pouvaient penser les bourgeois collet-monté de Charleville ! D'ailleurs, elle les imaginait mal s'aventurant jusqu'aux ardoisières. Ils se contentaient de se promener sous les arcades en commentant l'essor industriel de la ville, l'ouverture de nouvelles rues reliant la place Ducale à la gare, les réceptions à la préfecture...

Benjamine, elle, refusait avec force de mener cette vie-là. Sa mère avait beau lui répéter qu'elle ne trouverait jamais d'époux si elle continuait à se passionner pour l'ardoise, la jeune fille n'en avait cure. De toute manière, son père avait besoin d'elle pour reprendre le flambeau. Louis et Pauline s'étaient installés à Reims, où personne ne les connaissait. Pauline, apparemment, avait mal vécu l'ostracisme dont elle faisait l'objet dans les Ardennes. C'était tout au moins l'impression qui ressortait des lettres que Louis écrivait de loin en loin. Lucienne s'isolait pour les lire avant de les tendre à son époux. Elle se gardait bien de tout commentaire. « Mon fils m'a trahie », avait-elle déclaré une fois. Benjamine ne comprenait pas son attitude. De toute manière, Lucienne et elle avaient toujours eu des relations heurtées.

— Mademoiselle...

Félicien Lefort, la casquette à la main, aida Benjamine à descendre les grossières marches de schiste. « La vie est mal faite », pensa-t-il en la voyant étudier avec soin la veine qu'il avait mise au jour récemment. Cette gamine, qui se donnait des airs de garçon manqué, s'y connaissait en matière de scaille, et elle aimait ça. Dommage que son frère ne lui ressemble pas !

Benjamine leva la tête sous le plafond. Là où la pierre pouvait bouger étaient placés des témoins de chandelle fondue. En cas de fissure plus ou moins profonde, il fallait se défier d'une chute des blocs.

— Cette pierre-là ne me dit rien qui vaille, remarqua la jeune fille.

Félicien haussa les épaules.

— Vous savez ce qu'on dit : la pierre « travaille » et ne prévient pas quand elle a décidé de tomber. Question de chance.

Benjamine fit la moue.

— On ne devrait pas raisonner ainsi. Les accidents ne sont pas une fatalité. C'est en réfléchissant tous ensemble que nous pourrons trouver des solutions.

L'aîné des Lefort la considéra avec étonnement.

— Nous ? répéta-t-il.

Benjamine comprit qu'elle était allée trop vite en besogne. Son père lui reprochait souvent de se montrer impulsive. Les ardoisières étaient un monde d'hommes, même si, depuis les premiers temps de l'exploitation, des femmes avaient travaillé à pomper l'eau avant que l'on ne fasse l'acquisition de pompes à vapeur capables de refouler près de vingt mètres cubes d'eau à l'heure.

Soucieuse de dissimuler son trouble, elle se tourna vers le gros bloc que les ouvriers avaient mis au jour.

— J'aimerais que votre père et vous vous chargiez du débitage, Félicien. C'est de l'excellente qualité et nous avons beaucoup de commandes qui pressent.

Le fils Lefort hocha la tête. Tout comme Benjamine, il savait qu'un débitage réfléchi permettrait d'économiser du temps, de la peine et de l'argent. Il était primordial en effet d'éviter les déchets, de ne pas remonter de pierres inutiles, tout en permettant aux fendeurs de fabriquer le plus grand choix possible de modèles d'ardoises. Tout un art, que seuls les ouvriers les plus expérimentés maîtrisaient.

— Ce n'est pas un lieu pour une dame, remarqua Félicien alors que Benjamine venait de trébucher sur le sol irrégulier de la galerie.

La jeune fille éclata de rire.

— Je ne suis pas une dame, voyons, mais une fille d'ardoise. La fosse, c'est mon élément.

Elle ne mesurait pas, pensa Félicien, le poids des interdits et des traditions. La plupart de ses camarades n'accepteraient jamais d'être commandés par une femme, celle-ci fût-elle plus capable que le régisseur. Question d'amour-propre. De dignité, aussi.

Ils revinrent sur leurs pas. De nouveau, Benjamine leva sa chandelle de suif en direction de la pierre qui avait déjà retenu son attention une première fois.

— Il faudra étayer de façon plus solide, remarqua-t-elle en fronçant les sourcils.

Félicien n'eut pas le temps de donner son avis. L'écaillon qui les précédait s'arrêta net.

— Y a queq'chose qui me gêne, marmonna-t-il.

Benjamine entendit un bruit sourd, comme un grondement. Et puis, elle se sentit bousculée, précipitée au sol tandis que leur guide poussait un hurlement inhumain. Sa bouche s'ouvrit pour crier, elle aspira de la poussière, eut l'impression de sombrer dans un gouffre sans fond. Au-dessus d'elle, Félicien jura.

— Chiennerie de scaille !

Des hommes couraient vers eux. Félicien eut le temps de crier : « Attention ! » avant de porter la main à sa jambe gauche. Le bloc l'avait écrasée. De son camarade, il ne voyait plus qu'un pantalon couvert de sang. Une nausée le submergea. Il s'efforça de compter, pour ne pas céder à la panique. Et la petite, en dessous... Pourvu qu'elle soit encore en vie ! se dit-il, sous le choc.

Il entendit des pas s'approcher, reconnut le bruit caractéristique des leviers contre la pierre.

— La petite Warlet est là ! cria-t-il.

Ou, plutôt, eut-il l'impression de crier. Ses camarades ne l'entendaient pas, occupés à peser sur les leviers. Il sentit que la pierre se soulevait, aperçut sa jambe mutilée et faillit tourner de l'œil. Il devait tenir.

Pour Benjamine.

— Félicien, mon garçon...

Les écaillons le saisirent sous les aisselles, l'installèrent à l'écart sur des sacs à patates. Son père se précipita vers lui. La lumière tremblante des chandelles lui faisait un visage de vieillard.

— Ce n'est rien, père. Ma jambe. Si tu as un mouchoir...

Le cœur au bord des lèvres mais les gestes assurés, il se fit un garrot pour arrêter l'hémorragie.

— La petite, répéta-t-il.

Léon le rejoignit. Lui, d'ordinaire jovial, était d'une pâleur extrême.

— Elle est à moitié assommée et a dû avaler une bonne quantité de poussière d'ardoise mais, sinon, elle s'en tire bien, annonça-t-il. Le Joseph, par contre...

Il n'acheva pas sa phrase. Félicien avait compris. Il vit son père qui, pudiquement, très doucement, posait sa veste sur le visage écrasé de leur camarade. Un joyeux drille, Joseph, toujours une chanson aux lèvres, lorsqu'il ne parlait pas de Lucie, sa promise, à l'entendre la plus belle fille de Sécheval.

Un sanglot roula au fond de la gorge de Félicien. C'était trop injuste, la fosse se vengeait. Il baissa les yeux sur sa jambe, vit que le sang s'écoulait toujours. Il serra les dents. Il pensa avec force qu'il ne voulait pas mourir.

Une pluie obstinée giflait les vitres, noyant le parc sous un rideau opaque. Lucienne Warlet se campa devant son mari d'un air belliqueux.

— Vous avez compris, à présent, j'espère ? lança-t-elle, fielleuse. Nous avons failli perdre notre fille à cause de vos maudites ardoisières.

Eugène soupira. Mal remis de sa grippe, accablé par l'accident de la fosse Médicis, il se trouvait en position de faiblesse face à une Lucienne vengeresse.

On frappa à la porte. Honorine fit une entrée majestueuse, portant bien haut le plateau sur lequel trônait un gâteau mollet, qu'elle réussissait à la perfection.

Elle servit le café dans des mazagrans, suivant la règle imposée par Lucienne, qui les avait reçus d'une grand-mère limousine. Eugène la remercia d'un sourire. La maîtresse de maison poursuivait sa diatribe, jetant l'anathème sur les ouvriers, l'ardoise, et l'inconscience de Benjamine.

— Félicien Lefort a sauvé notre fille, intervint Eugène.

Son épouse haussa les épaules.

— C'était bien le moins qu'il puisse faire ! S'il n'était pas venu vous chercher, Benjamine n'aurait jamais eu l'idée de descendre au fond.

Eugène n'en était pas certain. Mais ce n'était pas le moment rêvé pour faire part de son opinion à Lucienne.

Il but son café d'un trait, comme pour se donner du courage.

— On a dû l'amputer, se contenta-t-il de dire.

Il n'imaginait que trop bien comment on avait peiné pour remonter ce grand gaillard de Félicien, les souffrances intolérables qu'il avait endurées. Sa fille était encore inconsciente lorsqu'on l'avait ramenée aux Ecaillères. Les imprécations de Lucienne avaient tiré Eugène de son lit. Il avait cru perdre la tête en découvrant le corps inanimé de Benjamine allongé sur la méridienne du salon. Honorine, penchée sur la jeune fille, l'avait rassuré.

« Elle est assommée, mais elle s'en tirera », lui avait-elle dit.

Curieusement, Eugène s'était aussitôt détendu. Il avait confiance en Honorine, qui connaissait aussi bien les herbes que les êtres humains. Elle avait appliqué sur le front et les tempes de la jeune fille des compresses d'eau de lys, lui avait fait respirer du vinaigre. Benjamine avait ouvert les yeux. Si Eugène avait eu peur en croisant son regard perdu, il n'en avait rien laissé voir.

« Félicien ? s'était aussitôt inquiétée la jeune fille.

— Il est vivant », s'était contenté de répondre le père.

Vivant, certes, après avoir été amputé sur la table de la cuisine des Lefort, imbibé de cognac et hurlant comme un loup pris au piège. Il semblait à Eugène Warlet que les cris de souffrance de Félicien le poursuivraient toute sa vie.

Il reposa son mazagran vide sur le plateau.

— Ce sont les risques du métier, osa-t-il dire à son épouse. Benjamine le sait aussi bien que moi.

Lucienne haussa les épaules.

— A votre guise, mon cher ! Pour ma part, je comprends pourquoi Louis a toujours refusé de s'intéresser à l'entreprise.

Elle s'éloigna en faisant bruisser le taffetas de sa robe – elle tenait à suivre la mode des crinolines. Il aurait fallu élargir les portes du logis ! D'ordinaire, Eugène ne se privait pas d'ironiser sur cette folie. Cette fois, il n'en avait même pas envie.

Honorine débarrassa sans mot dire.

Le maître de maison passa la main sur son front. Il aurait désiré être soutenu, réconforté. C'était pure illusion d'espérer que Lucienne aurait le cœur de le faire.

La cuisinière et l'ardoisier échangèrent un regard incertain, puis Honorine quitta rapidement la pièce. Le silence retomba sur le salon.

Un silence insupportable.

8

1809

8

1869

Le nez collé au carreau, Emma Lefort suivit d'un regard douloureux la démarche claudicante de son fils. Certes, tout le monde s'accordait à dire que Félicien avait fait preuve d'un courage exceptionnel et l'on vantait sa force de caractère. Personne, cependant, hormis ses parents, ne devinait la révolte et le désespoir qui l'assaillaient à intervalles réguliers.

« On n'y peut rien, c'est la volonté de Dieu », avait eu le front d'affirmer le père Faynet. Emma, pourtant croyante, n'avait plus remis les pieds à l'église. Comme si Dieu réclamait de tels sacrifices ! Et le pauvre Joseph, broyé comme une noix, si horrible à voir que la Lucie, sa promise, était devenue à moitié folle. Non, vraiment, il fallait avoir perdu tout sens commun pour prononcer de telles sottises !

Depuis l'accident, le père n'était plus le même. Emma, qui le connaissait bien, devinait à quoi il pensait chaque fois qu'il regardait son aîné. Il aurait voulu être amputé à sa place. Chaque jour, André Lefort attaquait la pierre avec une sorte de rage. Elle avait une dette vis-à-vis d'eux.

Félicien ne pouvait plus descendre au fond. C'était peut-être ce qui le faisait le plus souffrir. Monsieur Warlet lui versait une pension, et Félicien travaillait au-dehors. Avec son sens inné de l'ardoise, il examinait les blocs remontés chaque jour à dos d'homme, donnant son avis sur leur qualité, leurs ressources. Emma savait bien, cependant, que son aîné souffrait de ne plus pouvoir descendre au fond de la fosse et se sentait doublement diminué.

Elle sortit sur le seuil de son logis en entendant tinter la clochette de Vagabond. La brume montée du fleuve noyait le village, masquant la silhouette des chevalements qui, d'ordinaire, barraient le paysage. Coralie, après avoir longuement hésité, avait fini par reprendre la tournée de sa sœur. Elle avait ainsi plus de temps libre pour s'occuper de sa petite fille, Adeline. D'ailleurs, elle emmenait avec elle l'enfant, qui se tenait assise bien droite dans la charrette chaque fois que le temps le permettait. Les autres jours, sa mère la lui gardait.

Emma tendit les bras à Adeline. Elle était grande pour ses deux ans. Très vive, elle s'immobilisait parfois, le temps de fixer avec gravité son interlocuteur.

Elle avait des yeux d'un bleu profond, ombrés de longs cils. « Une beauté », prédisait André.

Accrochée au collier de Vagabond, Adeline s'avança d'un pas décidé sur le seuil. Derrière elle, Coralie portait le seau de lait quotidien.

— Pose ta charge sur la table, ma fille.

Emma observa sans mot dire les yeux cernés de la jeune femme, ses gestes empreints de lassitude.

« Peut-être bien un autre petit en route », pensa-t-elle.

Le silence obstiné de Pauline avait contribué à rapprocher Emma et André de la fille qui leur restait. Ils choyaient Adeline, tout en veillant à sa bonne éducation.

— Laisse-la-moi, proposa la mère après avoir bu un café – au moins le quatrième de la matinée – en compagnie de Coralie.

Son devant de porte embaumait encore le café qu'elle avait torréfié la veille dans le brûloir, un cylindre de tôle posé sur quatre pieds en fer. C'était un progrès appréciable car avant l'utilisation de ce brûloir, il fallait écraser les grains de café verts à l'aide d'une bouteille.

— Je veux bien.

La jeune femme reprit sa besace d'un air las.

— Si la brume se lève, il risque de pleuvoir, le ciel est tout noir vers la Belgique. A tantôt, maman.

Coralie s'en fut après avoir agité la main en direction de sa fille. Elle était enceinte, cela faisait deux bons mois qu'elle n'avait pas vu ses lunes, et sa nouvelle grossesse se traduisait par des nausées l'empêchant de garder toute nourriture solide avant midi. Elle n'avait encore rien dit à Matthieu, elle aurait été bien incapable d'expliquer pourquoi. Peut-être que garder son secret lui donnait le sentiment d'être maîtresse de son destin.

Elle hâta le pas. Il lui restait plusieurs pratiques à visiter et les premières gouttes de pluie s'abattaient sur le chemin. Coralie fit le gros dos sous l'averse. Elle ne redoutait plus les intempéries depuis longtemps. Elle était robuste, comme sa mère.

Dans la salle, Emma plaça le lait dans un pot qu'elle posa à côté de l'âtre après y avoir versé un peu de présure. Il fallait maintenant attendre de voir une masse blanche de caséine flotter dans un liquide devenu verdâtre.

— Tu vois, expliqua-t-elle à Adeline qui suivait chacun de ses gestes, la caséine est enlevée à la louche et posée dans ce moule rond, en fer-blanc, percé de trous. Le temps que tout cela s'égoutte, et nous aurons un bon fromage blanc qu'il suffira de saler et de poivrer.

Adeline attrapa Minette, la chatte noire et blanche, et la serra contre elle.

— Doucement, petite, ne lui fais pas mal, recommanda Emma.

Dire qu'elle ne connaissait même pas Bertrand ! pensa-t-elle avec un pincement au cœur. Dix, vingt fois, elle avait pris le chemin des Ecaillères, répétant dans sa tête des phrases de grand-mère, pour prendre des nouvelles. Elle faisait toujours demi-tour au moment de franchir les grilles, consciente d'appartenir à un autre monde. Lucienne Warlet et Emma Lefort n'avaient rien en commun, excepté leurs enfants.

Dieu merci, il y avait Adeline.

Emma prit la petite dans ses bras, l'installa sur le siège à haut dossier de son mari.

— Tu vas m'aider à préparer la soupe, lui dit-elle.

Adeline aperçut la première son oncle Félicien. Elle reconnut le bruit caractéristique du pilon de bois heurtant le seuil. Son visage s'illumina. Elle tendit les bras. Félicien entra, ôta sa casquette.

— Bonjour, la puce.

Il claudiqua jusqu'au fauteuil, serra Adeline contre lui après avoir pris appui sur sa jambe valide. La mère et le fils échangèrent un regard par-dessus la tête de la petite fille. Il savait qu'il n'aurait jamais d'enfant. Cette certitude lui faisait mal, parfois.

Comme une condamnation qu'il n'avait pas méritée.

André Lefort repoussa sa casquette en arrière et se gratta le front d'un air perplexe. La petite Adeline avait beau multiplier les sourires à son intention, il se sentait toujours maladroit avec sa petite-fille. Il lui semblait qu'il aurait mieux su avec un gars. Comme Bertrand.

Il se tourna vers sa femme.

— Coralie n'est donc pas co'rentrée ?

Emma n'avait pas vu le temps passer. Elle avait préparé des gaufres sous le regard attentif d'Adeline, lavé son pavé à grande eau et au savon noir, fait mijoter le souper de ses hommes, tout en chantonnant des comptines pour la petite. Louisette, une voisine, était passée lui demander un peu de café, les deux femmes avaient causé. Le temps avait filé…

— Mon Dieu ! Si tu es là, son heure est déjà passée depuis longtemps. Va-t'en voir jusque chez elle, mon homme. Je garde la petite au chaud.

Une mauvaise pluie était tombée tout l'après-midi. La nuit gagnait déjà le village. André passa son paletot.

— Sale temps, marmonna-t-il.

Il ne voulait pas laisser voir à sa femme qu'il était inquiet. La tournée de Coralie, en effet, était réglée comme du papier à musique. Elle n'était pas fille à se détourner de son chemin pour aller ramasser du bois mort ou saluer une connaissance. De plus, à la différence de Pauline, elle ne perdait pas son temps en bavardages.

— A tout de suite, dit-il à Emma pour la rassurer.

Devant la cheminée, la petite levait vers lui un regard trop mûr pour son âge. André, gêné, se détourna très vite.

Un vent glacial remontait la rue en enfilade. Se voûtant un peu plus pour lui offrir moins de prise, André avança à pas rapides vers la maison de Matthieu.

Il trouva son gendre dans la cuisine, en train de contempler le fourneau froid d'un air perplexe.

— Coralie est avec vous ? s'enquit-il.

64

Tous deux se concertèrent. En l'espace de quelques minutes, la plupart des hommes du village, alertés, se joignirent à eux. Tous savaient qu'ils devaient retrouver Coralie avant qu'elle n'attrape mal.

Matthieu, escorté de son beau-frère Léon, scrutait le bord des chemins. La lueur des torches lui rappelait la chasse aux mariés dont ils avaient fait l'objet trois ans auparavant.

Au fur et à mesure qu'il marchait, Matthieu se souvenait des contes de sa mère, à la veillée, et la peur lui serrait le cœur. Il se rappelait aussi le cauchemar de Coralie. Elle lui en avait parlé une nuit, comme il l'interrogeait avec insistance. Elle s'était dressée toute droite sur leur lit, la bouche ouverte sur un hurlement. « L'eau noire… » avait-elle gémi. Elle redoutait l'eau, et plus encore de périr noyée. C'était curieux, une fille sensée et raisonnable comme Coralie qui accordait autant d'importance à un simple cauchemar.

Il se tourna vers Léon.

— L'étang, souffla-t-il.

C'était une idée stupide car la tournée de Coralie ne l'entraînait pas de ce côté. Léon le lui fit remarquer. Matthieu, accablé, hocha la tête.

Ce fut André Lefort qui retrouva sa fille. Vagabond, empêtré dans les brancards de la charrette à chien, gémissait sourdement. Coralie était tombée et gisait, à demi immergée dans la rivière. Elle était livide à la lueur des torches et Matthieu éprouva à cet instant la certitude qu'elle était morte.

Il eut si mal qu'il sut combien il l'aimait.

Elle délira longtemps, en garda des souvenirs confus. Elle voyait des silhouettes étranges se pencher au-dessus de son lit, elle sentait qu'on s'occupait d'elle, qu'on lui faisait boire un breuvage au goût amer. Elle distinguait les flammes dans la cheminée, un feu d'enfer, sans parvenir pour autant à se réchauffer. Des voix s'adressaient à elle, elle ne les reconnaissait pas. Elle avait froid, et mal dans tout le corps.

Lorsqu'elle émergea enfin, elle découvrit sa mère à son chevet.

— Maman, chuchota Coralie d'une voix rauque. Où est Adeline ?

Les larmes se mirent à couler sur les joues d'Emma. Sa fille avait tant maigri qu'elle donnait l'impression de flotter dans sa chemise. Elle était blême, et ses cheveux étaient parsemés de fils blancs. Le docteur Poinson, qui avait succédé au docteur Savary, n'avait pas dissimulé qu'il lui faudrait beaucoup de temps pour se remettre. Il se demandait comment elle avait pu survivre à sa mauvaise chute, à la perte de son bébé et à l'infection qui s'était généralisée dans tout son organisme. Emma s'était bien gardée de lui confier que, désespéré, Matthieu était allé trouver le père Robert, un rebouteux habitant à l'orée de la forêt. Ce dernier avait préparé un sachet de plantes.

La première nuit suivant l'absorption de la décoction, Emma et Matthieu, qui se relayaient au chevet de Coralie, avaient craint que la jeune femme ne survive pas. Elle s'était vidée d'une partie des sanies qui l'empoisonnaient.

— Maman, reprit Coralie.

Elle se souleva légèrement. Emma eut mal pour le corps de sa fille, couvert d'escarres, en imaginant combien le moindre mouvement devait la faire souffrir.

Emma se pencha vers elle, lui caressa la main.

— Tu verras, tu vas guérir très vite, lui promit-elle.

66

Elle détourna la tête pour ne pas croiser le regard de sa fille. Le médecin avait dit devant elle à Matthieu que Coralie n'aurait jamais d'autre enfant.

9

1872

Pauline se redressa de façon perceptible et vérifia, d'un coup d'œil dans la vitrine, que son chapeau était coquettement incliné sur la droite. C'était très important pour elle. Elle se voulait impeccable en toutes circonstances, attachée à faire oublier ses origines.

Louis ne lui avait jamais adressé le moindre reproche. Pourtant, Pauline tenait à ne pas le décevoir. C'était bien le moins qu'elle puisse faire, puisqu'elle ne l'aimait pas.

Elle pressa soudain le pas, comme si elle se refusait à regarder la réalité en face. Elle se tordit la cheville sur les pavés disjoints de la place Ducale. Charleville avait connu de grands bouleversements au cours des dix dernières années. Le chemin de fer avait favorisé le développement d'une industrie basée sur la boulonnerie et l'estampage tandis que les banquiers investissaient largement, pariant sur cette ville nouvelle.

Pauline, cependant, préférait Reims. La vie y paraissait plus légère pour la fille de l'ardoisier. Louis et elle fréquentaient le théâtre, où ils avaient leur loge ; ils s'étaient constitué un petit cercle d'amis s'intéressant eux aussi à la peinture et se réunissaient souvent dans leur maison-atelier de la place Godinot.

C'était un quartier proche de la cathédrale et de la place Royale, où Pauline se sentait bien. Louis y avait son domaine réservé, un grand atelier orienté au nord dans lequel il se réfugiait la plupart du temps.

Pauline posait volontiers pour lui. Il aimait à la peindre en sultane, allongée sur un sofa rouge magenta. Cette influence orientale plaisait au marchand de tableaux qui s'occupait des intérêts de Louis. Chaque fois qu'elle le rencontrait, Pauline sentait que son regard s'attardait sur les courbes de son corps. Cela l'amusait sans pour autant la troubler. Un seul homme avait eu ce pouvoir et, délibérément, elle l'avait chassé de sa vie.

Elle s'immobilisa devant le vieux moulin, d'une beauté sublimée par la lumière d'automne. Les pierres jaunes de Dom-le-Mesnil prenaient un ton doré sous le soleil. La Meuse, d'une langueur trompeuse, lui était étonnamment familière. Comme si elle n'était jamais partie, songea-t-elle.

Elle éprouva un accès de nostalgie si intense qu'elle s'arrêta au bord du trottoir, pas même incommodée par l'odeur pestilentielle des tanneries installées face au bief, devant la place du Sépulcre. Elle avait tant envie de revoir ses parents, ses frères et Coralie ! La crainte de se voir repoussée après toutes ces années de silence l'en empêchait. Une certaine fierté, aussi.

Les premiers temps, grisée par son beau mariage, elle n'avait pas voulu retourner à La Roche-Laval. Ensuite, c'était trop tard. Elle savait que son père ne lui pardonnerait pas de les avoir tenus à l'écart pour le baptême de Bertrand.

Cette fois encore, elle n'avait pas osé accompagner Louis jusqu'au village. Ils étaient revenus dans les Ardennes après que Benjamine avait écrit que Lucienne était gravement malade. Le médecin parlait d'hydropisie, d'œdème, des mots compliqués qui avaient effrayé Louis. Il avait eu beau répéter à sa femme que sa mère lui avait gâché sa jeunesse, Pauline savait combien il lui était attaché. Ils avaient pris le train séance tenante. Louis avait emmené Bertrand avec lui aux Ecaillères. Pauline avait préféré les attendre à Charleville.

Elle marcha encore vers les jardins du Mont-Olympe, en songeant à ce jeune poète dont on commençait à évoquer le nom dans les salons rémois avec un délicieux petit frisson. Arthur Rimbaud. Lui aussi avait rêvé de s'évader de sa ville natale. Pauline se demandait parfois si elle ne s'était pas égarée en chemin. Elle avait peur, se dit-elle soudain en contemplant la Meuse, paisible à cet endroit, les frondaisons des arbres et le labyrinthe de verdure de la « pente Lolot », une promenade fort prisée sur le flanc sud du Mont-Olympe. Vivre aux côtés d'un peintre lui avait aiguisé le regard. Elle ne pourrait plus se contenter de l'existence étriquée des Lefort, désormais, ni de leur univers borné par les verdoux. C'était peut-être pour cette raison qu'elle avait choisi de couper les ponts avec sa famille. A Reims, on ignorait ses origines ouvrières, elle faisait illusion. Ou, tout au moins, le croyait-elle.

Elle redoutait l'influence de Lucienne Warlet sur son fils. Sa belle-mère ne lui avait jamais pardonné d'avoir convaincu Louis de l'épouser. Dieu merci, Bertrand était né dix mois après leur mariage. Son fils légitimait leur union.

Songeuse, elle regagna à pas lents l'hôtel du Nord où ils étaient descendus. Achevé en 1865, situé place de la Gare, c'était le plus grand hôtel de Charleville. Elle se fit servir un thé dans la chambre. Pourquoi Louis et Bertrand n'étaient-ils pas encore rentrés ?

Elle attendit longuement, assise devant la cheminée. Sa tête était vide. Elle n'aurait jamais dû revenir dans les Ardennes, se dit-elle. Elle avait peur des ardoisières et de la famille Warlet. Bien qu'elle portât leur nom, elle savait qu'elle demeurait pour eux une étrangère. La fille Lefort, une fille d'écaillon.

Suivant la volonté de la défunte, ses obsèques se déroulèrent à Charleville, dans l'église Saint-Rémi, achevée quelques années auparavant sur l'emplacement d'une ancienne chapelle de la « milice chrétienne » créée par Charles de Gonzague. Lucienne avait tout réglé, jusque dans les moindres détails. Elle avait demandé cent cierges puisque, selon la tradition, c'était le luminaire qui classait l'enterrement.

Benjamine et Eugène avaient eu le sentiment d'être rejetés. Lucienne ne pouvait mieux exprimer, par-delà la mort, sa haine du village.

Une assistance nombreuse s'était déplacée. « Du beau monde », avait pensé Benjamine en reconnaissant le préfet Foy ainsi que la plupart des industriels et des banquiers du département, accompagnés de leur épouse.

L'organiste avait interprété le *Requiem* de Mozart avec sensibilité, sans que Benjamine parvienne à pleurer. Elle aurait eu besoin de se trouver dans la petite église de La Roche-Laval, avec les écaillons et leur famille autour d'elle. Elle savait que son père éprouvait les mêmes sentiments. La mort de sa mère la laissait plus démunie que réellement triste. Leurs sempiternelles querelles lui manquaient déjà. Benjamine, pourtant, n'avait jamais été proche de Lucienne. « Tu es une Warlet », lui reprochait souvent cette dernière en pinçant les lèvres. La phrase ressemblait à une condamnation sans appel. Benjamine s'était endurcie, avait appris à grandir *contre* sa mère. Mais la disparition brutale de celle-ci lui donnait l'impression d'un mauvais tour. Comme si Lucienne s'était dérobée au moment le plus palpitant de l'affrontement.

Elle jeta un coup d'œil discret à Pauline, qui se tenait à ses côtés. La fille d'écaillon avait belle allure sous ses voiles de deuil.

L'espace d'un instant, Benjamine songea qu'elle-même ne saurait jamais porter la toilette avec ce chic, cette assurance d'être la plus jolie, d'attirer tous les regards masculins. Elle eut un haussement d'épaules. Après tout, peu lui importait. Elle n'enviait pas Pauline, elle n'aurait pas voulu vivre sa vie. Son regard se porta sur le cercueil dans lequel gisait sa mère. Lucienne et elle ne s'étaient jamais entendues, n'avaient pas connu la complicité qui unissait Benjamine à son père. Au moment de l'adieu, c'était cette certitude qui blessait le plus la jeune fille. Comme si elle avait manqué quelque chose d'essentiel.

De l'autre côté de la nef, Louis et Eugène se tenaient bien droits. Le père et le fils se ressemblaient tout à coup étrangement. Pourtant, ils n'appartenaient déjà plus à la même famille. Louis avait déserté, Eugène ne pourrait jamais le lui pardonner.

Une petite pluie fine accompagna le cortège funèbre jusqu'au cimetière, situé en haut de l'avenue de Flandres.

« De quoi donner l'illusion des larmes », pensa Benjamine, qui gardait les yeux obstinément secs.

Le choix de Lucienne d'être enterrée à Charleville imposait un repas en ville. On se réunit donc dans une salle du buffet de la gare, qu'Eugène avait retenue pour l'occasion. Le traditionnel potage, le bœuf bouilli, les légumes de la soupe, la salade, le fromage, suivis du café, figuraient bien au menu mais la réunion manquait de chaleur. Les fenêtres ouvraient sur le nouveau square, inauguré en 1864. Un endroit où il fallait se montrer, comme la promenade de la pente Lolot, au Mont-Olympe. Deux lieux réservés aux bourgeois de Charleville.

L'assistance se dispersa assez rapidement après le pousse-café, qu'Eugène avait apporté des Ecaillères. Il avait même eu envie de sourire en chargeant les bouteilles de goutte dans le coffre du boghei. Il imaginait la moue pincée de sa femme. « Emporter des bouteilles d'eau-de-vie à un enterrement ! Mon pauvre ami, vous avez des usages si… vulgaires ! », lui aurait-elle lancé.

C'était Honorine qui lui avait fait penser à la goutte. « Déjà que les gens ne comprennent pas pourquoi l'enterrement ne se fait pas chez nous ! », lui avait-elle glissé.

D'où était Lucienne ? se demanda Eugène en serrant la main des derniers invités. Elle n'avait plus de famille, hormis son mari et ses enfants, pas de véritables amis. Seul son statut social comptait pour elle. Il réprima un frisson en songeant qu'il refusait de connaître un destin comparable à celui de son épouse.

Elle n'avait jamais su aimer.

10

1873

Coralie s'immobilisa devant le rosier épanoui qui jetait une tache de couleur sur le mur gris de leur maisonnette. Ce rosier était un présent de Matthieu, qui le lui avait apporté un soir de mars de chez son ami Jules, le forgeron. Jules était un amoureux des fleurs et cultivait avec passion le jardin qu'il possédait à la sortie du village.

« Si tu le soignes bien, il devrait fleurir à l'été », avait promis Matthieu à son épouse.

Coralie s'était accrochée à cette promesse. En compagnie d'Adeline, elle avait repiqué le rosier, l'avait arrosé. La mère et la fille venaient le saluer périodiquement, en lui disant combien elles attendaient ses fleurs.

Le premier bouton lui avait donné le sentiment d'une renaissance. La vie palpitait, là, sous les pétales serrés. Lorsqu'elle l'avait montré à Matthieu, il avait souri. Cette nuit-là, les époux s'étaient unis avec une fièvre nouvelle. Coralie, qui avait longtemps refusé toute étreinte, s'était enfin abandonnée. Les mains de Matthieu, ses baisers, lui disaient combien il l'aimait. Elle s'était blottie contre lui, avait posé les mains sur son torse puissant.

« Je veux une autre vie pour Adeline », avait-elle soufflé.

Matthieu y songeait, tout en écoutant Fredo Parizel, qui exhortait ses camarades à cesser le travail. Comme toujours, c'était l'achat d'une machine qui avait mis le feu aux poudres. En 1844, déjà, l'installation de wagonnets pour remonter la pierre à la surface à la Compagnie du Moulin-Sainte-Anne, à Fumay, avait provoqué l'hostilité des ouvriers. Pour les écaillons, la machine symbolisait le chômage.

Cette fois, les ardoisiers manifestaient bruyamment leur opposition aux scies circulaires. C'était la faute de Bernier, aussi. Il avait annoncé la nouvelle comme une sanction, sans expliquer quelles en seraient les conséquences.

Fredo Parizel avait l'élocution facile. Quoi de plus normal, avec une femme maîtresse d'école ? C'était un « rouge », chuchotait-on dans le village. A se demander comment il avait réussi à se faire embaucher aux ardoisières Warlet, alors que Bernier se défiait de ceux qu'il appelait « la graine de guillotine » !

Matthieu observa ses camarades. La plupart semblaient subjugués par les arguments de Fredo, qui faisaient mouche. Comment, en effet, ne pas adhérer à la critique d'un système qui sous-payait les ouvriers tout en les exposant à des risques réels ? Il savait pourtant qu'Eugène Warlet n'était pas un mauvais bougre. Bien des patrons se souciaient moins de leurs hommes.

— Il faut casser toutes ces machines ! reprit Fredo.

Casser ? Matthieu ne pouvait se résoudre à cette idée. Il appartenait à la vieille école, estimant que le matériel mis à sa disposition devait être transmis intact à ses successeurs. Il avait en lui, profondément ancré, l'amour de son métier.

— Ça commence par les machines, poursuivait Parizel, et l'ouvrier se retrouve à la rue. Déjà que la vie est dure…

C'était vrai. Les salaires ne parvenaient pas à suivre la hausse des prix. Tout était trop cher, à commencer par le lard, qui disparaissait de la table familiale. Les hommes ne gagnaient pas plus de deux francs soixante-quinze pour un travail journalier de dix à douze heures.

Depuis l'accident survenu quatre ans auparavant, Coralie avait abandonné ses tournées. Une fois réparée, la charrette avait été vendue à Antoinette, une fille de Fumay qui avait aussi repris Vagabond. Coralie avait pleuré le jour où le grand chien était parti. Des larmes de rage et d'impuissance. Elle aurait voulu garder chez eux celui qui avait été le compagnon de jeux d'Adeline mais, bien sûr, ils ne pouvaient se le permettre avec un seul salaire. Coralie avait tourné et retourné le problème dans sa tête, se demandant comment gagner de l'argent. Sa longue maladie avait eu raison de ses forces. Pas question pour elle de faire des ménages ou de se placer en ville. Elle avait fini par trouver du travail à Charleville. Un commerçant, monsieur Masson, spécialisé dans les trousseaux, lui confiait chaque semaine du linge à broder. Elle s'affairait chez elle, s'installant dans leur jardinet dès que le temps le lui permettait.

Adeline, qui était douée, lui prêtait la main. La petite fille avait un joli coup de crayon, elle dessinait des animaux fabuleux, sortis tout droit de son imagination.

« Je voudrais tant qu'elle ait une autre vie », avait répété un jour Coralie, et Matthieu s'était senti quasiment coupable. De quoi ? Il aurait été bien incapable de le dire.

Une houle parcourut la foule des écaillons, rassemblés devant les puits.

— La troupe ! Ils ont appelé la troupe ! rugit Parizel.

Matthieu plissa les yeux. Il apercevait à présent les gendarmes à pied, venus de Givet et de Fumay, fusil Lebel en bandoulière.

— Y vont voir ! s'écria Alcide, un jeune au sang chaud.

Se penchant, il saisit une pierre, la lança en direction d'un militaire. Celui-ci, atteint au visage, essuya le sang avec son mouchoir. « Le sang appelle le sang », pensa Matthieu, effondré. En effet, en l'espace de quelques instants, une vingtaine d'ouvriers surexcités avaient suivi l'exemple d'Alcide.

— Doucement, les gars ! s'interposa Félicien.

Il en imposait à tous avec son pilon. On savait l'aîné des Lefort de bon jugement. Il mit à profit le flottement dans les rangs des écaillons pour s'avancer vers les gendarmes.

— On veut parler à monsieur Warlet, déclara-t-il d'une voix forte.

Bernier, qui avait, lui aussi, reçu une pierre au cours de l'échauffourée, ricana.

— Tu crois que le patron va venir au casse-pipe ? Tu rêves, Lefort ! La troupe va vous remettre dans le droit chemin, et vite, crois-moi !

Un grondement menaçant courut parmi les ouvriers. Décidément, le régisseur savait trouver les mots pour se faire haïr ! Sur ce point, pas de problème, on pouvait lui faire confiance.

Matthieu pressentit que l'affrontement était proche. La troupe venue de Givet et les écaillons étaient figés, prêts à se donner l'assaut. Un seul mot, un seul geste, et un militaire pouvait tirer, provoquant l'irréparable.

Il ne reconnut pas tout de suite la silhouette qui venait de s'élancer vers Bernier. Dans la course, son chapeau s'envola, ses cheveux fauves se défirent.

— La petite Warlet, murmura André Lefort.

— Je représente le patron, déclara-t-elle crânement après s'être placée entre les gendarmes et les ouvriers. Il se trouve en Belgique, pour gagner de nouveaux marchés afin que les ardoisières continuent de tourner. C'est ça, le plus important. Que tout le monde ait du travail. Avec ou sans machines.

Elle parla encore quelques minutes. Elle savait user de phrases simples qui allaient droit au cœur des écaillons. En effet, même si elle était la fille du patron, Benjamine était avant tout une fille de l'ardoise. Elle connaissait la fosse, personne n'avait oublié qu'elle avait failli y rester.

Lentement, les visages se décrispèrent. D'un mouvement las, haussant les épaules, les ouvriers firent demi-tour et retournèrent à leur poste. Les gendarmes abaissèrent leurs armes.

— Mademoiselle, vous avez du cran, fit le lieutenant à l'adresse de Benjamine.

Elle sourit.

— Je déteste la violence. Ils ont déjà un travail assez rude…

Elle enchaîna :

— Venez vous restaurer aux Ecaillères. Nous soignerons les blessures de vos hommes, je ne pense pas qu'elles soient trop graves. En revanche, j'aimerais que l'on ne fasse pas état de cette… divergence de vues en haut lieu. Ce sont des gars bien. Ils ont paniqué, redoutant de perdre leur emploi.

L'officier se raidit. Il ne fallait tout de même pas trop lui en demander ! La fille Warlet avait certes sauvé la situation mais elle n'entendait rien à la politique. Où allait-on si les ouvriers se permettaient de bafouer l'ordre public en toute impunité ?

— Les meneurs seront obligatoirement sanctionnés, répondit-il, glacial.

Benjamine et lui s'affrontèrent du regard. Elle savait déjà ce qui allait se passer. Bernier profiterait de la crise pour se débarrasser des fortes têtes, ceux qui refusaient de courber le dos. Or, elle trouvait particulièrement injuste le fait qu'il s'octroie cette liberté.

— Mon père rentre après-demain. C'est à lui de prendre les sanctions, déclara-t-elle fermement.

Si sa conviction ébranla le lieutenant, il n'en laissa rien paraître.

— Monsieur le préfet tranchera, répondit-il.

C'était une fin de non-recevoir, Benjamine le comprit. Tournant les talons, elle entraîna les blessés à sa suite vers les Ecaillères. Matthieu la rattrapa alors qu'elle ouvrait les grilles. Il la saisit par le coude.

— Vous savez, vous, qu'ils se battaient pour défendre leur gagne-pain, plaida-t-il.

Elle soutint son regard fiévreux. Matthieu Servant était un homme droit et juste – il ne s'était pas joint aux écaillons qui avaient eu recours à la violence –, mais son visage reflétait sa lassitude et sa révolte.

— Je suis désolée, murmura Benjamine.

Pour la première fois de sa vie, elle éprouvait comme de la honte.

11

1876

Honorine avait beau essuyer les moqueries du maître, elle s'obstinait à cultiver un champ de chanvre à la sortie du village. Ce champ, qu'elle avait acheté avec ses économies, représentait pour elle le signe tangible de son indépendance.

Chaque été, elle coupait elle-même à la faucille les hautes tiges de chanvre de sa chènevière avant de les mettre à rouir sur le pré. Zéphyrin, le cocher des Warlet, conduisait les bottes obtenues chez le meunier qui les plaçait dans l'eau courante après les avoir recouvertes de pierres. Cette technique garantissait un produit de couleur claire.

Il fallait ensuite faire sécher la fibre au grenier. Pour le broyage, Honorine suivait l'exemple donné par sa mère : elle opérait au clair de lune, installée devant la porte de l'office. La main gauche tendait le chanvre vers le broyon que la main droite actionnait. Geste éternel, répété des milliers de fois… Le broyon assouplissait le chanvre, les « chènevottes », les fragments de tige, s'éparpillaient sur le sol. Blanche, une gamine un peu simplette qui aidait Honorine pour les gros travaux, se précipitait pour les ramasser. Rien ne se perdait, c'était une leçon qu'Honorine avait retenue de son enfance. Ces chènevottes étaient bien utiles pour allumer le feu.

L'aube était levée depuis longtemps lorsque la cuisinière procédait au teillage à l'aide d'une palette, la « récousette », et d'une planche entaillée, le « pied de recœur ». Cette opération consistait à battre le chanvre pour le nettoyer à fond avant que les chanvriers ne viennent aux Ecaillères pour peigner la récolte, en mettant de côté l'étoupe. Ensuite, il ne restait plus qu'à filer et préparer les écheveaux pour le tisserand.

Honorine avait la satisfaction de produire elle-même ses torchons et ses draps et en tirait une certaine fierté. Eugène s'en amusait lorsqu'elle le rejoignait dans sa chambre : « Des draps faits avec amour », disait-il avec une pointe de tendresse. Leur relation avait évolué de façon insidieuse après la mort de Lucienne Warlet. Certes, Honorine était assez fine pour avoir compris depuis un moment qu'elle plaisait au maître, mais elle n'avait pas du tout envie de se retrouver fille-mère, à errer sur les chemins avec son bâtard. Elle avait donc fait attendre l'ardoisier afin d'être certaine qu'elle ne serait pas seulement un caprice d'un soir pour lui.

Eugène Warlet venait souvent lui rendre visite dans son domaine réservé, sa cuisine. Il soulevait les couvercles des marmites, humait le parfum du gibier mariné qui mijotait longuement avec des pommes de terre venant de Rozoy, les meilleures, prétendait Honorine. C'était un sanguin, un bon vivant, qui avait changé depuis la mort de sa femme, comme s'il avait été libéré d'un poids. Eugène était un homme de bonne compagnie, aimant l'amour comme il aimait la bonne chère.

Maîtresse la nuit, Honorine occupait une place à part dans la hiérarchie des domestiques. Son influence restait cependant discrète. Elle ne voulait à aucun prix blesser Benjamine, avec qui elle s'entendait bien. Elle restait à sa place, se refusant à faire état de sa liaison avec le maître. La situation devait convenir à Eugène, qui appréciait d'avoir une femme encore jeune et fraîche dans son lit.

Parfois, Honorine se disait que la vie était étrange. Elle n'aurait jamais imaginé, quatorze ans auparavant, lorsqu'elle avait été embauchée aux Ecaillères, connaître ce destin. Elle aimait cuisiner, tenir une maison, et n'avait aucune envie de travailler aux ardoisières. Elle avait fait sienne la bâtisse des Warlet. Parfois, elle avait le sentiment d'être devenue une Warlet, elle aussi, même s'il s'agissait d'un leurre. « Ma pauvre fille ! tu rêves éveillée ! », se disait-elle alors.

Le maître ardoisier n'était pas homme à lui tenir de longs discours. Il lui faisait part, tout de même, de ses soucis et de ses projets, tout comme il avait pris le pli d'associer étroitement Benjamine à chacune de ses décisions. « La petite me succédera, et je crois que cela vaut mieux pour les ardoisières, avait-il confié un soir à sa maîtresse. Bon sang ne peut mentir ! Elle connaît la scaille aussi bien que moi. »

Honorine avait eu la langue levée pour lui demander s'il ne craignait pas que la tâche fût trop lourde pour une jeune fille. A coup sûr, Eugène aurait mal pris sa réflexion. Même s'il avait toujours vécu à La Roche-Laval, il l'avait fait de l'autre côté des grilles des Ecaillères. Là était la différence. Parfois, Honorine prenait peur. Elle refusait de se l'avouer, mais elle était attachée au maître. Ils étaient un peu comme un vieux couple, se devinant l'un l'autre, ayant des attentions réciproques, tout en se défiant des grandes phrases.

Lasse d'être dans les transes chaque mois, Honorine avait fini par se résoudre à consulter la vieille Amélie, une bergère qui faisait aussi office de guérisseuse et dont nombre de femmes se répétaient sous le manteau les bonnes recettes. Elle n'aurait jamais osé, en effet, aborder ce sujet avec Eugène qui, d'ailleurs, lui aurait certainement répondu que c'était là affaire de femmes et non son problème. Sûr, avait-elle pensé, moqueuse, il ne risquait pas d'avoir ce genre de souci avec son épouse, qui avait fait chambre à part après la naissance de Benjamine !

La vieille Amélie avait d'abord cherché le nombre de points douloureux chez Honorine. Pour ce faire, elle avait fait tremper plusieurs graines d'avoine noire dans un verre d'eau bénite et compté le nombre de grains qui remontaient à la surface. « Tu as bien de la chance, ou de la malchance, ma fille, c'est selon, avait-elle dit à Honorine. Tu ne pourras jamais avoir d'enfant. » Honorine, qui avait vu sa mère usée par les grossesses à répétition, avait estimé pour sa part qu'elle n'avait pas à se plaindre de son sort. « Si cela te chagrine, tu peux toujours te rendre jusqu'à la fontaine de Saint-Roger, à l'abbaye d'Elan, où tu boiras un verre d'eau afin de pouvoir enfanter, mais je n'y crois guère. On est conformée pour avoir des petits ou non, c'est comme mes brebis. Moi, comme tu me vois, j'ai eu plus d'un galant dans ma belle jeunesse, sans jamais être grosse. »

Honorine était rentrée songeuse. Quelque part, elle se demandait si Eugène n'aurait pas aimé avoir un troisième enfant, tout en sachant que c'était pure folie. Elle avait trop vu, dans son enfance, de filles-mères chassées de partout pour souhaiter connaître ce destin. Etre fille-mère, c'était presque pis qu'être une prostituée. Avec un peu de chance, la femme de mauvaise vie exerçait dans une maison où elle était protégée. La fille-mère, elle, se retrouvait seule avec son bâtard en butte aux persécutions et aux avanies de toutes sortes.

Dans ces conditions, elle avait de la peine à comprendre que Benjamine refusât avec autant de force de prendre époux. « Tu es bien restée fille, Norine ! répliquait la fille d'Eugène. Etre assujettie à un homme, devoir lui rendre des comptes pour tout, et le supporter dans mon lit, dans ma maison, jusqu'à ce que la mort nous sépare, selon la formule consacrée, merci bien ! », proclamait la jeune fille.

A vingt-quatre ans, Benjamine était mieux que jolie. La forte personnalité que révélait son visage volontaire n'altérait pas la beauté de ses yeux gris, le charme de ses lèvres gourmandes. Elle avait gardé l'habitude de porter des vêtements masculins pour se rendre aux ardoisières, ce qui ne surprenait plus les ouvriers. Les clients, en revanche, s'étonnaient lorsqu'ils voyaient surgir dans le bureau un jeune homme qui, sa casquette ôtée, possédait une longue chevelure fauve. Plus d'un prétendant avait perdu son temps à lui faire la cour. Benjamine les évinçait d'un sourire moqueur, l'air de dire : « J'ai bien d'autres soucis en tête ! »

En effet, la situation, en cette année 1876, était préoccupante. Il fallait produire toujours plus, et conquérir de nouveaux marchés. Eugène Warlet avait pris le pli d'emmener sa fille avec lui chez ses clients belges et hollandais. Il insistait alors pour que Benjamine soigne sa tenue. « Tu es ma fille, et l'héritière des ardoisières », lui disait-il. Benjamine se déguisait en dame, cela la faisait rire. Si les fameux clients l'avaient vue dans sa tenue de tous les jours, ils n'auraient pu réprimer un haut-le-corps !

Les produits Warlet étaient renommés et, chaque fois qu'elle assistait au chargement d'une péniche, Benjamine éprouvait un sentiment de fierté. Ces ardoises, de type flamand, destinées à la Belgique et à la Hollande, elle pouvait dire quelle était leur provenance, combien d'heures de travail elles avaient coûté.

C'était à la fois grisant et frustrant. Même si Eugène lui promettait de lui laisser carte blanche un jour prochain, Benjamine savait qu'elle demeurait une jeune femme. Rien qu'une femme, dont les concurrents guetteraient le premier faux pas. Cette perspective ne lui faisait pas vraiment peur. Elle l'irritait, plutôt.

Eugène Warlet mourut paisiblement un soir d'hiver, alors qu'il lisait son journal dans la cuisine. C'était une habitude chère à l'ardoisier : il attendait Honorine pendant qu'elle faisait la vaisselle. Il gelait depuis deux jours et deux nuits. Un vent glacial soufflant de Belgique ronflait dans la grande cheminée. Il commentait les faits divers à l'intention de sa compagne lorsqu'il s'affaissa brutalement sur la table de bois patiné. Honorine laissa tomber son torchon sur le pavé.

— Eugène ! cria-t-elle.

C'était bien la première fois qu'elle l'appelait par son prénom.

Elle se précipita vers lui, le saisit à bras-le-corps.

— Eugène, répéta-t-elle, la voix changée.

Elle ne voulait pas s'affoler. Il allait se redresser, lui sourire, comme pour lui dire de ne pas s'inquiéter. Il était ainsi fait. Peu loquace, mais prompt à la réconforter. Protecteur, alors qu'elle pensait être une femme forte.

Son pouls ne battait plus. Incrédule encore, elle courut à la chambre de Lucienne, saisit un petit miroir à main sur la coiffeuse, revint le placer devant la bouche d'Eugène. Elle hurla lorsqu'elle dut se rendre à l'évidence. Aucune buée ne ternissait la glace.

Elle osa alors un geste qu'elle s'était toujours interdit de son vivant. Elle noua les bras autour de son cou et éclata en sanglots convulsifs.

Le froid la fit frissonner. Elle avait laissé le feu mourir dans la cheminée. Honorine elle-même se sentait comme morte, toute glacée. Elle se redressa lentement, jeta un coup d'œil au cadran de l'horloge. Deux heures du matin. Elle se demanda si elle devait réveiller Benjamine avant de retourner s'agenouiller auprès d'Eugène.

Jusqu'à l'aube, elle aurait l'illusion qu'il lui appartenait encore.

12

1877

Longtemps, Benjamine avait effectué un détour pour ne pas passer devant le bureau de son père. C'était plus fort qu'elle, elle s'attendait à le voir lever la tête et lui adresser un signe complice de la main.

Elle se reprochait de ne pas avoir été présente à ses côtés la nuit de sa mort. Elle dormait profondément et n'avait rien entendu. Lorsqu'elle était descendue, elle avait trouvé Honorine dans la cuisine, tenant entre ses mains, comme pour les réchauffer, les mains déjà glacées de son père.

Elle gardait un souvenir confus des jours qui avaient suivi.

Honorine et elle s'étaient serrées l'une contre l'autre, comme pour se porter mutuel réconfort, lorsque les deux indigents qui avaient au village le monopole d'ensevelir les morts étaient venus procéder à la toilette d'Eugène. Après s'être concertées, les deux femmes avaient choisi les vêtements que le maître ardoisier portait pour descendre au fond : pantalon de gros velours et paletot de laine. Honorine avait placé un chapelet entre les mains jointes d'Eugène Warlet.

Benjamine avait été tentée de glisser dans le cercueil une ardoise rouge que son père utilisait comme presse-papiers. Elle l'avait finalement laissée dans son bureau.

Elle n'avait pas demandé à Honorine pourquoi elle avait trouvé la fenêtre de la cuisine grande ouverte, malgré le froid. Elle savait, en effet, que le respect de cette tradition permettait à l'âme du défunt de s'en aller.

Les écaillons avaient défilé aux Ecaillères pour bénir le corps. Honorine avait expliqué à Benjamine que tant que le cercueil ouvert demeurerait dans la maison, il n'était pas question de procéder au moindre ménage. La vie s'arrêtait, tout comme les horloges et les pendules, tandis que les volets restaient hermétiquement clos. Ces coutumes n'avaient pas été observées après la mort de Lucienne Warlet. L'épouse du maître ardoisier venait de la ville ; elle ne cachait pas son mépris pour ce qu'elle qualifiait de « pratiques d'un autre âge ».

Le père et les fils Lefort étaient venus passer la nuit après leur journée de travail. Honorine avait servi du vin chaud au bon goût d'épices et de clous de girofle, puis du café et après la goutte, incontournable. Tout naturellement, Benjamine avait parlé avec eux d'ardoises. Cela allait de soi.

Elle avait fait prévenir Louis par téléphone mais ne s'attendait pas à le voir venir avant le jour de l'enterrement. En effet, il descendit du fiacre qui l'avait amené de Charleville alors que le cercueil d'Eugène quittait la maison. Pauline et Bertrand l'accompagnaient. Tous trois arboraient une mine de circonstance.

Benjamine nota presque machinalement que son neveu avait grandi. Il était pour elle un étranger, beaucoup plus que les écaillons qui avaient insisté pour porter le corps de leur père. Elle se rappelait que Louis l'avait embrassée avec une sorte de gêne. Elle savait qu'il avait horreur de revenir au village. Quelque part au fond de lui, il devait toujours se sentir coupable d'avoir déserté.

Les sonneries des cloches, les laisses, emplissaient le cœur de Benjamine. Il y avait eu neuf coups espacés avant que les grandes laisses ne sonnent à la volée, pendant que le cortège funèbre s'ébranlait.

L'émotion avait été à son comble dans l'église fleurie de bruyères vivaces. Tous les écaillons étaient présents, ainsi que leur famille. Lorsqu'ils se mirent à entonner un chant dédié à leur patronne, sainte Barbe, des frissons coururent le long du dos de Benjamine. Elle crispa les doigts sur son mouchoir. Les ouvriers l'entouraient de leur chaleureuse présence. Elle se sentait moins seule.

Elle avait volontairement chassé de sa mémoire l'inhumation et le repas d'enterrement. Il y avait trop de monde, c'était trop difficile. Heureusement, Honorine était restée à ses côtés, ainsi que Félicien Lefort. Louis conversait avec les officiels qui avaient effectué le déplacement. « Chacun son rôle, avait pensé Benjamine. Moi, je suis une fille de la fosse, je ne sais pas faire de mondanités. » Louis était bien le fils de leur mère ! Il n'avait pas son pareil pour flatter le préfet et le président de la chambre de commerce tout en prononçant des banalités. Un comportement de courtisan, aurait dit Eugène, qui ignorait l'usage de la langue de bois.

Benjamine s'était éloignée. Réfugiée dans le hall, elle avait ouvert toute grande la porte, bu une longue goulée d'air glacé.

— Vous allez prendre mal.

La voix grave de Félicien Lefort la fit tressaillir. Perdue dans son chagrin, elle n'avait pas remarqué qu'il l'avait suivie. Il posa sur les épaules de la jeune fille une vieille cape sombre.

— Couvrez-vous, au moins, lui recommanda-t-il.

Elle lui obéit machinalement. Elle se sentait dans un état second, incapable de prendre une décision.

— Je suis toute seule désormais, souffla-t-elle.

Elle savait que son père avait eu l'intention de lui léguer les ardoisières en usufruit. Avait-il eu le temps de le faire ? Au fond, peu lui importait. C'était l'ampleur de la tâche qui lui faisait peur. Eugène ne serait plus là pour la conseiller.

— Nous comptons sur vous, lui dit Félicien. Nous avons besoin de vous.

L'opinion des ouvriers, réticents bien évidemment à l'idée d'être dirigés par une femme, avait changé après les grèves de 1873. Tout le monde, en effet, avait remarqué la fougue avec laquelle Benjamine avait défendu ses écaillons. Elle avait plaidé la cause des grévistes auprès de son père, qui s'était rendu à deux reprises à la préfecture de Mézières. Trois hommes avaient été condamnés à un mois d'emprisonnement, cinq autres avaient réussi à s'échapper en Belgique, refuge traditionnel depuis des lustres.

Benjamine se tourna lentement vers lui.

— J'ai bien peur de ne pas être à la hauteur, murmura-t-elle.

Il fallait qu'elle ait une conversation sérieuse avec son frère. Hors de la présence de Pauline, de préférence.

Elle resserra les pans de la cape autour d'elle.

— Venez, répéta Félicien. On vous attend à l'intérieur.

C'était elle la responsable des ardoisières, désormais. Cette certitude faisait monter en elle un sentiment proche de la panique.

Lorsqu'elle revint dans la salle, elle reconnut Logeard, le concurrent principal de son père, en grande conversation avec Louis. Que croyaient-ils donc ? Elle n'allait pas laisser démanteler les ardoisières Warlet sous prétexte qu'étant femme, elle ne parviendrait pas à s'imposer. Elle avait les écaillons avec elle. Ensemble, ils pouvaient continuer à se battre.

Elle sentit le regard de Félicien Lefort fixé sur elle. Il lui intimait de ne pas lâcher prise. Elle lui sourit comme pour lui signifier que telle était bien son intention.

Félicien s'immobilisa sur le seuil de sa maison et prit une longue inspiration. Il n'aurait jamais osé imaginer se retrouver un jour dans le logis attribué au régisseur, situé près des ardoisières. Benjamine lui avait proposé la place la semaine précédente, alors que Bernier, victime d'une mauvaise fracture, avait dû être hospitalisé à Charleville. « Il a soixante ans passés et désire aller s'installer chez sa fille, près de Rethel, dès qu'il ira mieux », lui avait expliqué Benjamine. Elle avait ajouté avec un sourire contrit qu'elle n'en était pas vraiment fâchée. Tout le monde, en effet, savait que ses relations avec le régisseur étaient particulièrement tendues. « Que diriez-vous de prendre sa place ? », avait-elle enchaîné. Et, comme Félicien la considérait d'un air incrédule, elle avait insisté : « C'est à mon tour de vous dire que j'ai besoin de vous, Félicien Lefort. A nous deux, nous formerons une véritable équipe. Vous avez l'instinct de la scaille. Moi, je perds beaucoup de temps à gérer l'entreprise. Mais vous savez que je dois rendre des comptes à mon frère... »

L'entrevue chez le notaire avait été houleuse. Louis, certainement influencé par Pauline, prétendait tout vendre à Logeard. Benjamine avait vu rouge. Dieu merci, le testament d'Eugène protégeait les intérêts de sa fille et des ardoisières. Leurs destins étaient liés, de façon indéfectible. « Tu as tout intérêt à ne pas nous faire perdre d'argent », lui avait lancé son frère en sortant de chez le notaire. Elle lui avait alors jeté un regard blessé. Etait-ce bien Louis qui lui tenait ce discours ? Il avait changé, s'était embourgeoisé tout en jouant l'artiste, dans son costume de velours noir et sa chemise à lavallière. Il ressemblait à leur mère, avait pensé Benjamine avec une pointe de déception.

L'attitude de Louis l'avait poussée à se battre encore plus. Logeard tentait de lui voler ses clients étrangers. Le fait d'être une femme – jeune et jolie, de surcroît ! – jouait contre elle.

— Il faudrait te marier, lui fit remarquer un soir le docteur Poinson.

Il avait gardé l'habitude de passer aux Ecaillères chaque fin de semaine. Il partageait le souper de Benjamine, restait auprès d'elle durant une petite heure avant de rentrer chez lui.

La jeune fille sursauta :

— Me marier ? Merci bien ! Je ne saurais jamais si le galant s'intéresse à moi ou aux ardoisières !

Le médecin éclata de rire. Elle ne changerait donc jamais ! Déjà, toute petite, elle fleurissait la statue de sainte Barbe, dans l'église du village, plus volontiers que celle de la Vierge, en affirmant que la patronne des hommes du fond était sa préférée.

— Il y a une vie en dehors des ardoisières, remarqua-t-il doucement. Ta vie. Je ne voudrais pas que tu la gâches.

Elle esquissa un sourire teinté de mélancolie.

— Vous avez trop lu Voltaire et Rousseau, mon bon docteur ! Vous croyez encore au bonheur. En toute franchise, pas moi.

La moue de son vieil ami se fit sceptique.

— Tu es encore si jeune ! se contenta-t-il d'ajouter.

13

1878

Depuis plusieurs siècles, le village était placé sous la protection de sainte Barbe, ce qui posait nombre de problèmes. Une fête patronale début décembre, peste ! ce n'était pas le moment rêvé pour des réjouissances. On avait bien projeté à plusieurs reprises de modifier la date mais c'était compter sans l'opposition des anciens qui refusaient d'en entendre parler. On avait vu ce qui s'était passé à Verny ; la fête, qui devait se tenir le 10 janvier, jour de la saint Guillaume, avait été déplacée au mois d'octobre, le 6 exactement, jour de la saint Bruno. De petits malins avaient essayé de semer du blé ce jour-là, comme pour faire un pied de nez au vieux dicton. Macache ! Le blé avait bel et bien péri par la brune, comme les anciens le prétendaient. Depuis, forcément, on se méfiait. De plus, pour tous les écaillons, la Sainte-Barbe avait un caractère sacré.

Les femmes travaillaient dur, encore plus que d'ordinaire. Elles confectionnaient les traditionnelles galettes au sucre, suivant une recette qu'elles tenaient de leur mère ou de leur belle-mère. Les pommes ramassées au creux des chemins permettaient de préparer des « rabotes », le fruit entouré de pâte bien épaisse, et des tartes. On allait acheter en Belgique de la cassonade qui donnait un goût particulier aux gâteaux, légèrement caramélisé.

Une fois leur pâtisserie enfournée, les femmes s'attaquaient à leur maison. Tout devait reluire, et elles astiquaient avec ardeur casseroles, murs et sols. Le savon noir était leur produit de prédilection. Elles recouraient aussi à une cire « maison » pour entretenir buffet et armoire.

Coralie et Adeline participaient à ce grand ménage de décembre. Matthieu souriait, le soir, à son retour, en voyant « ses femmes », comme il disait, les joues rougies, les cheveux en bataille sous le bonnet. Coralie, elle, n'avait pas le cœur à rire. La mine sombre, elle annonça à son mari que le pain avait encore augmenté.

— Heureusement que mon travail nous rapporte quelques sous, ajouta-t-elle. Regarde, notre voisine Etiennette n'a pas cette chance, elle.

C'était vrai. Il était de plus en plus difficile de joindre les deux bouts. A se demander comment les autres couples se débrouillaient.

— Ils achètent moins de livres que nous, disait Matthieu, l'air moqueur.

Adeline était la meilleure cliente du colporteur qui passait chaque mois dans le village. Lire était pour elle une véritable passion. Elle dévorait des ouvrages à la couverture râpée, plongeait dans un monde inconnu en compagnie des feuilletonistes. Les yeux brillants, elle racontait ensuite l'intrigue à ses parents. Cela inquiétait parfois Coralie. Leur fille ne risquait-elle pas d'être déçue en confrontant cet univers imaginaire à leur vie rude ? Matthieu la rassurait. Adeline avait les pieds sur terre.

A onze ans, elle affirmait haut et fort qu'elle travaillerait à l'extérieur, comme son père. Elle s'intéressait, elle aussi, à l'ardoise, en manifestant une prédilection pour l'histoire du village et celle de la scaille, intimement mêlées. C'était une maîtresse de maison accomplie, qui secondait sa mère dans toutes les tâches du ménage, même si elle préférait s'isoler pour lire. Adeline promettait d'être belle avec ses grands yeux bleu foncé, son visage triangulaire et ses cheveux couleur de châtaigne.

« Petite, je te souhaite une vie meilleure que la nôtre », lui avait un jour dit son grand-père. André Lefort vieillissait et supportait mal que son corps le trahisse. Trente-cinq ans passés au fond, à tailler dans le schiste et à porter de lourdes charges sur son dos cassé, avaient fait de lui un vieil homme. Il n'abdiquait pas, cependant, et continuait de planter son regard bien droit dans celui de son interlocuteur.

« Notre travail, c'est notre fierté », affirmait-il volontiers.

La veille de la Sainte-Barbe, les ouvriers respectèrent une tradition originaire de Fumay. Ils trinquèrent en l'honneur de la patronne des ardoisiers. C'était le seul jour de l'année où ils pouvaient boire de l'alcool au fond. Des chandelles brûlaient à l'entrée de chaque galerie, chassant les ombres familières.

Ce dimanche de décembre, le village tout entier se retrouva à l'église. Exceptionnellement, la plupart des hommes ne restèrent pas sur le parvis, à fumer le tabac acheté en contrebande. Chacun avait à cœur de faire acte de présence le jour de la sainte patronne. Seule Emma Lefort, fidèle à son serment, refusa de se déplacer. A la fin de l'office, on distribua du pain bénit et la statue de sainte Barbe fut portée en cortège dans tout le village.

Ensuite, tout le monde se précipita sur la place où l'aubade était donnée au maire, Alfred Mérot. Le dîner réunit la population dans l'arrière-salle du cabaret. Il était offert par Benjamine Warlet, suivant une tradition qu'elle avait instaurée. Le 4 décembre, on mangeait beaucoup de viande, l'hôtesse y tenait, pour compenser les nombreux jours de l'année durant lesquels on se contentait de soupe claire et de pain.

Le boucher de Fumay avait amené le vendredi matin un bœuf imposant qui avait été tué sur place, dans une grange. Ensuite, les gamins du village s'étaient précipités sur l'animal, armés de bâtons de noisetier qu'ils avaient fait sécher dans l'âtre afin qu'ils soient aussi robustes que possible. S'ensuivait une pratique barbare, qui les amusait fort : les gosses tapaient le bœuf avec ces bâtons jusqu'à ce que le boucher les rappelle à l'ordre. En tout cas, dès le vendredi midi, l'excitation était à son comble !

Le samedi, tout le village fleurait bon le pâté en croûte. Adeline tenait la recette de sa grand-mère. Emma lui avait appris à préparer une pâte briochée en mélangeant cinq cents grammes de farine, deux œufs, une pincée de sel, trois cents grammes de beurre et vingt grammes de levure. Depuis la veille, un kilo de porc coupé en dés marinait dans du vin blanc avec un gros oignon, trois gousses d'ail, du thym, du laurier, du persil, du sel et du poivre. Adeline avait disposé la viande bien égouttée sur une moitié de pâte, l'avait recouverte de pâte en pinçant les bords et en ménageant une petite « cheminée » au milieu. Dorer le tout au jaune d'œuf constituait la dernière touche avant d'enfourner le pâté en croûte une bonne heure et demie.

Elle rougit de fierté lorsqu'elle se rendit compte qu'on avait servi de son pâté à mademoiselle Warlet. Benjamine l'apprécia comme il se devait, louant la légèreté de la pâte, le goût de la marinade. Adeline se rengorgeait. Jusqu'à ce qu'André précise :

— Ne te gonfle pas trop, petite, ce n'est rien d'autre que la recette de ta grand-mère, et de sa mère avant elle. Toi, tu la transmets.

Benjamine, qui avait entendu, se pencha en souriant vers la fillette.

— Avec ton grand-père, tu ne risques pas d'avoir des compliments ! Je te félicite, en tout cas : ton pâté est très réussi.

André marmonna quelque chose avant de faire honneur au gros morceau de bœuf qui lui avait été servi. On leur proposa ensuite tout un assortiment de volailles rôties, curieusement non accompagnées de légumes.

Une année, Adeline avait osé demander pour quelle raison on ne mangeait pas de pommes de terre, de choux ni de lentilles le jour de la fête. Coralie lui avait répondu : « On en prépare toute l'année, c'est bien assez comme ça. A la fête, on sert des plats qui sortent de l'ordinaire. »

Cette idée l'avait séduite. Elle, elle rêvait d'une vie extraordinaire, précisément.

On buvait bien, du vin en provenance des Ecaillères, pour aider à « faire descendre ». Les joues s'échauffaient, les voix montaient de plusieurs tons. C'était jour de fête, tout était permis.

Quand Mina, la fille de la cabaretière, apporta les galettes au sucre, les rabotes et les tartes aux pommes, les applaudissements crépitèrent. Coralie échangea un sourire radieux avec Matthieu. Elle était heureuse d'avoir son homme et sa fille à ses côtés, en ce dimanche.

Après le café, on servit l'eau-de-vie, pour la « rincette », puis le brûlot, pour lequel on souffla les chandelles. Dans la pénombre, les flammes jetaient des ombres inquiétantes sur les murs. Coralie songea brusquement à son père et à ses frères, qui avaient passé la majeure partie de leur existence sous la terre, à la lueur tremblotante des chandelles de suif. Elle désirait une autre vie pour Adeline. L'intensité de son souhait lui fit un peu peur. Comme si elle avait été prête à tout pour le voir se réaliser.

Le bal avait eu beaucoup de succès. Les trois musiciens avaient enchaîné polkas, valses et mazurkas, Benjamine avait tourné au bras d'un nombre incalculable de cavaliers, ravis de « faire danser la patronne ». A présent, les instruments étaient rangés dans leur étui, les convives avaient déserté le cabaret. Mina et sa mère Louisette s'activaient à l'office.

— C'était parfait, les félicita Benjamine.

Elle passa sa cape doublée de petit-gris. Félicien, qui s'était attardé, la rejoignit sur le seuil du cabaret.

— Prenez garde à vous, il fait glacial. Voulez-vous faire appeler votre voiture ?

Benjamine éclata d'un rire léger.

— Je ne suis pas en sucre, voyons ! Faisons une partie du chemin ensemble.

Un vent âpre soufflait du plateau. Son père disait souvent qu'il fallait être du pays pour résister à un climat aussi rude. Benjamine courba le dos. La route était poudrée de givre.

— N'allez pas glisser, surtout, recommanda-t-elle à son compagnon.

S'il avait réussi à surmonter son handicap de façon remarquable, grâce à une volonté sans faille, Félicien devait cependant rester prudent.

Benjamine avait à peine achevé sa phrase qu'elle trébucha sur une grosse pierre. Félicien la rattrapa alors qu'elle allait tomber de tout son long.

— Donnez-moi le bras, cela vaudra mieux, lui conseilla-t-il en riant.

Ils devisèrent gaiement jusqu'aux Ecaillères. Une pluie verglaçante se mit à tomber alors qu'ils remontaient l'allée menant à la demeure. Des pointes acérées piquetèrent le visage de Benjamine. Soucieuse de ne pas blesser son compagnon, elle se retint de courir. Ils gravirent tant bien que mal les marches du perron, déjà recouvertes de verglas.

— Eh bien, l'utilisation des cendres est toute trouvée, s'écria Benjamine.

Elle se retourna vers Félicien, ôta sa cape trempée.

— Venez boire quelque chose de chaud, nous sommes glacés jusqu'à la moelle.

La cuisine des Ecaillères, entretenue avec amour par Honorine, était accueillante en toute saison. Un gros bouquet de fougères ornait la table patinée. Benjamine, après avoir invité Félicien à s'asseoir auprès de la cheminée, sortit du buffet deux verres à liqueur.

— De la goutte ? proposa-t-elle. C'est le père Anselme qui nous la fabrique, il n'en est pas de meilleure.

— Un petit verre, pour me réchauffer le gosier. Mais ce qui me ferait vraiment plaisir, c'est un bon café.

Benjamine sourit.

— Entendu.

Elle éprouvait un sentiment étrange, bonheur et excitation mêlés, à recevoir Félicien dans sa maison, à préparer pour lui du café, elle qui se souciait si peu des tâches ménagères d'ordinaire. Si Honorine avait été là, elle s'en serait chargée. Mais la gouvernante avait été appelée auprès de sa sœur cadette dont le terme approchait.

« Vous êtes sûre que je peux m'en aller ? », avait-elle demandé à plusieurs reprises à Benjamine.

Une solide amitié unissait les deux femmes. Elles s'entendaient à merveille, en partie grâce au fait que Benjamine ne s'occupait guère de la maison. Elle discutait simplement des menus lorsqu'elle recevait aux Ecaillères des clients importants, tout en sachant qu'Honorine était beaucoup plus compétente qu'elle en ce domaine.

Félicien étendit sa jambe valide. Sa canne tomba sur le pavé. Benjamine amorça le mouvement de la ramasser. Quelque chose dans le regard de Félicien l'en empêcha. Elle se retourna vers la cafetière, vida le contenu du tiroir du moulin à café dans le ramponneau. Un délicieux arôme envahit la pièce.

— Le meilleur parfum que je connaisse, remarqua Félicien.

Il avait discrètement posé sa canne contre le dossier de sa chaise. Benjamine, la gorge serrée, pensa qu'il devait se battre chaque jour contre son infirmité. Elle s'en sentirait toujours un peu coupable.

— Croyez-vous que la fête patronale aura contribué à ressouder les liens ? questionna-t-elle.

La grève et les sanctions prises par Bernier avaient marqué les esprits. Tout le monde avait beau savoir que Benjamine s'était battue pour défendre ses écaillons, elle restait « la patronne », celle qui vivait de l'autre côté, dans la maison de maître. C'était là une différence qu'on ne pouvait oublier.

Félicien but lentement son café, à petites gorgées. Il se trouvait bien dans la grande cuisine aménagée pour recevoir nombre de personnes. L'œil-de-bœuf indiquait deux heures.

— Je ne sais pas si ça vaut le coup de me coucher, dit-il en se levant. Demain…

— On est déjà demain, coupa Benjamine, et je ne pense pas qu'il soit très prudent de vous aventurer sur la route avec ce verglas. Dormez donc ici. La maison est assez vaste pour que nous ne nous dérangions pas l'un l'autre.

— Je ne crois pas que ce soit très raisonnable, répondit-il après avoir gardé le silence durant quelques instants. Tout le pays en jaserait jusqu'à Pâques.

Benjamine haussa les épaules.

— Et quand bien même ! Nous ne commettons pas d'acte répréhensible, que je sache. Mais si vous tenez à sauvegarder votre réputation, vous pouvez vous installer dans le petit salon. Le sofa y est confortable. Je le sais pour m'y être endormie plusieurs fois après avoir passé une partie de la nuit à éplucher les comptes.

Il la considéra gravement.

— Ce n'est pas ma réputation qui me préoccupe, mais bel et bien la vôtre.

Une ombre voila le regard de la jeune femme. On avait déjà raconté tant de choses sur elle ! D'après les mauvaises langues, aucun homme digne de ce nom ne souhaiterait l'épouser : elle porterait fatalement la culotte dans le ménage. Ne s'habillait-elle pas déjà en homme pour descendre au fond de la fosse ? A Charleville, on s'arrangeait pour ne pas l'inviter car elle dérangeait. Seule femme chef d'entreprise dans un univers d'hommes, on ne savait pas comment se comporter avec elle. Le monde bien-pensant de la bourgeoisie ardennaise n'avait pas de mots assez durs pour stigmatiser « la fille Warlet », qui gênait. Pourquoi ne comprenait-elle pas qu'il eût mieux valu vendre les ardoisières ?

Elle confia tout cela à Félicien d'une voix un peu étranglée. Il demeura silencieux avant de s'enquérir :

— Ces racontars vous blessent-ils ?

— Ils m'ont fait mal les premiers temps, reconnut Benjamine. Et puis, j'ai fini par « me tanner le cuir », comme dit Honorine. Allons, venez. Je vais vous installer.

Le petit salon était la pièce où elle se tenait volontiers le soir lorsqu'elle était trop épuisée pour monter dans sa chambre. Les murs tapissés de toile incarnate, le sofa et les fauteuils Restauration composaient une atmosphère chaleureuse, accentuée par le tapis jeté devant la cheminée.

Benjamine souhaita la bonne nuit à son hôte avant de s'éclipser. Il choisit dans la bibliothèque un ouvrage traitant des ardoisières, allongea sa jambe valide. Les flammes dansaient dans le foyer. Il se sentait bien, dans cette pièce où régnait une douce tiédeur. Il s'endormit d'un coup, le livre ouvert sur les mains.

Benjamine revint dans le salon au petit matin. Elle n'avait pu fermer l'œil, sans doute à cause des phrases qu'elle se remémorait avoir échangées avec Félicien. Elle s'immobilisa sur le seuil. Il dormait, l'ombre d'un sourire flottant sur ses lèvres.

Elle s'éloigna sur la pointe des pieds avec le sentiment d'avoir surpris un secret qui ne lui était pas destiné.

14

1884

Adeline agita la main en direction de Frédéric, le
« joyeux écaillon », comme il se surnommait lui-même.

Chaque matin, il s'arrangeait pour croiser le chemin
de la jeune fille. Toujours une chanson aux lèvres,
c'était un gai luron fort apprécié aux banquets. Il
apportait avec lui son cahier de chansons et n'avait pas
son pareil pour mettre de l'ambiance. Depuis plusieurs
semaines, il tournait autour d'Adeline, suivant les propres
termes de Matthieu qui observait son manège en fronçant les sourcils. Pauvre Adeline ! Entre son père et
son grand-père, le galant qui l'approcherait aurait bien
du mérite. André Lefort et Matthieu Servant montaient
bonne garde. Cela ne semblait pas décourager Frédéric,
qui multipliait les occasions de venir saluer sa belle
depuis le dernier « saudage ».

Il s'agissait là d'une publication officieuse des
mariages en perspective, effectuée par la jeunesse du
village. Frédéric avait invité Adeline au bal de carnaval
et lui avait apporté un verre de vin chaud. Puisqu'elle
l'avait accepté, elle devrait en retour le convier à manger les gaufres le soir de la Quasimodo.

Aîné d'une famille de cinq enfants, Frédéric ne rechignait pas à l'ouvrage. Embauché aux ardoisières dès l'âge de dix ans, il avait débuté comme apprenti pour un salaire de misère. Encore était-il heureux, d'ailleurs, de toucher quelques sous car, dans d'autres entreprises, les « gamins » étaient parfois rémunérés en nature, c'est-à-dire qu'ils avaient le droit de récupérer des déchets transformables en « faisieaux ». Ces débris d'ardoise servaient à confectionner les toits des cabanes, au fond des jardins.

Il avait travaillé dur, sans pour autant aimer vraiment son métier. La fosse était pour lui comme une fatalité. Il lui fallait bien s'en accommoder, puisqu'il n'avait pas d'autre moyen de gagner sa vie !

Au fur et à mesure que les années s'écoulaient, Frédéric avait acquis de l'expérience. En écaillon chevronné, la descente au fond par les échelles ne lui demandait qu'un quart d'heure. En revanche, la remontée nécessitait trois bons quarts d'heure. Parfois, la nuit, il croyait entendre le bruit des galoches tapant en cadence contre les barreaux des échelles. Il lui arrivait de se réveiller en sursaut, en éprouvant une sensation oppressante d'étouffement. Les premiers temps, il pleurait, le matin, assis sur la marche en ardoise de la maison. Il ne voulait pas redescendre au fond, il avait peur – du noir, des rats, de l'eau qu'il fallait pomper sans relâche afin qu'elle ne noie pas les galeries. Sa mère était venue le rejoindre sur le seuil. Elle lui avait expliqué qu'elle le comprenait. Elle aussi avait été terrorisée lorsqu'elle était descendue pour la première fois. A la longue, elle s'était habituée. D'ailleurs, avaient-ils le choix ? Dans la cuisine, le père tempêtait. Avait-on jamais vu pareil poltron ? Lui, on l'avait fait descendre à grands coups de pied au cul, et il n'en était pas mort.

Ce jour-là, Frédéric avait compris qu'il était inutile de se plaindre. Il avait pris le pli de descendre en chantant. Pour oublier la peur, nue, qui lui collait au ventre et au cœur.

Sa lampe accrochée autour du cou, il dégringola l'échelle à toute vitesse. Le « briquet », son casse-croûte, lui battait la hanche.

Il songea à Adeline et sourit. C'était une fille comme elle qu'il lui fallait. A eux deux, ils vaincraient la peur.

Benjamine repoussa les liasses de papiers encombrant son bureau et soupira. Tous ces documents lui sapaient le moral. Elle savait bien, elle, pourtant, que ses ardoises étaient de qualité. Pourquoi avait-elle autant de difficultés à dénicher de nouveaux marchés ? La concurrence était rude, la situation économique défavorable. Son frère lui répétait à intervalles réguliers qu'elle devait produire plus, à un coût moindre. « Tu es trop généreuse avec tes écaillons, lui reprochait-il. A croire que tu appartiens à leur monde ! »

Elle avait eu la langue levée pour lui répliquer qu'il n'était pas loin de la vérité. Finalement, elle avait choisi de se taire. Leurs rapports étaient déjà assez tendus sans qu'elle jette de l'huile sur le feu !

Louis ne comprenait pas, n'acceptait pas que Benjamine gère les ardoisières. Cette situation le choquait profondément car, pour lui, une femme de leur monde ne devait pas travailler. Pauline le confortait dans ce sens, allant jusqu'à rappeler que Lucienne ne supportait pas le choix de vie de Benjamine. « Vendons, pendant qu'il en est encore temps », répétait-il à sa sœur.

Pauline avait toujours besoin d'argent. Elle avait organisé une exposition des œuvres de Louis, dans la rue du Cadran-Saint-Pierre, non loin des Galeries rémoises. Comme personne n'en avait reparlé, Benjamine et Honorine avaient supposé que la manifestation n'avait pas reçu le succès escompté. Benjamine en avait éprouvé de la tristesse pour son frère. Il l'émouvait, avec son éternel besoin de reconnaissance sociale. Elle, il lui suffisait de descendre au fond de la fosse, de découvrir une nouvelle veine, pour être heureuse. Louis n'était pas homme à se contenter de ces plaisirs simples. Peut-être son ménage n'était-il pas aussi harmonieux que Pauline voulait bien le laisser entendre ? La fille Lefort avait l'âme d'une arriviste et le village tout entier ne lui avait toujours pas pardonné son mariage hors norme. Dieu merci, Bertrand, le fils de Pauline et de Louis, s'intéressait à l'ardoise.

Après avoir passé plusieurs séjours dans la maison Warlet, il avait demandé à sa tante s'il pourrait venir travailler à La Roche-Laval. Ravie, bien qu'étonnée, Benjamine avait acquiescé.

« Je ne sais pas si c'est une bonne chose », lui avait fait remarquer Félicien après qu'elle lui en eut parlé. Il lui donnait rarement son avis. Question d'honnêteté, affirmait-il. C'était pour cela, aussi, qu'elle l'aimait.

Elle avait dû faire preuve d'une grande détermination pour parvenir à ses fins. La crainte, un sentiment d'infériorité paralysaient Félicien. Il estimait que « mademoiselle Warlet » n'était pas pour lui. Benjamine savait pourtant qu'il l'aimait. Elle l'avait deviné depuis longtemps, peut-être même avant qu'il n'en prenne conscience lui-même.

La nuit que Félicien avait passée aux Ecaillères avait marqué un tournant dans leur relation. A l'aube, le paysage s'était modifié de façon sensible. Le verglas et le givre avaient figé les arbres dans une immobilité glacée.

« Vous ne sortirez pas par ce temps, s'était insurgée Benjamine. Je vais faire atteler. Vous voulez vous casser une jambe ?

— Mon *unique* jambe, avait-il rectifié, la bouche amère. J'en suis encore maître, mademoiselle. Merci pour l'hospitalité. »

Refusant d'écouter ses protestations, il était parti, s'appuyant sur sa canne au bout ferré. Le nez contre le carreau gelé, Benjamine l'avait vu glisser à plusieurs reprises pour se rattraper *in extremis* et poursuivre son chemin, tête haute. Elle avait éprouvé une bouffée de fierté et pensé que c'était d'un homme comme lui qu'elle avait besoin à ses côtés.

Elle le lui avait dit quelques jours plus tard, à l'occasion d'une discussion au sujet de leurs exportations. Benjamine aimait à recueillir l'avis de Félicien. Il lui permettait souvent de maîtriser sa propre impulsivité. Il prenait son temps pour lui répondre, lui enseignait la patience. « Cela ne sert à rien de prendre les autres de front, lui disait-il. Vous vous faites du mal. »

Ils continuaient de se vouvoyer, bien qu'ils fussent amants. C'était arrivé la nuit de la conversion de saint Paul, la nuit du vent dominant. Chaque 25 janvier, en effet, ceux qui respectaient la tradition montaient sur la colline la plus proche afin d'apprécier la direction dominante des vents pour l'année à venir. Un adage populaire l'affirmait : « Celui qui l'emporte, qui souffle le dernier, soufflera le plus souvent dans l'année. »

Tous deux s'étaient rencontrés sur le plateau, leur lanterne à la main. Ils avaient éclaté de rire en même temps. « Nous sommes les seuls fous à nous être aventurés dehors par un temps pareil », avait ironisé Benjamine pour dissimuler son trouble.

L'année serait froide, assurément. Un vent piquant soufflait en rafales tourbillonnantes. Les sapins et les chênes subissaient ses assauts en gémissant. Félicien tendit la main, la posa sur la joue de la jeune femme. « Vous êtes glacée », avait-il dit.

Le vent mugissait dans les arbres. Le ciel était couleur d'encre. « Une nuit pour le diable », avait pensé Benjamine. Honorine lui racontait toujours des histoires horribles à ce sujet. Cela la faisait délicieusement frissonner.

« Venez. »

Félicien l'avait entraînée vers une « hobette », ces abris en bois destinés à protéger les douaniers des intempéries. L'aménagement en était sommaire : paillasse et matelas de fougères, clou derrière la porte, chaise bancale. En revanche, il y faisait bon.

Ils avaient posé leurs lampes-tempête sur le sol de terre battue, avaient échangé un regard perdu.

« Maintenant », avait dit Benjamine.

Félicien avait secoué la tête.

« Et après ? Je ne veux pas vous condamner à des amours clandestines. »

Il faisait sombre dans la hobette. Benjamine préférait ne pas voir distinctement le visage de Félicien. Elle avait conscience de jouer son va-tout.

« J'ai plus de trente ans et je sais que je vous aime, Félicien, comme vous m'aimez », avait-elle osé dire. Elle l'avait senti se raidir. Elle connaissait à l'avance les arguments qu'il allait lui opposer. Ils n'appartenaient pas au même milieu, il ne voulait pas lui imposer son infirmité.

Elle s'était rapprochée de lui, avait posé la main sur son bras.

« Je ne vous ai jamais considéré comme un infirme, Félicien Lefort. Auriez-vous peur de moi ? »

Il avait frémi.

L'amour avec lui avait été très beau, très intense. Félicien avait eu un recul au moment de se dénuder. Benjamine avait alors posé son corsage sur les lampes avant de se pencher et d'embrasser, très lentement, très doucement, la blessure de son amant. Elle avait lu sur son visage tout proche la force du désir et de l'amour qu'elle lui inspirait.

Leur union avait été totale, fusionnelle, dans un éclatement de sensations.

Plus tard, il l'avait tendrement recouverte de son paletot. Il sentait l'humidité mais, surtout, était imprégné de l'odeur du tabac belge qu'il fumait. Cette odeur, Benjamine ne l'oublierait jamais.

Elle se rapprocha de la lampe à pétrole pour lire son courrier. Une lettre retint son attention. L'écriture plutôt. Elle était nette, sans fioritures superflues. Une écriture directe. Elle posa la missive sur le manteau de la cheminée. Elle la ferait lire à Félicien en lui demandant son avis. Cet inconnu, qui signait Pierre-Antoine Fournier et se disait « fou d'ardoise », l'intéressait.

15

1885

Ce jour-là, Honorine s'en souviendrait toute sa vie, elle avait trouvé deux branches de noisetier sur le seuil de la cuisine. Sur le coup, elle n'avait pas compris la signification de ce présent inattendu. Il faisait si froid, avec cette brume épaisse montant des marais, qu'on ne pensait guère à la coutume des Mai. C'était Félicien qui avait fait le rapprochement, un peu plus tard. « Sales gamins ! avait-il grommelé. A croire qu'ils n'ont rien de mieux à faire. »

La tradition qui voulait qu'on puisse couper, dans la nuit du 30 avril au 1ᵉʳ mai, les arbres qu'on désirait offrir aux jeunes filles du village, existait depuis toujours. Félicien avait d'ailleurs bien pensé planter un petit chêne signifiant « Je t'aime » devant la porte de Benjamine. La crainte du ridicule l'en avait empêché. A quarante-quatre ans, il se sentait vieux, bien que ses cheveux grisonnent à peine.

Les deux branches de noisetier – l'une pour Honorine, l'autre pour « la patronne » – le dérangeaient comme une offense personnelle. Il connaissait, bien sûr, leur signification. On les déposait, en règle générale, sur le seuil des vieilles filles montées en graine. Il serra les poings. Vieille fille, Benjamine ? Alors que, plusieurs fois par semaine, il étouffait, sous ses baisers, ses gémissements ? Elle était son amante, la femme qu'il aimait. Il aurait voulu le proclamer au grand jour, l'épouser, tout en sachant que c'était impossible. Devenue femme du régisseur, Benjamine perdrait toute crédibilité en tant que chef d'entreprise. Il lui avait fallu plusieurs années pour s'imposer face au personnel, aux clients et aux transporteurs. Il ne pouvait pas lui demander ce sacrifice. D'ailleurs, Benjamine se moquait éperdument du qu'en-dira-t-on. A croire qu'elle n'avait rien hérité des tabous et des préjugés de sa mère. Elle tenait à sauvegarder sa liberté, fût-ce au prix de sa réputation. Ses écaillons l'avaient, semblait-il, compris. Les autres, ma foi, elle n'en avait que faire !

— Donne-moi ces bouts de bois, fit Félicien en débarrassant Honorine des deux branches de noisetier.

La gouvernante lui jeta un regard moqueur.

— Ne te mets pas dans tous tes états, ça n'en vaut pas la peine, remarqua-t-elle.

Elle, Honorine, avait ses souvenirs de la vie harmonieuse qu'elle avait menée auprès d'Eugène Warlet. La mauvaise farce de quelques plaisantins la laissait indifférente. Elle plissa les yeux en considérant le ciel.

— Drôle de temps pour un 1er mai, enchaîna-t-elle.

Félicien enfila son paletot en équilibre sur sa jambe valide, ainsi qu'il en avait l'habitude.

— Ne dis rien à Benjamine, surtout, lui recommanda-t-il.

Il ne trichait pas avec la gouvernante. Dans sa famille, au contraire, il n'évoquait jamais sa relation avec « mademoiselle Warlet ». Question de pudeur. A moins que le mariage de Pauline et de Louis ne l'ait condamné au silence.

— T'inquiète, mon gars, marmonna Honorine en suivant des yeux sa progression dans l'allée.

De dos, on ne pouvait deviner son infirmité. Un sacré bonhomme, ce Félicien ! Au moins aussi brave que Benjamine. Honorine regagna sa cuisine à pas lents, but sa troisième tasse de café de la matinée. Ce brouillard persistant lui faisait froid jusqu'aux os.

Frédéric sifflota en rechargeant sa lampe à carbure. C'était le moment qu'il préférait, quand la lumière chassait l'obscurité totale, oppressante, du fond. Il aimait par-dessus tout la remontée aux échelles. Par un phénomène bien connu des ardoisiers, assurément la force de l'habitude, et la cadence des membres de chaque équipe, les gros souliers cloutés se posaient tous au même rythme sur les boursons des échelles. Les premières fois, Frédéric les avait comptés. Cent vingt-huit boursons pour la plus grande échelle. Il se répétait les chiffres à chaque remontée, histoire de se donner du courage.

Aujourd'hui, c'était différent. Il espérait et appréhendait un peu la fin de sa journée de travail. Il avait rendez-vous avec Adeline, sa belle, qui n'avait pas dit non. Elle n'avait pas dit oui non plus, d'ailleurs, elle l'avait fixé de ses yeux bleus comme si elle s'était demandé si elle pouvait lui faire confiance.

Frédéric avait ôté sa casquette. Ses cheveux cendrés étaient un peu trop longs. Cela lui allait bien, avait pensé Adeline.

« Il paraît qu'il reste des jonquilles, derrière le petit bois », avait-il osé lui dire. Le temps était si mauvais que le muguet n'était même pas en boutons. Les ménagères gémissaient. Les prix montaient sans cesse. La patronne avait promis une augmentation, mais il fallait produire plus. Toujours à cause de la concurrence de l'ardoise angevine.

Comment pouvait-on être ardoisier en détestant l'obscurité et l'humidité ? se demanda-t-il une nouvelle fois.

Frédéric rêvait d'une autre vie, à l'air libre. Avec Adeline à ses côtés, il aurait peut-être le courage de tout recommencer, de s'installer ailleurs. Il s'imaginait travaillant en usine, comme son cousin Alcide. Boulonnier, celui-ci était fier de son savoir-faire.

Frédéric leva le nez vers la voûte. Le crabotage avait permis de détacher des blocs de plusieurs tonnes. Il fallait maintenant les faire tomber à l'aide d'explosifs. Pas de dynamite, mais de la poudre noire.

L'un des apprentis venait de lancer l'avertissement traditionnel : « A la mine ! », destiné à prévenir les chantiers du dessus et du dessous du tir d'explosifs.

Frédéric et Oscar eurent l'impression que le sol boueux tremblait sous leurs pieds. Frédéric eut beau relever la tête une nouvelle fois vers le plafond, il ne remarqua rien de particulier. Pourtant, il lui semblait que toute la galerie bougeait. Il pensa aussitôt à un phénomène redouté de la plupart des ardoisiers : après les tirs de mines, en effet, certains fragments importants pouvaient tomber sans qu'aucun signe avant-coureur ne le laisse prévoir. Léon Lefort avait pourtant bien posé des scellés de suif afin d'observer leur étirement entre les lèvres de la faille.

Il y eut un craquement, horrible car inexorable. Oscar roula sur lui-même juste à temps pour éviter la chute mortelle. Frédéric, tétanisé, ouvrit la bouche sur un hurlement qui se répercuta sous la voûte. Ses camarades se précipitèrent, en vain. On l'entendit murmurer : « Adeline », avant de sombrer.

Il fallut plusieurs minutes pour le dégager de la pierre. Accablés, les hommes ahanaient en silence. Léon, le premier, attira contre lui le corps ensanglanté de Frédéric, le tint dans ses bras comme un enfant. Il leva un regard perdu vers son père. Ce dernier lui tapota l'épaule.

114

— C'est la loi du fond, fils. L'accident ne prévient pas. On a de la chance, jusqu'au jour où... Regarde ce qui est arrivé à ton frère.

André Lefort voyait bien, cependant, que Léon ne l'écoutait plus. Son visage s'était fait de pierre, son regard durci.

— Ça ne devrait jamais arriver, marmonna-t-il avant de s'enfermer dans un silence hostile.

Benjamine remonta l'allée centrale de l'église à pas lents. Elle avait conscience des regards fixés sur elle. A cet instant, elle incarnait l'ennemie. En tant que patronne, elle ne risquait pas sa vie au fond de la fosse.

« Il faut les comprendre, avait plaidé Félicien, maladroit, pour une fois. Tout le monde aimait bien Frédéric. Il commençait à fréquenter ma nièce Adeline. On parle d'augmenter la production mais les gars se sentent floués. Leur sécurité est plus importante que tout le reste. Enfin, c'est comme ça que je vois les choses. »

Benjamine avait entendu une critique dans sa voix. Elle s'était raidie. « Moi aussi », avait-elle jeté, la bouche amère.

Etait-il possible que cet horrible accident parvienne à les séparer alors qu'ils avaient affronté les commérages et la réprobation sociale ?

Elle avait tendu la main vers lui.

« Aidez-moi, Félicien. »

Il avait haussé les épaules.

« Que puis-je vous dire ? Avec ma maudite jambe, je ne suis même plus capable de descendre au fond ! »

Benjamine avait reculé. Ses joues étaient très pâles.

« Je suis désolée », avait-elle articulé avec peine.

Lui aussi la tenait donc pour responsable des drames survenus ? Cette idée lui était intolérable.

Elle avait attendu, espéré une parole de réconfort. En vain. Félicien était parti rejoindre ses camarades, abandonnant Benjamine, désemparée, sur le seuil du bureau. Dans sa tête, obsédant, elle entendait encore le sinistre « gueulard » qui l'avait fait courir jusqu'au puits. Là, elle avait guetté, en compagnie des femmes blêmes, le retour de la « cage ». Elle avait failli s'évanouir en reconnaissant le corps sans vie de Frédéric, soutenu par Léon Lefort. Pour ne pas s'effondrer, elle avait crispé les poings.

Elle pleurait, à présent, sans se soucier d'être vue. Elle se battait depuis plus de neuf ans pour sauvegarder les ardoisières mais elle se demandait si sa lutte avait encore un sens. Aucune entreprise au monde ne pouvait justifier la mort d'un homme.

C'était elle, Benjamine, et elle seule, qui aurait dû insister pour descendre au fond de la fosse et inspecter les piliers. Coupable. Elle se sentait coupable de négligence, ou d'excès de confiance. La chance l'avait longtemps accompagnée. Cette fois, elle lui faisait défaut, de la plus cruelle façon.

Elle avait tenu, cependant, à accompagner Frédéric et les siens jusqu'au cimetière. Faire face, ne pas se dérober, c'était la première règle enseignée par son père.

Une pluie fine et serrée tombait sur le cortège funèbre. Adeline était présente. Droite et pâle, elle tenait un bouquet de jonquilles à la main, et Benjamine savait qu'elle garderait toujours cette image en mémoire. Les tombes, même les plus modestes, étaient recouvertes d'ardoises, comme un rappel de ce décor froid et sombre qui avait rythmé la vie de chaque écaillon.

Benjamine, qui aimait la fosse, avait pris peur, soudain, en imaginant Frédéric à jamais prisonnier de l'ardoise. C'était injuste, insupportable. Et, au fond d'elle-même, elle savait qu'elle était responsable, au nom de plusieurs générations de Warlet qui avaient défiguré le paysage pour en arracher les précieuses scailles.

En sortant du cimetière, elle avait contemplé le verdou qui lui était apparu, soudain, comme un rappel sinistre de leur travail.

« C'est notre vie, nous ne connaissons rien d'autre », avait remarqué une voix féminine dans son dos. Elle s'était retournée, avait croisé le regard insondable de Coralie Servant.

A cet instant, elle avait éprouvé le désir de passer la main. Ce monde était trop rude pour elle, elle n'y avait plus sa place, puisqu'elle n'avait pu sauver Frédéric.

Vieillie, vaincue, elle reprit le chemin des Ecaillères. Elle savait ce qu'elle devait faire, désormais.

16

1886

Une volée de marches raides menait aux combles, seul endroit de la maison qui échappait à la vigilance d'Honorine. Le fils de Louis et de Pauline se fraya un chemin entre les cantines au couvercle clouté, les armoires branlantes et les cartons de vaisselle dépareillée. Il marcha jusqu'à la lucarne, tira un coffre au-dessous. Juché sur ce tabouret improvisé, il embrassa d'un regard scrutateur le village.

La vue s'étendait jusqu'à l'étang et au petit bois. De son perchoir, il apercevait le site des ardoisières, le chevalement de la fosse Médicis, celui de la fosse Vulcain, les puits, les bâtiments des bureaux, et le verdou.

Son cœur s'emplit de fierté à la pensée que, désormais, c'était lui qui avait la charge de l'entreprise familiale.

« Je te passe le flambeau, Bertrand, lui avait dit sa tante Benjamine. J'espère que tu réussiras là où j'ai échoué. »

L'accident l'avait profondément marquée. Incapable de surmonter un obsédant sentiment de culpabilité, elle s'était murée dans le silence avant de proposer à son neveu de lui succéder. Bertrand n'avait pas hésité.

Depuis l'enfance, sa mère lui répétait qu'un jour, il serait maître ardoisier, comme son grand-père.

« Ton père est un artiste, il ne faut pas lui en vouloir s'il ne s'est jamais intéressé à l'ardoise, lui disait-elle, mais toi, Bertrand, tu es différent. »

Pauline vivait comme une revanche l'installation de son fils aux Ecaillères. Louis avait tenté de le mettre en garde, en vain. Il estimait en effet que Bertrand, né et élevé à Reims, serait toujours considéré comme un étranger par les écaillons. Ceux-ci, n'ayant pas oublié la défection du père, se défieraient fatalement du fils. Pauline opposait une désinvolture teintée d'insolence à tous ses arguments. Elle n'avait jamais accepté l'idée que sa belle-sœur prenne en main l'entreprise Warlet et pensait qu'un homme aurait plus de poids face à une situation difficile.

Durant plusieurs minutes, Bertrand se grisa du paysage. Maître ardoisier... Il savait qu'il avait beaucoup à apprendre mais le travail ne lui faisait pas peur. Les idées se bousculaient dans sa tête. Il avait lu les planches de l'*Encyclopédie* consacrées à l'ardoise de l'Ardenne, les ouvrages des ardoisiers Collart et Rousseau...

Il partait du principe que les ardoisières n'étaient pas exploitées au maximum. Un site pareil, déjà découvert par les moines au Moyen Age, devait receler d'autres ressources. En fouillant dans les archives familiales, il avait découvert que l'archevêque de Reims et l'abbé de Signy avaient obtenu une concession d'extraction d'ardoises et la libre navigation sur la Meuse en 1158. Cette tradition qui perdurait le fascinait.

A la différence de sa tante, il se souciait peu du sort des ouvriers. « Seuls les plus forts survivent », aimait-il à dire, citant Emerson. Louis, toujours occupé à préparer une nouvelle exposition qui ne rencontrerait encore qu'une indifférence polie, le laissait libre d'organiser sa vie comme il l'entendait. Adulé par sa mère qui avait reporté sur lui ses ambitions déçues, Bertrand avait été élevé dans l'idée que rien ni personne ne pouvait lui résister. Sa tante avait des conceptions d'un autre âge. Il se chuchotait qu'elle fréquentait le régisseur. Pas étonnant, dans ces conditions, qu'elle soit aussi large avec les ouvriers ! Ceux-ci avaient profité de la situation. Bertrand avait la ferme intention de redresser la barre.

Il redescendit, s'arrêta dans le hall devant le portrait de Jean-Baptiste Warlet, l'aïeul qui, le premier, avait développé l'extraction industrielle des roches bleues.

Il ne lui ressemblait pas le moins du monde, se dit-il avec un vague dépit. Bien qu'il eût reçu une éducation soignée, il s'était souvent senti marginalisé, certainement à cause du mariage inégal de ses parents. La beauté de Pauline lui avait permis de se faire accepter du cénacle d'artistes qui gravitait autour de Louis, mais les portes des maisons bourgeoises de Reims lui étaient restées obstinément fermées. A La Roche-Laval, Pauline Warlet, née Lefort, n'avait plus sa place. Elle n'aimait pas, d'ailleurs, revenir au village. Lorsqu'elle s'y résignait, c'était pour rester enfermée aux Ecaillères. Elle se sentait une étrangère, entre deux mondes, sans vouloir admettre qu'elle s'était exclue d'elle-même.

— Vous cherchez une ressemblance ?

La voix d'Honorine le fit sursauter.

Bertrand se retourna lentement, afin de se donner le temps de reprendre contenance. La gouvernante et lui s'affrontèrent du regard. Ils ne s'aimaient guère et s'estimaient encore moins, tous deux le savaient. Leur antipathie mutuelle avait été immédiate, instinctive. Honorine avait tenté de mettre Benjamine en garde contre son neveu : « Ce n'est pas un écaillon. Il n'aime pas vraiment l'ardoise. »

Ce à quoi la fille d'Eugène avait répondu : « Laisse-lui le temps de faire ses preuves, Norine. Moi, je n'ai plus la force. »

Bertrand se redressa.

— Je suis un Warlet, après tout, moi aussi, répondit-il sur un ton de défi.

Honorine l'enveloppa d'un regard dubitatif.

— Le nom n'est rien. Il faut avoir l'ardoise dans le sang. Etes-vous déjà descendu au fond ?

Elle l'exaspérait, avec ses airs supérieurs ! Pour qui se prenait-elle donc, cette servante ?

— Je vais le faire, répondit-il, irrité contre lui-même d'éprouver le besoin de se justifier.

Honorine, souveraine, rompit les chiens.

— Moi, ce que j'en dis... Après tout, c'est votre affaire, laissa-t-elle tomber avant de lui tourner le dos.

Il la suivit des yeux en se disant qu'il avait hâte de devenir le maître des ardoisières. Une seule personne le gênait. Benjamine, sa tante.

L'homme qui cheminait sur la route s'arrêta, saisi par la beauté âpre du paysage. La forêt, rousse, aux tons presque passés, venait mourir dans la Meuse, plus grise que bleue. Le clocher de l'église brisait l'alignement des maisons, toutes semblables.

La brume s'élevant au-dessus du fleuve adoucissait la rudesse de la roche. Son œil exercé reconnut les verdoux avant même qu'il n'aperçoive les chevalements, et il sut qu'il ne s'était pas trompé. Il était en pays d'ardoise, donc chez lui.

Il avait correspondu durant deux années avec Benjamine Warlet avant de se décider à franchir le pas et à répondre à son invitation. De toute manière, il ne souhaitait plus rester à Angers. Son frère aîné avait hérité de l'entreprise familiale, c'était la règle, il ne pouvait rien y redire.

Pierre-Antoine Fournier pénétra dans le cabaret de la mère Bonfils et salua à la ronde les convives attablés. Des regards curieux convergèrent vers lui. Il faisait bon à l'intérieur des Rochettes, et les habitués se tenaient près du poêle flamand. La patronne essuya son comptoir d'un coup de chiffon avant de saluer le visiteur.

Si Pierre-Antoine fut surpris par son accent rocailleux, il n'en laissa rien paraître et commanda une bière.

— Vous êtes de passage au pays ? s'enquit la cabaretière, tout en le servant.

Pierre-Antoine sourit.

— Si l'on veut. J'aimerais m'y installer.

Elle fit claquer sa langue.

— Hou ! Faut être né par chez nous pour supporter le climat ! C'est pas rare d'avoir de la gelée fin août, c'est vous dire...

Le sourire de Pierre-Antoine s'accentua.

— Je ne viens pas par chez vous pour le climat, mais pour l'ardoise. A propos, pouvez-vous m'indiquer le chemin menant aux Ecaillères ?

Le silence se fit dans le cabaret. Il eut conscience d'avoir commis un impair ou, tout au moins, de ne pas avoir prononcé les mots qu'on attendait de lui.

— Ah ! Si vous allez chez les maîtres, commenta la mère Bonfils.

Elle se tourna vers un gamin qui balayait la sciure, dans l'arrière-salle :

— Anatole, tu mettras le monsieur sur la route quand tu auras fini ton ouvrage.

Anatole, douze ans à peine, un minois chiffonné, le teint un peu trop pâle de ceux qui ne prennent pas assez l'air, acquiesça d'un signe de tête.

— Buvez votre bière, enchaîna-t-elle à l'adresse de Pierre-Antoine. Elle supporte mal d'attendre.

122

Il s'exécuta sans protester. De toute évidence, la mère Bonfils n'était pas habituée à ce qu'on discute ses ordres ! Les cheveux tirés en un chignon bien strict, le visage décidé, le regard aigu révélaient la femme de tête.

Elle attendit qu'il ait bu la moitié de sa bière avant de reprendre :

— Et d'où vous venez comme ça ?

— D'Angers.

La cabaretière fit claquer sa langue.

— C'est dans quel coin, ça ?

Pierre-Antoine chercha du regard le calendrier de la Poste qu'il espérait bien trouver dans le café. La mère Bonfils le devança et alla quérir l'objet en question au-dessus de la cheminée. Elle le posa sur le comptoir.

— Montre-moi, ordonna-t-elle d'un ton sans réplique.

Il ne se formalisa pas du tutoiement. Il avait déjà compris que c'était un personnage « à prendre ou à laisser », comme aurait dit son oncle Marcel. Il se pencha sur la carte de France imprimée au dos du calendrier.

— Regardez.

Elle suivit le tracé de son doigt d'un air dubitatif avant de se redresser et de lancer :

— Ben dis donc ! Faut que tu aimes la scaille, mon gars, pour avoir fait tout ce chemin !

Curieusement, à cet instant, il se sentit adopté.

17

1888

Le ciel gris, trop bas, se confondait avec la Meuse qui s'enfonçait vers la Belgique. Un vent frais piquait le nez, apportant avec lui l'odeur de l'automne, l'odeur de la pluie, douce-amère. Les bouleaux déjà dénudés s'inclinaient vers les fougères royales et les bruyères cendrées. L'endroit, solitaire, avait séduit Adeline depuis longtemps. La jeune fille aimait à venir sur ce promontoire d'où elle dominait le fleuve. Elle y respirait mieux, lui semblait-il. Elle se sentait souvent oppressée dans le village, aussi bien à cause de la poussière qui s'insinuait partout que de l'atmosphère pesante qui y régnait. Depuis deux bonnes années, la situation économique s'était détériorée. Une ardoisière avait été contrainte de fermer ses portes du côté de Rimogne. En 1887, l'écoulement de la production avait été difficile. Warlet en avait profité pour imposer des conditions de travail plus pénibles, tout en refusant avec force d'augmenter les salaires.

C'était curieux, songeait Adeline en redescendant vers le village, tout le monde disait « Warlet » avec une nuance de mépris dans la voix. Alors que son grand-père était « monsieur Warlet » et Benjamine

« mademoiselle » ou « la patronne », les écaillons ne parvenaient pas à considérer le fils de Louis et de Pauline comme l'un des leurs. C'était de sa faute, aussi ! Prenant tout le monde de haut, il n'avait pas su se faire accepter du personnel – ni même des officiels, qui voyaient en lui un parvenu. Cela se sentait bien à la façon distante qu'avait le préfet de le saluer lorsqu'il venait aux ardoisières. Warlet en pâlissait de rage, sous le regard moqueur des ouvriers.

Adeline ne l'aimait pas, elle le détestait même franchement depuis qu'il lui avait fait des avances. C'était un matin de printemps, saison qu'elle supportait mal car elle pensait alors douloureusement à Frédéric. Cela faisait déjà plusieurs jours que le « singe », comme disait Guitte, sa meilleure amie, lui tournait autour. Son manège n'avait pas échappé aux ouvrières ni à ses camarades qui travaillaient avec elle dans les bureaux. Pour la première fois depuis son arrivée à La Roche-Laval, il s'intéressait à l'une d'entre elles.

Après quelques manœuvres d'approche, Warlet avait crûment proposé à Adeline de venir passer la soirée aux Ecaillères.

« Nous ne sommes pas du même monde », lui avait froidement répondu la jeune fille.

Ils étaient pourtant cousins germains. Mais pendant plus de vingt ans, Pauline avait agi comme si la famille Lefort n'existait plus. Adeline n'était pas décidée à le leur pardonner, ni à elle ni à son fils.

Bertrand avait alors proféré des menaces. Le soir même, Matthieu, Félicien, Léon et André venaient le trouver dans son bureau. Personne n'avait su ce qui s'était dit ce soir-là. Mais depuis, Bertrand Warlet n'avait plus importuné Adeline Servant. Elle n'aimait pas, cependant, sentir son regard peser sur elle tandis qu'elle remplissait les bordereaux de commande de son écriture soignée.

125

Elle haussa les épaules. Comme Frédéric l'avait fait avant elle, elle rêvait d'une autre vie. Les siens avaient payé un trop lourd tribut à l'ardoise. Elle, Adeline, aurait voulu soigner les autres. Elle se rappelait avoir lu l'histoire de l'infirmière Florence Nightingale, qui s'était illustrée durant la guerre de Crimée. Elle s'était dit qu'un jour, elle aussi aimerait venir au secours des blessés. C'était resté un souhait. Son quotidien se bornait à son travail au bureau, morne et routinier.

Elle revint à pas lents vers le village. Devant l'église, elle croisa le chemin de Pierre-Antoine Fournier, que l'on appelait « le fou d'ardoise » : il passait son temps à étudier les archives de l'entreprise et à échafauder des projets que Warlet qualifiait de « fumeux ». On l'aimait bien, à La Roche-Laval, principalement à cause de cette sourde rivalité qui l'opposait à Warlet. Il logeait aux Ecaillères sur l'initiative de Benjamine qui discutait longuement avec lui. Il fallait les voir traversant tous deux le village, si absorbés par leur conversation qu'ils ne reconnaissaient personne.

Cette fois, pourtant, Pierre-Antoine Fournier ôta son chapeau.

— Mademoiselle Adeline, vous êtes bien matinale pour un dimanche.

Elle leva le nez vers le ciel.

— Il va pleuvoir avant midi. Je déteste la pluie.

Il pensa qu'elle avait un minois de chatte. Ses yeux bleu foncé en amande contrastaient avec ses cheveux châtains. Elle était svelte et délicate. Différente, lui semblait-il, des autres jeunes filles du pays.

— Comment pouvez-vous prévoir la pluie ? s'étonna-t-il. La brume dilue toutes mes impressions.

Elle lui expliqua que c'était une simple question d'observation. De parfum, aussi. Avant l'averse, l'odeur d'humus émanant de la terre s'accentuait.

— Norine, des Ecaillères, est beaucoup plus douée que moi, ajouta-t-elle.

Pierre-Antoine estimait la gouvernante. D'autant qu'elle était une cuisinière hors pair et avait préparé, la veille, un délicieux pot-au-feu.

— Honorine est une personne remarquable, approuva-t-il gravement.

Il sourit à la jeune fille.

— Il y a longtemps que je désirais m'entretenir avec vous. Il existe une fosse Adeline. A-t-elle été nommée ainsi en votre honneur ?

Elle se troubla.

— En effet.

Le simple fait d'évoquer le fond éveillait en elle le souvenir de la tragédie. Certains jours, il lui semblait qu'elle ne parviendrait jamais à oublier la mort de Frédéric.

Il comprit à son visage soudain défait qu'elle n'en dirait pas plus et respecta son silence.

La plupart des écaillons considéraient Adeline comme leur mascotte : le vieux Lefort avait insisté pour la faire baptiser au fond de la fosse. Benjamine lui avait narré l'anecdote pour bien lui faire comprendre à quel point les ouvriers étaient attachés à certaines traditions.

— Je vous raccompagne avant l'averse ? proposa Pierre-Antoine.

Elle acquiesça d'un sourire. Ils pressèrent le pas quand les premières gouttes s'abattirent sur les toits.

— Je pense souvent que la pluie est complémentaire de l'ardoise, confia Adeline d'une voix lointaine. Tout mon pays est gris et, pourtant, je l'aime ainsi.

Il faisait partie d'elle. Chaque fois qu'elle assistait au chargement des péniches sur la Meuse, elle avait le sentiment qu'un peu d'ardoise se mêlait à son sang. Coralie, tout en tirant l'aiguille, confirmait : « Cela fait plusieurs siècles que les Lefort travaillent aux ardoisières. »

Pierre-Antoine avait fait des recherches en ce sens dans les archives. Il avait ainsi découvert la trace d'un Laurent Lefort employé en 1765, à l'époque où l'intendant du Hainaut était venu visiter l'entreprise. On parlait déjà alors de la pénibilité du travail souterrain qui entraînait une forte consommation d'alcool.

— Entrez vous mettre à l'abri chez nous.

Adeline s'essuya les pieds sur le grattoir avant de pousser la porte de la pièce principale. Pierre-Antoine fut saisi par la bonne chaleur régnant à l'intérieur.

— Bonjour, monsieur Fournier.

Matthieu, la pipe au bec, se porta à sa rencontre.

— Seigneur, Adeline, tu es trempée, s'inquiétait déjà Coralie.

La jeune fille haussa les épaules avec une belle insouciance.

— Ce n'est rien, maman. Monsieur Fournier et moi avons couru et, ma foi, nous avons encore un peu de souffle...

— Il ne manquerait plus que ça, à votre âge.

Coralie s'affaira à leur servir le café, maintenu au chaud sur la cuisinière. Elle sortit du buffet une galette au sucre toute gonflée, dorée à souhait.

— Norine et ma mère se sont toujours querellées à propos de la recette, expliqua-t-elle en riant. Chacune, bien sûr, prétendant posséder la meilleure.

Il faisait bon chez les Servant, assis à la table ronde, le dos au poêle. Meilleur, assurément, qu'aux Ecaillères où Bertrand Warlet ne souriait pratiquement jamais. Chez lui, il parlait chiffres, ventes, bénéfices, prix... à vous donner le tournis ! Pierre-Antoine lui avait demandé un jour s'il s'intéressait à autre chose qu'à l'entreprise, et Bertrand avait sursauté : « Quel profit cela me rapporterait-il ? »

Dans ces conditions, la conversation n'avait plus vraiment de sens.

Matthieu et Pierre-Antoine, en revanche, entreprirent très vite de parler technique et sécurité. Pierre-Antoine confia à son hôte qu'il aimerait voir Benjamine reprendre la direction des ardoisières.

— Elle seule est capable de comprendre l'importance de l'investissement, expliqua-t-il en citant l'exemple britannique.

Il fallait mécaniser la production, s'équiper d'un treuil et, pourquoi pas, de découpoirs.

— Et les hommes, dans tout cela ? questionna Adeline.

Matthieu considéra leur visiteur d'un air dubitatif, comme s'il soupesait ses capacités. Pierre-Antoine ne se laissa pas démonter pour autant.

— Les hommes doivent être formés à travailler sur les machines. Nous y gagnerons déjà en pénibilité, ainsi qu'en temps de travail.

Matthieu n'hésita pas à lui faire part de son scepticisme. Selon lui, en effet, aucune machine au monde ne pourrait remplacer le flair ni le savoir-faire des hommes du fond.

Adeline et sa mère soupirèrent de concert. C'était un éternel débat sans cesse recommencé ! Elles se contentaient de constater que le prix des denrées alimentaires augmentait beaucoup plus vite que les salaires.

— Je ne sais pas combien de temps encore nous pourrons vendre nos ardoises, déclara Pierre-Antoine tout à trac.

Trois visages scandalisés se tournèrent vers lui. L'ardoise n'était-elle pas intemporelle, inépuisable ? Depuis les siècles qu'on la travaillait, entre Meuse et Sormonne !

— C'est bien des idées de savant, ça ! commenta Matthieu un peu plus tard, alors que Pierre-Antoine avait pris congé.

Il contempla d'un air rêveur le chromo représentant sainte Barbe, la patronne des ardoisiers, qui trônait en bonne place dans chaque maison de La Roche-Laval, et se signa comme si des paroles impies venaient d'être prononcées.

Brusquement, il avait peur. Non pour lui ou pour Coralie, mais pour sa fille et les enfants de sa fille.

18

1888

« Une année noire, vraiment », songea Benjamine en appuyant son front las contre le carreau froid.

D'abord, ç'avait été la mévente de l'ardoise, provoquée par une baisse importante des commandes. Le climat était propice aux revendications ouvrières. Les premières manifestations s'étaient produites à Montceau-les-Mines. Les mines d'Anzin avaient suivi, en 1884. Enfin, 1886 avait été marqué par une émeute sanglante, aux houillères de Decazeville, se soldant par la défenestration d'un ingénieur. Les ouvriers réclamaient partout une augmentation de leurs salaires.

Benjamine avait mis son neveu en garde à plusieurs reprises. « Tu n'es pas à l'armée, Bertrand, lui répétait-elle. Nos écaillons ont besoin d'être reconnus comme des interlocuteurs à part entière. J'ai bien peur que tu ne les méprises. »

Ce raisonnement provoquait la colère du fils de Louis et de Pauline : « Seriez-vous une "rouge", ma tante ? ironisait-il. Vous m'avez donné carte blanche, que je sache. Vous étiez soulagée de me passer la main après ce malencontreux accident... »

Il ne le rappelait pas au hasard, tous deux le savaient. Benjamine se sentait toujours responsable de la mort de Frédéric. « C'est le seul moyen que je possède pour la faire taire », avait expliqué Bertrand à sa mère lorsqu'elle était venue lui rendre visite aux Ecaillères.

Curieusement, sa tenue de deuil ravivait la beauté de Pauline. Le noir exaltait sa carnation de rousse, accentuait l'éclat de ses yeux verts. La mort brutale de son époux avait suscité chez elle une envie de profiter enfin de la vie. Oh ! certes, elle avait été heureuse auprès de Louis ou, tout au moins, pas malheureuse, mais elle n'avait pu assouvir sa soif de plaisirs. Bourgeois dans l'âme, timoré, ne vivant que pour sa peinture, somme toute des plus médiocres, Louis Warlet n'avait pas su répondre aux aspirations de Pauline. Elle avait éprouvé un choc, assurément, lorsque deux sergents de ville avaient sonné à la porte de leur nouveau domicile rémois, situé boulevard du Temple, pour lui annoncer que Louis Warlet avait été renversé par un fiacre. Elle avait organisé les obsèques de son époux avec une étrange sensation de dédoublement. Qu'avaient-ils réellement partagé, Louis et elle, au cours de leurs vingt-quatre ans de vie commune ? Elle n'était pas une artiste, se bornant à être une belle femme, « un ornement », comme disait sa sœur Coralie avec une lucidité cruelle.

Le jour de l'enterrement de Louis – à Reims, il en avait exprimé le souhait dans une lettre – Bertrand avait fait promettre à sa mère de revenir dans les Ardennes. Pauline, pourtant, se sentait déplacée aux Ecaillères. Elle devait constamment lutter contre le réflexe de se lever et de chercher un chiffon à épousseter. Pour le village, elle était restée une Lefort, une « fille de l'autre côté ». Cela expliquait en partie son impression de malaise. Sans oublier l'attitude de sa famille. Emma ne savait jamais sur quel pied danser avec elle. André, lui, qui n'avait pas pardonné leur mise à distance après le mariage, évitait de lui adresser la parole, tout comme ses frères. Quant à Coralie, elle avait peur, cela se remarquait aisément à son regard un peu perdu.

« Que ferais-je de ton Matthieu ? » avait eu envie de lui dire Pauline, le lendemain de son retour. A la réflexion, elle s'était abstenue. Après tout, c'était amusant de croiser le chemin de son ancien promis et de chercher à lui faire baisser les yeux. Pauline aimait assez à caresser l'idée qu'elle était toujours belle et séduisante.

Le cœur lourd, Benjamine tourna le dos à la fenêtre, fit quelques pas en direction de son bureau. L'envie la tenaillait de reprendre les choses en main. Si seulement elle était parvenue à dépasser l'idée de sa culpabilité ! Bertrand accumulait les erreurs, elle le pressentait depuis le début ; malheureusement, Félicien lui avait confirmé ses craintes.

« Votre neveu nous considère comme des bêtes de somme, tout juste bonnes à l'enrichir », lui avait-il dit un soir.

Pour faciliter leurs rencontres, Benjamine avait décidé un an auparavant de s'installer dans le pavillon du jardinier. Elle l'avait aménagé à sa guise, choisissant des meubles simples, confectionnés par un ébéniste de Rimogne. Elle aimait tout particulièrement sa chambre, installée dans une pièce légèrement mansardée qui en accentuait le côté douillet. Là, Félicien et elle pouvaient se retrouver sans craindre les commérages. Seule Honorine partageait leur secret. Benjamine avait aménagé un petit salon en rotonde au rez-de-jardin. Un verrier avait confectionné à sa demande un vitrail représentant le travail des hommes du fond. Chaque fois qu'elle le contemplait, Benjamine éprouvait un sentiment de fierté.

Ces derniers temps, cependant, elle ne pouvait chasser de son esprit une impression de catastrophe imminente. Malgré ses mises en garde répétées, Bertrand refusait d'admettre que la situation était explosive. Les ouvriers grondaient, réclamant une hausse des salaires à intervalles réguliers. Il fallait bien reconnaître que leurs revenus étaient insuffisants. Les prix enchérissaient sans cesse et les femmes se lamentaient. Félicien en parlait peu, Benjamine savait que c'était dans le but de la préserver.

Leur relation, après avoir traversé une période de tempête, deux ans auparavant, était redevenue peu à peu harmonieuse. Félicien et Benjamine s'aimaient. Cette certitude l'aidait à vivre.

Le gueulard la fit sursauter. Au beau milieu de l'après-midi, cela signifiait un nouvel accident. Les mains sur les oreilles, comme pour se protéger de souvenirs trop douloureux, Benjamine se précipita dehors.

Bertrand, le visage blême, se tourna vers sa tante.

— Ils sont déchaînés, murmura-t-il. Les femmes encore plus que les hommes, d'ailleurs.

Benjamine le considéra froidement.

— As-tu jamais essayé de te mettre à leur place ? questionna-t-elle d'une voix coupante.

C'était comme si le même cauchemar recommençait. La sirène lancinante, l'attente de la remontée de la cage en compagnie des femmes aux traits ravagés par l'angoisse. Bertrand avait fui, s'était réfugié dans son bureau.

— J'y retourne, lança Benjamine d'un ton décidé.

Félicien l'attendait au pied du chevalement. Il paraissait plus que ses quarante-sept ans, tout à coup.

— Un jeune gars qui a trébuché sous la charge, expliqua-t-il à Benjamine. J'espère qu'il va s'en sortir.

Le docteur Poinson avait été appelé. Il arriva sur les lieux en même temps que la cage. Berlot, un ouvrier toujours prompt à revendiquer, soutenait le blessé. Il semblait en état de choc et tremblait. Ses mains étaient couvertes de sang.

— Le pauvre garçon… souffla Benjamine.

Elle ne pouvait plus supporter la vision de ces corps mutilés, blessés. Elle serra les dents pour ne pas hurler sa détresse. Félicien entoura ses épaules d'un bras protecteur.

— Cette fois, vous ne pourrez pas dire que vous êtes responsable. Warlet en demande trop aux gars. Il faut nous moderniser, Benjamine.

Elle aima sa façon de dire « nous ».

Berlot se retourna vers Bertrand, qui s'était enfin décidé à les rejoindre.

— Toujours plus, hein ? Vous avez vu le résultat !

La foule grondait derrière lui. Impossible, tout à coup, de croiser un regard ami. Il n'y avait plus qu'une masse étrangère, hostile.

— Rentrez chez vous, ordonna Félicien à Benjamine.

Elle se rappela avoir lu dans le journal le récit des événements sanglants de Decazeville. Elle avait frémi en découvrant la tragique spirale de la haine et de la révolte. Elle comprenait mieux, à présent, avec quelle rapidité tout pouvait basculer.

— Passez par-derrière, lui recommanda Félicien. Et, quoi qu'il arrive, ne vous retournez pas.

Soucieuse de ne pas abandonner son neveu dans une situation aussi critique, elle tenta de tergiverser. Félicien secoua la tête.

— Laissez-le affronter seul les conséquences de ses actes. Cela fait plusieurs mois que Léon et moi réclamons

135

une plus grande sécurité. Monsieur Fournier aussi. Lui, il a tout compris.

A cet instant, Benjamine sut ce qu'elle devait faire.

— Regardez-moi ça ! Un défilé de pauvres loqueteux…

Debout sur le perron des Ecaillères, Bertrand considérait avec un mépris non dissimulé les hommes et les femmes qui s'agrippaient aux grilles.

L'accident survenu la veille avait mis le feu aux poudres. Le docteur Poinson avait pu sauver le blessé mais il risquait fort de rester paralysé. A vingt-trois ans. Un sort atroce qui avait révolté les écaillons. « Tout ça à cause de ce maudit Warlet », répétait Berlot.

La réplique ouvrière n'avait pas tardé. Tout le personnel des ardoisières avait abandonné les fosses, les cabanes de fendage, les bureaux, l'acheminement vers les péniches.

Bertrand se tourna vers Benjamine qui se tenait à ses côtés.

— Des travailleurs paisibles, à vous entendre, ma tante. Peste ! vous les connaissez bien mal ! Il y a même parmi eux ce boiteux avec qui l'on vous dit du dernier bien.

Ils s'affrontèrent du regard.

— Tu parles de ton oncle, répondit Benjamine, glaciale. Le frère de ta mère. Et, si tu veux tout savoir, c'est également mon amant.

Ils se défièrent. Mal à l'aise, Bertrand ricana, reprochant ouvertement à sa tante son « inconduite ».

— Tout ce que tu pourras me dire ne modifiera en rien mon opinion, le prévint-elle. Je commence à mieux te connaître, mon neveu, et je me rends compte que j'ai eu grand tort de te confier l'entreprise. Tu n'as jamais rien compris à ce pays, ni à ses hommes.

Piqué au vif, Bertrand se redressa.

— La faute à qui ? Mon père a fui le village. Il ne supportait pas l'ardoise.

« Et toi ? De quoi as-tu peur, Bertrand Warlet ? », pensa Benjamine.

Le mouvement de grève s'était radicalisé depuis que Bertrand avait licencié Berlot, porte-parole de ses camarades. Les écaillons ne réclamaient plus seulement une augmentation des salaires ou de meilleures conditions de travail, mais aussi la réintégration de Berlot.

« Une sale affaire », avait marmonné Honorine en faisant beaucoup de bruit avec ses casseroles pour bien marquer sa réprobation. Souvent, ses réactions ou ses réflexions permettaient à Benjamine de mieux comprendre la situation des ouvriers.

— Je ne calerai pas, affirma Bertrand, continuant de défier sa tante du regard.

Il plissa les yeux.

— Tiens, on dirait la belle Adeline, là-bas, qui brandit un drapeau noir.

« De chaque côté des grilles », songea Benjamine.

L'attirance que, visiblement, Bertrand éprouvait pour Adeline lui faisait parfois un peu peur. Elle se défiait de la violence de son neveu.

— Tu dois parlementer, Bertrand, insista-t-elle. Si la grève se poursuit, nous serons contraints de fermer l'entreprise.

— Parlementer ?

Il haussa les épaules. Benjamine n'avait donc pas encore compris que, finalement, les ardoisières Warlet lui importaient peu ? C'était le pouvoir qui comptait pour lui. L'entreprise ne représentait qu'un moyen, pas une fin en soi.

— Je vais faire appeler la troupe, oui, reprit-il. Elle aura vite fait de disperser ces paresseux.

— Pas question !

Benjamine lui fit face. Elle ne voulait pas revivre le cauchemar de 1873, quand elle s'était interposée entre les écaillons et les gendarmes.

— Warlet, au poteau ! scandaient les grévistes, de plus en plus fort.

Ils défilaient tous derrière les grilles des Ecaillères. Des hommes et des femmes que Benjamine connaissait depuis l'enfance. Ils avaient confectionné un mannequin grossier qui ressemblait vaguement à Bertrand, et l'avaient accroché à une potence.

Benjamine chercha du regard la haute silhouette de son amant. Elle se sentait déchirée.

— Je vais leur parler, décida-t-elle brusquement.

Pierre-Antoine se porta à ses côtés.

— Je vous accompagne, Benjamine.

Tous deux marchèrent d'un pas décidé vers les grilles. Ils n'échangèrent pas un mot. Ils avaient conscience de la gravité de la situation. Une parole, un geste mal interprété suffiraient à provoquer le pire.

Benjamine ouvrit elle-même les grilles. Le silence se fit devant cette femme au visage défait, au regard décidé. Félicien s'avança vers elle.

— Il faut prendre une décision, déclara-t-il.

Sa voix était grave. Leur amour était en danger, Benjamine le savait, et ce depuis deux ans. Depuis que Bertrand l'avait remplacée à la tête des ardoisières.

Elle abaissa les paupières afin de lui dissimuler son trouble.

— Monsieur Warlet va devoir nous quitter, annonça-t-elle.

Elle se sentit soulagée aussitôt après avoir prononcé cette phrase. Elle aurait dû signifier son congé à Bertrand depuis longtemps.

— C'est bien joli, mais qui va le remplacer ? lança une femme en cheveux.

Elle brandissait un drapeau noir. Benjamine la connaissait vaguement. Elle habitait non loin de chez Coralie et Matthieu Servant. Elle devait avoir son âge, pas tout à fait la quarantaine, mais paraissait beaucoup plus.

L'héritière des ardoisières se retourna vers Pierre-Antoine.

— Vous connaissez tous monsieur Fournier. Je crois qu'il est l'homme dont nous avons besoin.

Elle lut le soulagement sur les visages des écaillons. Pierre-Antoine était apprécié de la plupart car il émanait de lui une profonde humanité. De plus, la mère Bonfils, qui était influente, le considérait comme son protégé. « C'est un gars bien », affirmait-elle volontiers.

— Et Berlot ?

La question venait d'être posée par Léon Lefort. Une forte tête, lui aussi, différent de son frère et de son père. Il défendait l'idée d'un syndicat.

— Nous allons discuter de la solution à adopter, monsieur Fournier et moi, répondit Benjamine d'une voix unie.

Elle redressa la tête. Elle ne sous-estimait pas l'importance de l'enjeu. Plusieurs mouvements de grève avaient éclaté au cours des derniers mois, que ce soit à Rimogne, à Fumay ou à Haybes. Celui qu'on appelait « le vieux », et qui était unanimement respecté dans le milieu ouvrier, Jean-Baptiste Clément, était même venu à Rimogne pour soutenir les ouvriers ardoisiers. Benjamine ne voulait pas que l'entreprise Warlet connaisse un sort similaire. Si le conflit s'enlisait, il serait encore plus difficile de repartir sur de nouvelles bases.

Pierre-Antoine suggéra qu'ils se réunissent dans les bureaux en compagnie d'un ou deux délégués des écaillons.

— Les grilles resteront ouvertes, ajouta Benjamine.

Elle tenait beaucoup à cette image symbole. Le sourire de Félicien lui réchauffa le cœur.

— Je me demandais quand vous vous décideriez enfin à réagir, lui dit-il.

Elle se sentait réconfortée. A sa place, enfin, après ces années d'errance.

Elle se heurta à Bertrand en rentrant dans le hall. Son neveu, livide, passait son paletot.

— Inutile de me congédier, je pars, lui lança-t-il, glacial.

Il enveloppa Benjamine d'un regard chargé de mépris. Il reviendrait en maître, il s'en faisait le serment.

— Je me vengerai, ma tante, soyez-en assurée.

Benjamine hocha la tête.

— Libre à toi.

A cet instant, elle le haïssait avec tant de force que cela lui faisait presque peur. Elle n'était pas femme, en effet, à éprouver ce genre de sentiment.

19

1890

Adeline s'enferma dans sa chambre pour pleurer tout son saoul. C'était chaque mois la même chose. L'espoir durant deux, trois jours... puis la réalité qui la rattrapait, tout ce sang sur son linge, comme une obscure malédiction.

Pierre-Antoine avait beau prétendre que cela n'avait pas vraiment d'importance, elle refusait de l'écouter. Elle ne s'imaginait pas sans enfant. C'était pour elle une fatalité à laquelle elle ne se résignerait jamais.

Pierre-Antoine et elle s'étaient mariés en septembre 1888, alors que la forêt flamboyait. Le soleil d'automne éclaboussait d'or les arbres pourpres, irisait le fleuve de paillettes de mica. La lumière impalpable diluait les contours des collines vers un ciel fuyant, qui courait pour rattraper l'horizon.

Au fond d'elle-même, il lui semblait qu'elle l'avait toujours su. Sa mère le lui avait d'ailleurs confirmé. « C'est l'homme qu'il te faut », lui avait-elle dit. Cela avait irrité Adeline. La croyait-on incapable de choisir elle-même son époux ? Dieu merci, Coralie avait ajouté : « Il est très gentil. Et il t'aime, ça crève les yeux. »

L'amour, la jeune fille s'en était longtemps défiée après la disparition brutale de Frédéric. Certes, elle ne pouvait comparer cet amour de jeunesse à celui qu'elle éprouvait pour Pierre-Antoine, mais elle n'aimerait jamais plus de la même façon. L'expérience lui avait enseigné que rien n'était acquis, ni immuable.

Généreuse, comme à son habitude, Benjamine leur avait offert de s'installer aux Ecaillères. Elle-même refusait de quitter le pavillon du jardinier. Tout le monde savait pourquoi mais personne n'en parlait. La « patronne » était unanimement aimée et respectée, au point que le nouveau maire, Guillot, en manifestait quelque dépit. Dieu merci, avait-il confié un jour à son adjoint, mademoiselle Warlet n'était qu'une femme et ne pourrait donc jamais briguer de mandat électoral. Ce à quoi l'adjoint avait répondu que c'était sans doute regrettable pour la commune. Depuis, le maire lui battait froid.

Adeline se tamponna les yeux et s'observa sans indulgence dans la psyché en noyer. Ce soir, Pauline Warlet avait annoncé sa visite et c'était à chaque fois le branle-bas de combat.

La veuve de Louis, en effet, se donnait de grands airs, ce qui exaspérait fort Benjamine et Honorine. Pour sa part, Adeline n'avait pas de réelles affinités avec sa tante et leurs relations se bornaient à un strict échange de politesses.

Pauline revenait au pays lorsqu'elle avait besoin d'argent. Elle menait un certain train de vie à Reims, sans se demander si celui-ci était compatible avec ses rentes.

Benjamine, de son côté, veillait à ne pas entamer le capital des ardoisières. Elle en avait trop besoin pour mener à bien le programme de modernisation mis sur pied par Pierre-Antoine.

Adeline lissa ses cheveux avec un peu de bière, suivant une recette de sa mère, passa la robe de soie bleue qui accentuait la finesse de sa taille. On la disait belle. Pour en juger, elle se fiait exclusivement au regard de son époux.

Il lui avait fait sa demande avant la fête de la Saint-Jean. La chaleur, exceptionnelle, avait fait avancer la date des moissons. Il l'avait entraînée le long de la Meuse, sous le prétexte de découvrir une minuscule chapelle dédiée à sainte Barbe. Le ciel était d'un bleu pur, inusité en Ardenne. L'absence de nuages lui conférait un aspect insolite, accentué par la chaleur.

La chapelle avait dû être bâtie par quelque ardoisier. Elle était faite de scailles grossières et, à l'intérieur, un ex-voto faisait référence à la protection de la sainte patronne des hommes du fond.

Pierre-Antoine avait attiré Adeline contre lui. Il ne lui avait pas tenu de grands discours, ni demandé son avis. Il l'avait embrassée, lentement, avec gourmandise, et elle avait aimé son initiative.

Plus tard, alors qu'ils marchaient hanche contre hanche sur le chemin de halage, il avait évoqué, tout naturellement, leur mariage.

C'était une évidence. Ils allaient se marier et... Adeline se crispa. La vie ne ressemblait pas aux contes de fées. Pour l'instant, Pierre-Antoine et elle n'avaient toujours pas d'enfant. Ils avaient pourtant sacrifié aux traditions en vigueur. A partir du jour où leurs bans avaient été publiés, ils s'étaient rendus à l'office du village voisin et non à celui de La Roche-Laval. En tant qu'étranger au village, Pierre-Antoine avait payé « les honneurs » à la jeunesse du pays.

Coralie rayonnait tandis que Matthieu conduisait sa fille à l'autel. Adeline n'oublierait pas de sitôt l'église croulant sous les fleurs, des marguerites d'automne et des bruyères, l'hommage amical de tous les écaillons venus « marier la petite ». Pauline en avait d'ailleurs pris ombrage. « Ne croirait-on pas que ta fille est la reine du pays ? », avait-elle lancé à Coralie. Pour une fois, sa sœur s'était rebellée : « C'est l'enfant du pays, avait-elle corrigé. Tout le monde l'aime, ici. »

Ce qui n'était pas le cas de Bertrand. Il n'était pas venu au mariage, et Adeline en avait été secrètement soulagée. Depuis longtemps, en effet, son cousin la mettait mal à l'aise. Elle le sentait à l'affût. On chuchotait qu'il avait trouvé une place de directeur, de l'autre côté de la frontière, dans une ardoisière concurrente.

Benjamine, lorsqu'elle l'avait appris, avait froncé les sourcils. Elle se défiait de Bertrand, le croyant fort capable de divulguer les secrets de l'entreprise Warlet. Décidément, elle avait été bien mal inspirée le jour où elle avait fait appel à lui !

Pauline arriva sur le coup de sept heures, alors qu'Honorine se débattait avec un coq un peu trop coriace à son goût. A coup sûr, il ne serait pas cuit à point, et Pauline ferait des remarques désagréables. Il en allait toujours ainsi avec « madame Louis », comme on s'obstinait à l'appeler aux Ecaillères. Elle s'invitait au dernier moment, se présentait à la porte en terrain conquis et allait faire le siège de Benjamine afin d'obtenir une rallonge à sa pension. A croire qu'elle était dépourvue d'amour-propre.

Elle était belle, encore, bien que son corps se soit empâté. Certains chuchotaient qu'elle ne dédaignait pas la chopine, ce qui choquait Adeline.

Pauline s'arrêta sur le seuil de la grande salle, embrassant du regard la vaisselle de Limoges dressée sur la nappe de lin brodée par sa nièce.

— Eh bien, on ne se refuse rien, apparemment ! jeta-t-elle d'un ton acide. Tu n'es pas chez toi ici, ajouta-t-elle méchamment à l'adresse d'Adeline.

Celle-ci lui dédia en retour son plus beau sourire.

— Je le sais, ma tante, et je n'aurai garde de l'oublier puisque vous me le rappelez à chacune de vos visites. Nous avons simplement tenu à vous faire honneur.

Pierre-Antoine, qui venait de rentrer, se rapprocha de sa femme dont il entoura les épaules d'un bras protecteur.

— Bonsoir, madame Warlet, déclara-t-il sans chaleur excessive.

Tout le monde, ou presque, se défiait de Pauline, à La Roche-Laval. Jusqu'à ses parents, à qui elle n'allait pas rendre visite. Léon, qui avait été le plus proche d'elle, prétendait parfois qu'elle n'osait pas. Emma pinçait alors les lèvres : « Mon pauvre garçon, tu te fais encore des illusions sur le compte de ta sœur ! Dis plutôt qu'elle n'a pas d'héritage à attendre de nous ! » Un silence navré avait accueilli cette réflexion. Coralie avait raconté la scène à Adeline, qui en avait été peinée. Elle rêvait d'harmonie familiale, certainement à cause du milieu protégé dans lequel elle avait été élevée.

Pauline s'assit à la place d'honneur et, de nouveau, regarda autour d'elle.

— Je ne sais pas comment vous pouvez vivre ici, reprit-elle. Les Écaillères manquent du confort moderne. Moi, en ville…

Elle était intarissable sur son pied-à-terre sur les Allées, l'ancien cours d'Orléans. Ses fenêtres ouvraient sur les marronniers et, côté cour, elle disposait d'un jardinet clos de hauts murs. Elle bénéficiait, luxe suprême, de l'eau courante. Elle n'y venait pourtant que rarement, préférant son appartement de Reims.

— Nous sommes à la campagne, ici, ma tante, glissa Adeline.

De toute manière, les Ecaillères lui plaisaient, malgré leur aspect rustique et leur inconfort. La vieille maison s'inscrivait parfaitement dans l'histoire du village. Son toit, l'encadrement de ses portes proclamaient qu'elle était née de l'ardoise. C'était certainement ce que Pauline lui reprochait, elle qui avait renié ses origines.

Il fallut patienter après la soupe de légumes, le coq étant vraiment trop gros. Lorsque Honorine l'apporta enfin à table pour le faire découper à Pierre-Antoine, elle était toute rouge d'avoir bataillé au-dessus de sa marmite.

Pauline y fit honneur. Adeline l'observait discrètement. Etait-ce bien la même femme qui avait longtemps eu une réputation de scandaleuse, à La Roche-Laval comme dans la famille ?

Elle avait fini par apprendre que Pauline était presque fiancée à son père avant de séduire Louis Warlet. On ne parlait pratiquement jamais de Pauline chez ses parents. Adeline avait même l'impression que sa mère redoutait sa sœur cadette. Elle avait quelque peine à le comprendre. Pauline était encore belle, certes, mais superficielle et intéressée. Son père était tout à fait capable d'établir la comparaison à l'avantage de Coralie.

Elle secoua la tête comme pour chasser cette pensée importune. Pauline évoquait Bertrand. Il s'était fiancé avec une jeune fille de Saint-Michel, près d'Hirson.

— La fille d'un gros fermier, précisa Pauline d'un air gourmand. Elle a du bien.

Ils ne sauraient pas si elle était douce, jolie, ni même quel était son prénom. Adeline pressentait que cela n'avait pas la moindre importance pour Pauline comme pour son fils. Tout l'attrait de la fiancée de Bertrand résidait dans cette seule phrase : « Elle a du bien. »

20

1891

Benjamine se rapprocha de la psyché de sa chambre. D'ordinaire, elle accordait fort peu d'importance à son apparence. Elle marchait beaucoup, nageait l'été dans la Meuse, sans se soucier de ses rides. Elle se demanda une nouvelle fois si *cela* se voyait. A trente-neuf ans, n'était-ce pas complètement fou ? Elle avait toujours fait confiance à Félicien. Il avait suffi d'une fois. Quand elle y songeait, elle se sentait à la fois émue et furieuse. Comme si, quelque part, son corps l'avait trahie.

De nouveau, elle scruta son reflet. On s'accordait en général à lui dire qu'elle ne paraissait pas son âge. Sa chevelure fauve ne grisonnait pas encore et sa silhouette restait svelte. Pour combien de temps ? Elle imaginait déjà les commentaires fielleux sur son passage. Vivre dans un village comme La Roche-Laval imposait de respecter les règles sociales en vigueur.

Benjamine n'avait pas envie de courber le dos ni de se voir rejetée. Elle avait suffisamment défié l'opinion, depuis son enfance, pour savoir qu'on ne lui pardonnerait pas cet écart. Il y avait un fossé entre diriger une entreprise et se retrouver fille-mère – à près de quarante ans de surcroît ! Si les commères du village feignaient de ne pas remarquer que Félicien la rejoignait la nuit dans le pavillon du jardinier, elles ne feraient pas preuve de la même tolérance à partir du jour où les conséquences de leur liaison deviendraient apparentes.

Benjamine passa sa pèlerine préférée, doublée de petit-gris, et sortit. Il avait gelé dans la nuit. Elle aimait sentir le chemin durci craquer sous ses gros souliers de marche. Les bouleaux couverts de givre avaient une beauté irréelle. Elle se laissa envelopper par le silence de la forêt, puisant une certaine sérénité dans sa solitude. Coupant par les bois, elle se dirigea vers la Meuse. Le fleuve n'était pas pris par les glaces, Dieu merci, l'acheminement des ardoises ne serait pas entravé. Elle réprima un sourire. Ses proches avaient beau jeu de prétendre qu'elle se souciait toujours et avant tout des ardoisières. Si jamais elle épousait Félicien, elle perdrait son nom de Warlet et une partie de sa légitimité de chef d'entreprise. Elle savait qu'elle ne pouvait s'y résoudre. Elle avait eu trop de peine à s'imposer dans ce monde d'hommes. Oui, mais que faire ?

Elle prit une longue inspiration, s'abîma dans la contemplation du fleuve, paisible et comme préservé à cet endroit où la forêt, adoucissant le relief des collines, plongeait dans la Meuse.

Elle ne s'imaginait pas ayant recours aux pratiques de quelque faiseuse d'anges. L'enfant qui poussait en elle était le fruit de leurs amours, à Félicien et à elle, et elle ne supportait pas l'idée de le « faire passer ». Il se chuchotait, pourtant, que la vieille Fonsine, qui logeait près de Fumay, était le recours de nombreuses jeunes personnes. Cette perspective faisait frémir Benjamine. Soucieuse, elle fit demi-tour. Elle se sentait plus seule qu'elle ne l'avait jamais été.

Dès qu'elle eut franchi le seuil de son bureau, aux ardoisières, les soucis quotidiens l'assaillirent. En accord avec Pierre-Antoine, qui avait mis sur pied tout un programme de modernisation, elle avait bataillé pour obtenir un prêt conséquent de la banque. Le bailleur de fonds l'avait mise en garde. Elle devrait augmenter la production et les ventes pour s'en sortir. « Nous vous faisons confiance, mademoiselle Warlet, lui avait rappelé Ballet, le banquier, mais nous ne sommes pas des philanthropes. Si vous ne tenez pas vos engagements, nous ne vous suivrons plus. »

Elle avait accepté leurs conditions. De toute manière, il était urgent de tout restructurer. Les méthodes ancestrales étaient dépassées, Félicien était le premier à le lui rappeler. Son frère Léon, membre du Syndicat des ardoisiers, avait participé à une réunion à Charleville. Il en était revenu les yeux brillants.

Pierre-Antoine avait réussi à renouer le dialogue avec les écaillons. On l'appréciait car, à la différence de Bertrand, il n'hésitait pas à descendre au fond. Benjamine n'avait pu réprimer un sourire le jour où elle l'avait vu arriver dans son bureau portant un pantalon de velours râpé, des « waguettes » – c'est-à-dire des jambières confectionnées par Adeline suivant un modèle de Coralie – et de gros sabots de Gué-d'Hossus. « Ne me dites pas que vous allez fendre ! » s'était-elle écriée. Il avait soutenu son regard incrédule : « Je tiens à connaître, même de façon superficielle, tout le processus de production. Je suis certain que votre père agissait de même. » L'allusion à Eugène avait bouleversé Benjamine. Elle avait esquissé un sourire : « Pierre-Antoine, vous êtes quelqu'un de bien. »

Pour le moment, elle découvrait avec une fureur croissante des courriers lui annonçant l'annulation de commandes importantes.

Pour qui se prenaient-ils donc, ces clients attitrés, qui retiraient soudain leur confiance aux ardoisières Warlet ? A la cinquième lettre, elle redressa la tête.

150

— Pierre-Antoine, nous allons devoir nous battre.

Elle avait compris qui orchestrait ce désaveu. Ne lui avait-il pas promis qu'il se vengerait ?

Durant les deux semaines suivantes, Benjamine se livra à une action de reconquête. On la vit partout. A Charleville, assistant à la représentation d'une pièce à succès au théâtre. A Mézières, dans les salons de la préfecture qu'elle n'avait pas fréquentés depuis longtemps. Dans la nouvelle église du Sacré-Cœur, édifiée un an auparavant à l'angle du nouveau boulevard et de la rue de Montjoly.

Et, à chaque fois, elle vantait la modernisation, la qualité des ardoisières Warlet. Elle avait fait appel à Balthazar, le frère aîné d'une amie de pension, qui travaillait pour le *Petit Ardennais*. On vit apparaître mademoiselle Warlet à la une du journal, entourée de personnalités officielles. Pierre-Antoine, qui avait eu l'idée de cette campagne de presse, se demandait combien de temps encore Benjamine pourrait tenir. Elle avait manqué s'évanouir lors d'une exposition organisée par les industriels ardennais qui réclamaient une école formant des employés qualifiés, et s'était raccrochée à son bras.

Elle paraissait très fatiguée ces derniers temps, mais refusait de ralentir son rythme.

« La petite se bat pour nous », disaient les écaillons en saluant le travail qu'elle effectuait. L'augmentation accordée deux ans auparavant leur avait rendu la vie plus facile. Cette fois, cependant, il ne s'agissait plus d'obtenir des avantages sociaux mais bel et bien de sauver l'entreprise.

Benjamine s'effondra un matin alors qu'elle avait passé une mauvaise nuit penchée sur les comptes des ardoisières.

Adeline était venue l'inviter à partager leur souper. Elle avait préparé une salade au lard dont elle savait

Benjamine gourmande, en temps ordinaire. Il était fréquent, d'ailleurs, qu'ils prennent leurs repas ensemble aux Ecaillères. Benjamine se souciait peu de cuisine et Honorine avait gardé l'habitude de prévoir largement.

Ce matin-là, Adeline survint à propos pour secourir « la patronne ». Le visage livide, Benjamine respirait avec peine. Elle désigna d'un geste le flacon d'eau de mélisse posé sur la table du salon. Adeline s'empressa mais, voyant Benjamine de plus en plus pâle, elle lui servit d'autorité un demi-verre de cognac.

— Buvez, ordonna-t-elle.

— Ce n'est rien.

Benjamine vida le verre d'un trait. Lentement, ses joues reprirent un peu de couleur. Elle se troubla sous le regard pensif d'Adeline.

— Je ne sais plus quoi faire, petite, déclara-t-elle enfin d'une voix empreinte de lassitude.

Adeline sourit.

— Ne vous inquiétez pas. Je crois bien que j'ai une idée.

Benjamine s'était tant dépensée que personne ne s'étonna vraiment lorsqu'elle tomba malade. En revanche, les écaillons s'inquiétèrent en apprenant que « la patronne » devait aller se reposer quelque temps au bord de la mer. Ses poumons étaient atteints, il lui fallait changer d'air. Adeline l'accompagnerait, quoi de plus normal, les deux femmes s'entendaient fort bien. Et puis, Honorine était là pour s'occuper de Pierre-Antoine.

Durant plusieurs jours, les Ecaillères connurent une période de remue-ménage. On descendit une malle du grenier, Adeline s'affaira aux préparatifs tandis que Benjamine donnait ses instructions à Pierre-Antoine et à Félicien. La dernière nuit, Félicien la serra contre lui avec emportement. Elle avait beaucoup maigri, il était

152

dévoré d'angoisse à son sujet. Il avait vu tant d'écaillons pris des poumons qu'il ne parvenait pas à se raisonner, malgré les paroles apaisantes de sa maîtresse.

— Promettez-moi de revenir vite, lui chuchota-t-il.

Il avait toujours eu de la peine à lui dire des mots d'amour. Sa tendresse, il la manifestait par des gestes, ou des regards. Benjamine était tout pour lui. S'il la perdait, Seigneur ! la vie n'aurait plus aucun sens.

Une nouvelle fois, elle fut tentée de lui confier son secret. Elle ne le fit pas, cependant. Si Félicien savait, il mettrait tout en œuvre pour la convaincre de changer d'avis. Or, cela, elle ne le voulait à aucun prix.

21

1891

Bertrand s'immobilisa au milieu de l'allée afin de contempler sa maison enfin achevée. Elisa n'avait pas compris pourquoi il avait tant harcelé les ouvriers et le maître d'œuvre. Il tenait à ce que son enfant naisse sous son toit.

Elle, la pauvre femme, aurait aussi bien accouché dans leur logement de fonction ! Elle ne comprenait pas, ne partageait pas l'ambition de Bertrand. Elle l'aimait – comme s'il fallait s'embarrasser de ce genre de sentiments pour se marier ! Assurément, elle avait lu trop de mauvais romans ! Bertrand méprisait sa femme, tout en reconnaissant que sa fortune lui avait été bien utile pour mener ses projets à leur terme.

Elisa l'avait aimé dès leur première rencontre, fortuite, dans le train de Bruxelles. Bertrand, conscient du trouble de la jeune fille, avait poussé son avantage. Il était facile de séduire cette petite sotte qui croyait aux grands sentiments. Ses parents s'étaient montrés plus coriaces, mais le nom de Warlet était bien commode pour se faire ouvrir les portes. Il avait suffi à Bertrand de se présenter sous son meilleur jour, d'offrir des fleurs à la mère d'Elisa, de s'intéresser aux terres de son père.

Le vieux Debermont possédait un élevage prospère, une laiterie, et de nombreuses maisons à Hirson. Econome en gestes comme en paroles, il se serait certainement défié de Bertrand si Elisa n'avait pas été aussi amoureuse. Pour la première fois de sa vie, la jeune fille avait élevé la voix. Elle voulait épouser Bertrand Warlet, ce serait lui et personne d'autre. Lorsqu'elle avait refusé de s'alimenter, Debermont avait pris peur. Après tout, ce garçon appartenait à une bonne famille, même si son père était un barbouilleur raté.

« Tu ne vas pas gâcher le bonheur de ta fille », lui répétait sa femme, sensible aux attentions et aux prévenances de Bertrand.

Il avait cédé, tout en conservant par-devers lui une certaine réticence. Bertrand en avait parfaitement conscience, et cela l'amusait. Il entreprit donc de séduire son beau-père. Avec Elisa, ce n'était même pas drôle : elle était gagnée d'avance à sa cause.

Chaque fois qu'il posait les yeux sur sa femme, Bertrand songeait à Adeline. Pourquoi diable l'avait-elle repoussé ? A eux deux, ils auraient conquis le monde ! C'était d'une femme comme elle qu'il rêvait. Belle, entreprenante et farouche. Comparée à elle, Elisa était d'une fadeur déprimante.

Il enfonça les mains dans ses poches. Au moins, il avait sa maison. En briques, comme c'était la coutume en Thiérache, coiffée d'ardoises venues de l'entreprise belge pour laquelle il travaillait, flanquée de deux tourelles. « Le château », comme disaient les ouvriers. Bertrand en avait l'orgueil agréablement chatouillé. La dot d'Elisa lui avait permis de réaliser son rêve. Il ne lui manquait plus qu'un fils. La délivrance était imminente.

Un fils, et les ardoisières Warlet.

A ce prix seulement, son bonheur serait complet.

Elisa, les mains soutenant son ventre énorme, se traîna jusqu'à la fenêtre. Le ciel était sombre, la nuit tombait de plus en plus tôt. Elle n'aimait pas l'hiver, et elle détestait cette trop grande maison dans laquelle elle ne se sentait pas vraiment chez elle. Surtout, elle avait hâte de mettre au monde l'enfant qu'elle portait.

Tout était arrivé trop vite. Le mariage, sa grossesse. Elle aurait préféré attendre un peu plutôt que de se retrouver prête à accoucher moins de dix mois après ses noces ! Pourtant, elle ne se plaignait pas : elle voyait bien que Bertrand était heureux. Quoiqu'elle se demandât parfois si Bertrand était en mesure d'apprivoiser le bonheur. Il y avait en lui une part d'ombre qui effrayait la jeune femme. Pour lui plaire, cependant, elle était prête à tous les sacrifices.

Elle jeta un coup d'œil à son reflet, fit la grimace. Sa grossesse ne l'avantageait pas. Elle avait le visage bouffi, le corps déformé. En temps normal, elle trouvait déjà qu'elle manquait d'éclat. Bertrand était bel homme avec ses cheveux sombres, ses yeux clairs, sa silhouette robuste. Il savait jouer de son charme et les filles se retournaient sur son passage. D'une jalousie maladive, Elisa avait fort mal vécu les transformations de sa silhouette. L'attitude de son mari ne la rassurait guère. Il partait tôt le matin travailler de l'autre côté de la frontière, après l'avoir gratifiée d'un « Bonne journée » distrait, et rentrait tard le soir, lorsqu'il ne décidait pas de rester à l'usine. Il l'avait d'ailleurs prévenue dès le jour de leur mariage : « Mon travail passera toujours avant tout », lui avait-il dit. Elle s'était inclinée. De toute manière, elle n'avait pas le choix. Elle l'aimait.

Elisa frissonna. Elle redoutait, tout à coup, la perspective de rester difforme encore durant plusieurs semaines. Elle avait hâte d'être délivrée de ce poids qui l'empêchait d'accompagner son mari.

Tout était prêt. Sa mère l'avait aidée à confectionner le trousseau du bébé. Elle avait commandé au menuisier de Saint-Michel un berceau ouvragé qu'elle avait garni de petits draps bordés de jours et de festons. Les maillots, les bonnets, les mouchoirs de cou et les couches étaient empilés dans l'armoire en noyer héritée de sa grand-mère.

« Pourvu que ce soit un garçon », pensa-t-elle. Bertrand l'avait dûment prévenue. Si, par malheur, elle accouchait d'une fille, il ne lui jetterait même pas un regard.

« Une pisseuse est source d'ennuis », aimait-il à dire.

Elisa ne savait comment le satisfaire. Elle n'avait appris qu'après ses noces – car on n'évoquait pas ces sujets devant les jeunes filles – qu'il fallait procréer en lune descendante si l'on voulait être assurée d'avoir un garçon. Il était alors trop tard pour en tenir compte. En tout cas, elle avait suivi les conseils éclairés de sa mère et, à compter du jour où elle avait eu connaissance de sa grossesse, avait résolu, selon une ancienne tradition, de ne pas faire elle-même un seul point de couture à ses vêtements. Pourquoi ? Sa mère avouait son ignorance mais insistait sur la nécessité de se plier à ce précepte. De la même manière, Jeannette Debermont avait insisté pour que la chatte, pourtant très douce, soit chassée de la maison de sa fille. Ces animaux n'étaient-ils pas réputés attirer le mauvais sort ? Bertrand, tenu informé de ces superstitions, levait les yeux au ciel. « Ma pauvre Elisa, je vous croyais plus intelligente. Il n'y a plus que les sots ou les faibles d'esprit pour accorder encore foi à ces sornettes ! »

« Riez, riez », pensait-elle. Elle espérait avoir un fils, en bonne santé. Ensuite, elle comptait bien reconquérir son mari. Pour son malheur, elle l'aimait.

Les premières douleurs la prirent au retour de la messe. Malgré les railleries de Bertrand, elle continuait à se rendre à l'office chaque dimanche afin de se concilier les bonnes grâces d'un Dieu dont elle doutait parfois. Elle en avait besoin, cependant. D'autant plus quand elle surprenait le regard gourmand de Bertrand sur les courbes appétissantes de Donatienne, la petite bonne. Elisa ressentait alors des envies de meurtre. Elle avait compris depuis longtemps, pourtant, que Bertrand entendait bien vivre suivant son bon plaisir. Son statut d'homme marié ne freinait pas son appétit de conquête, bien au contraire. Elle avait même parfois l'impression qu'il cherchait à assouvir quelque vengeance à l'encontre des femmes.

Elle revint pâle et défaite au « château ». Lucie, la cuisinière, s'empressa. Elisa se laissa entraîner vers sa chambre, déshabiller, coucher, mais refusa avec force qu'on aille quérir son époux. L'enfantement était une affaire de femmes, Bertrand n'y avait pas sa place. Surtout, elle ne voulait pas qu'il la vît ainsi, les cheveux défaits, la peur au fond des yeux.

Ce fut long et douloureux. « Eh quoi ? commentait la sage-femme, tranquillement assise à tricoter au coin du feu, vous ne croyiez quand même point qu'un premier allait passer comme une lettre à la poste ? Un enfant, ça se mérite, ma belle ! »

Elisa avait fait prévenir sa mère qui arriva dans la soirée. Les vêtements de Jeannette Debermont étaient couverts de neige.

Elle s'effraya de la pâleur d'Elisa. La sage-femme l'attira à l'écart.

— Elle s'épuise, elle n'est pas dure au mal.

Madame Debermont fronça les sourcils. Elle savait sa fille courageuse, et déterminée.

— Il faut l'aider, conclut-elle.

Toute la soirée, elle massa le ventre et les reins de sa fille, l'exhorta à ne pas se laisser aller, sans prendre garde aux gémissements et aux cris de souffrance d'Elisa. Lorsque enfin la tête du bébé apparut, un soulagement intense coupa les jambes de Jeannette Debermont.

Elisa poussa un grand cri avant de retomber sur ses oreillers.

— Plus jamais, marmonna-t-elle.

Ses lèvres étaient glacées, son visage en sueur, ses cheveux emmêlés. Sa mère lui caressa le front avec une douceur et un amour infinis.

— Ça va aller, ma chérie, murmura-t-elle.

Elisa ferma les yeux. Elle ne vit pas le bébé que la sage-femme venait de poser sur son ventre, ne demanda pas quel était son sexe. Epuisée, dolente, elle sombra dans un sommeil entrecoupé de cauchemars.

La sage-femme se retourna vers madame Debermont.

— Il ne me paraît pas bien vigoureux, soupira-t-elle.

Prestement, elle procéda à l'ondoiement provisoire de l'enfant, tandis que la grand-mère, effrayée, se signait. Elle lui expliqua qu'il s'agissait d'une simple mesure de précaution. Pourtant Jeannette, qui avait perdu deux enfants en bas âge, frissonna. Tout comme son époux, elle désirait le meilleur de la vie pour leur fille unique. Après avoir changé les draps et passé à Elisa une chemise de nuit immaculée, elle courut à l'église. Prier était, lui semblait-il, le seul moyen de sauver ce bébé chétif.

Les hurlements de l'enfant accueillirent Bertrand à son retour. Il monta à l'étage, découvrit Elisa, épuisée, tentant de calmer une... chose emmaillotée, rouge de colère sous le béguin.

— Votre fils, murmura Elisa.

Bertrand grimaça un sourire. Il l'avait, son héritier, mais pourquoi donc ressemblait-il au vieux Debermont ? Le bébé avait une tête de vieillard.

— Il ne va tout de même pas brailler sans arrêt ? s'irrita-t-il.

Il avait rêvé il ne savait quoi, une projection de lui sans doute, au lieu de quoi il se retrouvait avec cet avorton à demi pâmé, de colère ou de chagrin, dans son berceau d'osier. Dès cet instant, Bertrand le détesta : il décevait ses espérances.

Il s'empara du berceau, alla le placer dans une chambre située à l'autre extrémité du corridor et revint auprès d'Elisa. Il attendait des protestations, une explosion de colère. Sa femme se contenta de soupirer.

— S'il vit, ce sera un enfant difficile, commenta-t-elle avant de fermer les yeux.

Tout son corps était douloureux. Bertrand la considéra durant plusieurs secondes sans mot dire avant d'enfoncer son chapeau sur sa tête et de repartir. Il connaissait une maison accueillante où l'on saurait lui faire oublier cette déception.

A son retour de l'église, Jeannette Debermont s'effraya de ne pas retrouver le bébé dans la chambre de sa fille. Les hurlements la guidèrent jusqu'à la pièce sans feu où Bertrand avait placé le berceau. Elle s'empara de l'enfant, le berça et descendit à la cuisine.

— Attisez le feu, ordonna-t-elle à Lucie d'une voix décidée.

Elle sauverait ce bébé, même si elle était la seule à se battre.

22

1904

Benjamine se redressa et contempla d'un air satisfait la salle des machines. C'était leur œuvre commune, à Pierre-Antoine et à elle. Ils avaient bataillé pour obtenir du banquier les capitaux nécessaires. Benjamine ne comptait plus les documents, projets et prévisions qu'elle avait dû fournir. Régulièrement, Ballet lui faisait remarquer qu'il s'agissait d'un investissement considérable, forcément risqué. A cela, elle répondait en secouant la tête : « Diriger une entreprise, c'est prendre chaque jour des risques ! »

Pierre-Antoine et elle formaient un tandem uni. Tous deux avaient choisi de concert une turbine hydroélectrique perfectionnée. Le treuil installé dans la salle des machines constituait un progrès appréciable. Personne, parmi les écaillons, n'avait oublié le pénible travail du « rouleur » transportant des blocs de schiste de cinquante à cent kilos et les remontant « à dos ».

Désormais, le mécanicien-treuilliste répondait aux coups de sonnerie des ouvriers du fond suivant un code bien précis. Un coup signifiait « Halte », deux coups « Montée », trois coups « Descente » et quatre coups « Montée lente ». Les premiers temps, les plus anciens avaient ri sous cape en grommelant que les jeunes ne voulaient plus rien faire, mais ils s'étaient très vite habitués à ce confort. André Lefort lui-même, pourtant en retraite, venait parfois dans la salle des machines pour le seul plaisir d'admirer le va-et-vient des barils. « Jamais… », murmurait-il, l'air rêveur.

Chaque fois, son regard glissait vers Félicien. Il aurait voulu pouvoir discuter avec son fils aîné, trouver les mots pour communiquer avec lui, mais sa pudeur l'en empêchait. En prenant de l'âge, Félicien souffrait de plus en plus aux changements de saison. Il avait réussi à se confier un soir à Benjamine, lui expliquant que, certaines nuits, sa jambe amputée depuis plus de trente-sept ans lui faisait horriblement mal. Pierre-Antoine, consulté discrètement, avait parlé de « douleurs fantômes », fréquentes chez les personnes ayant subi des mutilations. Antonia, présente dans la cuisine, avait dressé l'oreille. Tout ce qui avait trait à la médecine la passionnait.

Benjamine se détourna des machines et contempla durant plusieurs minutes la bannière de sainte Barbe accrochée au mur. Elle cilla, soucieuse de réfréner son émotion. Chaque fois qu'elle évoquait Antonia, elle éprouvait une furieuse envie de pleurer.

Agée de douze ans, la fille d'Adeline et de Pierre-Antoine était une jeune personne au caractère affirmé qui allait passer son certificat d'études. Le maître d'école pensait qu'elle pourrait sans problème poursuivre des études supérieures. Ses parents étaient d'accord. « Ainsi, vous serez débarrassés de moi en semaine ! », riait Antonia, faisant allusion à son prochain statut de pensionnaire à l'école Jeanne-d'Arc de Charleville.

D'un geste machinal, Benjamine saisit l'ardoise rouge qui lui servait de presse-papiers et la contempla. Elle se rappelait fort bien avoir été tentée de la glisser dans le cercueil de son père. Elle s'était ravisée au dernier moment, en se disant qu'il s'agissait d'un objet symbolique, qu'on se transmettait de génération en génération. De plus en plus souvent, pourtant, elle éprouvait un sentiment de vague à l'âme. Elle avait consacré sa vie aux ardoisières mais, Pierre-Antoine excepté, il n'y avait personne pour reprendre le flambeau. Antonia n'aimait pas l'ardoise, elle rêvait de devenir médecin, au grand dam d'Emma, son arrière-grand-mère, qui se signait : « Faire docteur, petite, comme tu y vas ! Ça n'est pas un métier pour une femme. Tiens, viens-t'en sortir ma galette du four. »

Peine perdue ! Antonia ne s'intéressait pas à la cuisine ni aux travaux du ménage. Lorsqu'elle n'étudiait pas, elle se rendait chez le vieux Robert, guérisseur de son état, et l'observait avidement. De nombreux enfants avaient peur de lui et le traitaient de sorcier mais, curieusement, une étroite complicité s'était tout de suite nouée entre le vieil homme et la fillette. Elle se glissait chez lui en passant par les champs car elle n'était pas certaine que sa mère aurait apprécié ce genre de fréquentation. Adeline se défiait de ceux qu'elle nommait « les charlatans ». Adepte des méthodes prophylactiques prônées par les autorités afin de juguler les épidémies, elle vouait une admiration sans réserve à la science. Chaque hiver, Antonia partait pour l'école chaudement emmitouflée, un mouchoir imbibé d'essence algérienne dans chaque poche. Robert, qui était aussi herboriste, soignait les coups de froid et bronchites à l'aide de tisane aux quatre fleurs, pied-de-chat [1], immortelle blanche, pas-d'âne [2] et coquelicot.

Honorine, elle, accordait foi aux vertus du sirop de carotte et de radis noir. Il suffisait de faire « suer » de fines rondelles de ces deux légumes additionnées de morceaux de sucre candi à l'arrière de la cuisinière et d'avaler la mixture obtenue... sans grimacer.

Robert s'intéressait à tout, et n'hésitait pas à partager ses connaissances avec Antonia : « Fillette, on a le don de soigner en soi, lui disait-il. D'abord, il faut aimer les gens. Ça, ça ne s'apprend pas. »

Elle comprenait ce qu'il voulait dire, sans réussir à le mettre vraiment en pratique. Elle aimait les siens, certes, mais ne parvenait pas toujours à maîtriser les bouffées de colère qui montaient parfois en elle. Elle avait été une enfant difficile, mettant à mal la patience de sa mère et de sa grand-mère. Exigeante vis-à-vis d'elle-même comme des autres, Antonia en souffrait souvent. Robert, qui aimait à l'observer, lui avait fait un jour cette remarque curieuse : « Un jour viendra où tu seras en paix avec toi-même. En attendant, prends le meilleur de la vie, petite, et apprends, apprends sans cesse. Un jour, tu sauras guérir. »

Antonia se raccrochait à cette perspective lorsqu'elle traversait des moments de doute. L'angoisse, indéfinissable, montait en elle. Elle se refusait, cependant, à en parler à ses parents. Question de pudeur, de fierté. Le caractère entier d'Antonia la poussait à ne pas laisser voir ses failles. D'ailleurs, elle aurait été incapable de mettre un nom sur ce qu'elle ressentait. Une impression

1. Mauve.
2. Tussilage.

diffuse de mal-être, la quasi-certitude d'être différente des autres. Contrairement à sa mère, elle n'aimait guère lire. Les travaux de la maison ne l'intéressaient pas. Dès qu'elle avait un moment de libre, elle courait chez Robert ou rendait visite à Benjamine, qu'elle appelait « ma tante » bien qu'aucun lien de famille ne les unît. L'ardoisière et l'adolescente s'entendaient bien, au point qu'Adeline en prenait parfois ombrage. Coralie, qui avait assez souffert dans sa vie pour comprendre beaucoup de choses, tentait de réconforter sa fille : « Antonia a besoin d'être aimée, peut-être plus encore que les autres enfants. Nous, ce n'est plus intéressant de nous faire les yeux doux, elle sait que nous l'adorons. Forcément, elle va voir ailleurs. »

Il n'empêchait. Adeline, pourtant toujours proche de Benjamine, le vivait mal. Même si Pierre-Antoine lui répétait, lui aussi, des paroles apaisantes.

Tous deux formaient un couple uni. Le temps semblait ne pas avoir de prise sur Adeline. Elle avait créé une bibliothèque au village et s'occupait du prêt le samedi soir et le dimanche, après la messe. Elle rêvait d'écrire un ouvrage traitant des hommes du fond, consciente néanmoins des difficultés d'une telle tâche. Elle se rendait chez les vieux écaillons et les écoutait raconter leurs souvenirs. Son grand-père haussait les épaules : « Qui veux-tu donc que cela intéresse, petite ? Une vie de misère, menée par de pauv'gars... »

Adeline, obstinée, secouait la tête : « Vous êtes notre mémoire, grand-père. »

Pierre-Antoine approuvait son épouse. Lui-même aurait dû recueillir les souvenirs de son aïeul. Il aurait voulu pouvoir évoquer cette partie de son passé avec Adeline, mais n'y parvenait pas. Comment lui expliquer qu'il avait quitté sa famille, sa région natale, à cause des dispositions testamentaires de son père, qu'il ne parvenait à accepter ? L'entreprise Fournier aurait dû lui revenir ; c'était lui, Pierre-Antoine, le fou d'ardoise, et non son frère aîné. Il n'avait pas trouvé les mots, cependant, pour s'ouvrir de sa déchirure auprès de sa femme. Il avait verrouillé avec soin toute son enfance et tourné le dos à ses origines. C'était pour lui une question de survie. Désormais, il ne pouvait plus se permettre de revenir en arrière.

— Ma tante... m'accompagnerez-vous chez mémère Emma ?

Benjamine releva la tête, croisa le regard gris d'Antonia. La fillette, déjà grande pour ses douze ans, promettait d'être belle. Ses longs cheveux fauves l'avaient fait surnommer l'« écureuil » par les gars des ardoisières, toujours prompts à dénicher un sobriquet. Le sarrau noir dont elle était vêtue, comme tous les enfants de son âge, ne parvenait pas à dissimuler le rayonnement, la vitalité qui émanaient d'elle. Benjamine la comparait souvent à une flamme.

— Crois-tu que je n'aie que ça à faire ? répondit-elle.

Chaque fois qu'elle contemplait Antonia, elle éprouvait une sensation de vertige.

« Qu'ai-je fait ? », se reprochait-elle alors, le cœur au bord des lèvres. Elle ne pouvait s'ouvrir à quiconque de ses scrupules ou de ses remords.

Antonia, câline, se suspendit à son cou.

— Ma tante, mémère Emma vous aime beaucoup, votre visite lui fera plaisir.

Benjamine éprouvait de l'affection, elle aussi, pour les parents de Félicien. Elle sourit à la fillette.

— Eh bien, allons-y.

Un soleil timide conférait une beauté tragique au verdou, traversé de tons mordorés. « Le sang de la terre », pensa Benjamine avec une émotion sourde. Elle avait conscience du fait que le XXᵉ siècle naissant bouleversait la donne du monde du travail. Pour sa part, elle se démenait afin d'améliorer les conditions de vie des ouvriers sans parvenir à être réellement satisfaite. A cause des impératifs de rendement, on leur en demandait toujours plus.

Chez les Lefort, l'atmosphère était pesante.

— Ne faites pas attention, leur souffla Emma, encore vaillante malgré son âge. C'est juste que mon homme ne va pas trop bien.

Benjamine reconnaissait bien là la pudeur des parents de Félicien. On ne s'avouait pas malade, non, c'eût été impoli et puis, pouvait-on se le permettre ? Au village, faire déplacer le médecin était considéré comme une dépense somptuaire, un acte envisagé à la toute dernière extrémité, le plus souvent lorsqu'il était trop tard.

Antonia courut embrasser son arrière-grand-mère et s'immobilisa devant pépère André, qui contemplait le feu d'un air morne.

— Ça le brûle dans la poitrine, expliqua Emma d'une voix inquiète.

André et elle connaissaient la nature du mal. Nombreux, en effet, étaient les écaillons qui devenaient « poitrinaires ». La faute à l'humidité, aux poussières inhalées jour après jour. André avait déjà atteint un grand âge. Il s'affaiblissait. Lui, d'ordinaire dur au mal, peinait pour se lever. Un soufflet de forge ronflait en permanence dans ses poumons. Le soir venu, des quintes de toux terribles le déchiraient, et ce malgré les cataplasmes de farine de lin et de moutarde qu'Emma lui préparait. Ils avaient tout essayé, infusions de baies rouges de houx, réputées souveraines contre la toux sifflante, tisanes de bourrache et de pulmonaire. Coralie avait acheté à l'herboriste itinérant des racines de guimauve, des bâtons de réglisse et des bourgeons de sapin. Rien n'y faisait.

Benjamine se pencha vers le vieil homme pour le saluer. Il retint sa main entre les siennes, glacées malgré la proximité du feu.

— Tu te rappelles, petite, le jour où tu es descendue au fond pour la première fois ?

Cela faisait plus de trente-cinq ans qu'il ne l'avait pas tutoyée. Benjamine, bouleversée, acquiesça d'un signe de tête.

— Je n'avais pas encore dix ans. Je n'ai jamais oublié l'odeur particulière du suif qui brûle.

Ni la main rassurante de Félicien, qui était venue chercher la sienne, comme pour la réconforter. D'une certaine manière, c'était ce jour-là que tout avait commencé.

Elle soutint le regard d'André Lefort. Une quinte de toux le cassa en deux sur son siège. Il chercha à reprendre son souffle, lentement, avec peine.

— La gamine, là, doit connaître autre chose, reprit-il en caressant les cheveux souples d'Antonia.

Emma lui tendit d'autorité une tasse de lait auquel elle avait ajouté une bonne cuillerée de miel.

— Bois ça, mon homme, et ne te soucie pas de demain. A chaque jour suffit sa peine.

Antonia secoua la tête. Elle n'aimait pas entendre son aïeule raisonner ainsi. Pour elle, la vie devait être source de joie.

Elle fit cette réflexion à Benjamine sur le chemin du retour. La propriétaire des ardoisières se troubla sous le regard décidé de l'enfant.

— J'étais comme toi, murmura-t-elle enfin, après un long silence. Rebelle, prête à tout pour faire ce dont j'avais envie. Et puis en prenant de l'âge, j'ai appris à composer, à faire des concessions. C'est dans l'ordre des choses.

Antonia ne répondit pas. Elle se demandait pour quelle raison cette confidence somme toute anodine – « J'étais comme toi » – la bouleversait autant.

23

1906

Bertrand Warlet crispa le poing sur le dossier du fauteuil Louis XV. C'était une pièce très rare, noire et blanche, peinte et tapissée aux couleurs du deuil après l'exécution du roi Louis XVI. Il l'avait acquise dans une vente aux enchères, près de Chimay. Il allait devoir s'en séparer, comme du cabinet chinois en laque de Coromandel, comme du château.

Cette perspective le rendait fou de colère et de jalousie. Lui tirait le diable par la queue alors que les ardoisières Warlet prospéraient.

Il jeta un regard chargé de mépris à la photographie de sa femme et de son fils, glissée dans un cadre d'argent. Si seulement Elisa avait pu lui donner un autre héritier que Guillaume, cet enfant trop maigre, affligé d'un bégaiement honteux !

Bertrand avait parfois le sentiment que son fils perdait contenance dès qu'il se trouvait en sa présence. Lui-même ne pouvait le supporter. Il retrouvait chez lui les traits sans beauté d'Elisa, son côté terne. Pour fuir cette atmosphère déprimante, Bertrand avait multiplié les aventures. Des femmes rencontrées au hasard de ses incursions dans les cabarets avant qu'il ne fasse la connaissance de Noémie. Elle tenait une maison accueillante à Hirson. Il s'était longtemps demandé pour quelle raison il s'était laissé séduire. Elle n'était pas vraiment belle, mais elle avait du chien. Le genre de femme qui lui plaisait, avec ses cheveux roux, ses yeux gris-vert, et sa silhouette tout en courbes. Elle avait si bien su l'embobiner qu'il lui avait acheté une maison bourgeoise à Hirson, dans laquelle il l'avait installée. Il l'y rejoignait plusieurs soirées par semaine sans qu'Elisa parvienne à le retenir. Un soir où elle pleurait silencieusement, posant sur lui un regard de reproche, il l'avait bousculée en lui jetant au visage qu'il ne l'avait jamais aimée. Depuis, elle le laissait tranquille. Elle avait déserté la chambre conjugale pour s'installer dans une pièce plus petite, au même étage. Parfois, Bertrand avait l'impression que sa raison chancelait mais il n'y prêtait pas autrement attention. Elisa n'avait pas été capable de lui donner le fils brillant dont il rêvait et son père, par ses mauvais placements, avait fait faillite. Autant de tares rédhibitoires qui lui donnaient envie de maudire la famille Debermont ! Il avait pensé réaliser une opération rentable en épousant Elisa et il se retrouvait endetté.

Il poussa un juron étouffé. Il ne parvenait pas à se résigner à vendre le château. Il avait couru les ventes aux enchères durant plusieurs années afin de dénicher les meubles les plus rares. Pour lui, sa maison représentait une revanche. Sa mère ne l'avait pas encore compris. Elle s'était longtemps obstinée à lui répéter qu'il ferait mieux de quitter les Ardennes et de retourner s'installer à Reims, où il était né. Pauline n'avait-elle pas tenté de revenir vivre à Charleville avant d'y renoncer ? Elle n'y avait plus sa place, le fossé la séparant de sa famille était trop important.

Bertrand et sa mère ne se voyaient plus que rarement. De toute manière, Pauline et Elisa ne s'étaient

171

jamais entendues et Guillaume n'intéressait pas sa grand-mère. « C'est un Debermont », avait-elle déclaré d'un ton définitif le jour du baptême.

Noémie avait bien suggéré, un soir, qu'ils pourraient avoir un enfant. Bertrand avait violemment réagi : « Pas question ! J'ai été assez déçu avec Guillaume. »

Elle n'avait pas insisté. Elle était reposante, car elle ne gémissait pas sans cesse et savait comment donner du plaisir à son amant. Le contraire d'Elisa, en quelque sorte. Pour cette raison, il ne lui en voulait pas trop de lui avoir coûté beaucoup d'argent. Il n'aimait pas compter quand il s'agissait de Noémie.

Son protecteur précédent était un marchand de biens particulièrement généreux. En maîtresse habile, Noémie laissait entendre qu'il se montrait grand seigneur. Bertrand tenait à être à la hauteur. Il avait payé sans discuter le mobilier Art nouveau à la mode, la garde-robe entièrement renouvelée chaque saison, les perles et les rubis.

« Me voilà bien avancé, à présent », songea-t-il, amer. Il savait ce qu'il lui restait à faire. Mettre son orgueil dans sa poche et aller demander à Benjamine de lui venir en aide. C'était pour lui le seul moyen de sauver le château puisque sa mère faisait la sourde oreille.

De nouveau, il contempla le décor familier. Il avait voulu créer une atmosphère chaleureuse, semblable à celle des Ecaillères, mais sa demeure restait curieusement dépourvue d'âme. La faute à Elisa, bien sûr, se dit-il. Cette sotte était incapable de diriger une maison. Elle se bornait à attendre son retour en trempant ses mouchoirs et en grignotant des bonbons. Elle avait fort grossi, ce qui suscitait le dégoût chez Bertrand. De plus en plus souvent, il se disait qu'il avait commis une monstrueuse erreur le jour où il avait épousé Elisa. Il aurait mieux fait de rester à La Roche-Laval, de ne pas s'incliner devant Benjamine, de séduire Adeline. Il pensait toujours à elle, c'était fou. Elle devait être une dame respectable, à présent. Peut-être même ressemblait-elle à Elisa ? Non, c'était impossible.

Il lui restait peut-être une chance de sauver ses biens. Benjamine était riche. Elle *devait* lui venir en aide. En tout cas, il avait la ferme intention de l'en convaincre.

D'un geste familier, Félicien posa la main sur son pilon. L'humidité ne lui valait rien, réveillant des douleurs intolérables dans la jambe qui avait été amputée quarante ans auparavant. Depuis la mort de son père, il se sentait vieux. En première ligne, avait-il confié à son cadet, Léon. André Lefort n'avait pas cessé d'étouffer durant plusieurs jours. Félicien aurait voulu avoir le courage de mettre fin à ses souffrances. Il s'était contenté de venir chaque soir et de passer la nuit au côté de son père, lui tenant la main, lui humectant le visage. Emma faisait bouillir de l'eau en permanence dans la salle. La vapeur ainsi obtenue soulageait un peu André. Lorsqu'il était parti, dans un dernier râle, Félicien et Emma avaient éprouvé un sentiment de délivrance. C'était trop dur de rester ainsi impuissant.

Tout le personnel des ardoisières, tous les habitants de La Roche-Laval s'étaient déplacés pour assister aux obsèques du « père Lefort ». Selon la coutume, c'étaient deux indigents du village qui avaient procédé à la toilette d'André. Félicien, approuvé par sa mère, avait tenu à ce que le corps de son père soit habillé de ses vêtements de travail rangés avec soin dans l'armoire.

Léon s'était essuyé les yeux d'un geste de la main pendant que l'on clouait le cercueil d'André. Emma avait insisté pour placer un chapelet entre les mains de son époux. « Il est croyant, avait-elle dit à ses enfants, même s'il ne va pas souvent à la messe. » Elle avait soupiré : « Mon Dieu… je ne saurai jamais parler de lui au passé. » Depuis la mort de son mari, Emma s'était ratatinée. Chaque fois qu'elle entendait les cloches de l'église tinter trois fois avant de sonner à la volée, elle se tassait un peu plus sur elle-même.

Benjamine était venue bénir le corps de son vieil ami. Elle avait de la peine à retenir ses larmes. Pendant trois jours, tout le village avait défilé dans la petite maison des Lefort. Emma et Coralie faisaient le café, Adeline avait préparé du vin chaud pour la veillée. Il avait fallu établir un tour de garde, puisque tous les amis d'André – et ils étaient nombreux – voulaient « passer la nuit ».

On avait donc décidé de former des groupes de deux se relayant toutes les deux heures. Benjamine et Félicien s'étaient retrouvés ensemble de une à trois heures du matin. Ils avaient évoqué leurs souvenirs du temps jadis, quand la fillette glissait la main dans celle de « pépé Lefort ». Et puis Félicien avait gardé le silence. Son père… Il avait longtemps eu la certitude qu'André était immortel.

Emma avait eu une faiblesse au moment de la levée du corps. Six écaillons s'étaient portés volontaires. Les porteurs du côté gauche avaient le bras gauche entouré d'un brassard noir, ceux de droite l'avaient placé au bras droit.

Emma suivait le cercueil de son mari, encadrée par ses trois enfants. Pauline n'était pas venue. Elle avait téléphoné aux Ecaillères pour faire dire qu'elle était malade. Cela n'avait pas vraiment surpris la famille.

Les amis d'André portaient une bannière de sainte Barbe. Félicien aurait voulu avoir Benjamine à ses côtés pendant la messe. Sa hanche le faisait souffrir mais ce n'était rien comparé à la douleur qui lui labourait le cœur. Il avait observé son frère à la dérobée. Léon pensait-il, lui aussi, que le nom des Lefort s'éteindrait avec eux ? Léon ne se posait pas beaucoup de questions, seule l'action l'intéressait. Il se rendait souvent à Charleville pour les réunions syndicales.

Un murmure avait salué l'entrée dans l'église de Bertrand Warlet. Il tenait par l'épaule un gros garçon âgé d'une quinzaine d'années qui marchait le nez baissé. Le fils de Pauline avait remonté toute l'allée centrale et était venu se placer derrière ses oncles. A l'issue de la cérémonie, il avait tenté de se rapprocher de Benjamine. Celle-ci s'était intéressée à son petit-neveu.

« Guillaume, je suis heureuse de te connaître enfin », lui avait-elle dit gentiment. Le visage lunaire du garçon s'était éclairé. Félicien, qui s'était rapproché, avait pensé que cet enfant avait besoin d'affection.

« Bon… bon… jour, mad… » avait bredouillé Guillaume. Bertrand lui avait administré une bourrade : « Tais-toi donc ! », lui avait-il intimé sèchement.

Benjamine, fronçant les sourcils, avait posé une main apaisante sur la manche du garçon. « Guillaume, il faut me promettre de revenir me voir. Tu as une partie de tes racines ici, à La Roche-Laval. » Bertrand avait assuré qu'ils reviendraient.

Félicien avait suivi le père et le fils d'un regard empreint de défiance. Il n'aimait pas Bertrand, ne l'avait jamais aimé. Il avait tenté de mettre Benjamine en garde : « Warlet essaie tout simplement de rentrer dans vos bonnes grâces, j'en ai peur. Je n'ai pas confiance. » Elle avait ri. Seigneur ! Félicien adorait son rire, un rire de jeune fille, frais et léger. Il aimait voir ses yeux se plisser, son nez se froncer. Il l'aimait.

« Félicien, voyons ! Je n'ai rien à craindre de Bertrand. »

Il s'était senti vieux, tout à coup. Il avait eu envie de la saisir aux épaules et de la secouer d'importance en

175

lui disant qu'il voulait vivre avec elle au grand jour, la protéger. La clandestinité lui pesait de plus en plus.

Il soupira. Un soleil pâle ne parvenait pas à percer la brume s'élevant au-dessus de la Meuse. Il frissonna. Il avait hâte de rentrer au chaud, d'offrir ses mains aux flammes de l'âtre.

De nouveau, il prit douloureusement conscience de son âge.

24

1906

Adeline releva la tête des papiers étalés sur le bureau et jeta un coup d'œil discret par la fenêtre. Antonia et Guillaume se promenaient dans le jardin. De loin, ils donnaient l'impression de deviser paisiblement et elle se demanda une nouvelle fois si le garçon n'était pas écrasé par la personnalité de son père.

Les liens s'étaient resserrés entre les Lefort et les Warlet, sans qu'Adeline parvienne à s'en réjouir vraiment. Elle n'aimait pas Bertrand et se défiait de lui ; il avait beau multiplier les sourires, elle était persuadée qu'il n'avait pas changé. Il était dommage que Benjamine se laisse prendre à ses manigances.

« Il est bien le même que sa mère, lui avait confié Coralie, toujours à convoiter le bien d'autrui ! »

Coralie n'avait pas oublié, en effet, que Pauline avait tenté de séduire Matthieu après la mort de Louis. Cela s'était fait de façon insidieuse, feutrée, mais Coralie n'avait pas été dupe. A bout de nerfs, elle avait pris sa sœur à part et lui avait intimé l'ordre de laisser Matthieu tranquille. Le rire de Pauline l'avait longtemps poursuivie.

« Hé ! Tu n'as donc pas confiance en ton mari ? avait-elle lancé, pleine d'assurance.

— C'est de toi que je me méfie », avait répliqué Coralie du tac au tac.

Cette mise au point n'avait pas découragé Pauline, bien au contraire. Il avait fallu que Matthieu lui ordonne de cesser son manège pour qu'elle arrête enfin de se mettre sur son chemin. Coralie, délivrée, avait soupiré lorsque Pauline était retournée en ville. « Tu ne me croyais tout de même pas assez stupide pour me laisser prendre au piège ? », lui avait demandé Matthieu en l'entourant de ses bras. L'amour qu'elle avait lu dans ses yeux l'avait rassurée. A soixante-trois ans, elle comprenait enfin qu'elle n'avait plus rien à redouter de sa sœur. N'était-ce pas étrange ?

Emma lui avait souvent répété qu'on voyait les choses différemment en vieillissant. Coralie, cependant, ne parvenait pas à être raisonnable. Elle l'avait trop été dans sa prime jeunesse. Chaque fois qu'elle entendait le pas de Matthieu, elle s'élançait vers la porte sans prendre garde aux bobines de fil qui s'éparpillaient sur le pavé. Elle l'aimait. Et elle se demandait parfois si Adeline était vraiment heureuse en ménage. Pierre-Antoine était un bon mari, sobre et travailleur. Il ne courait pas les filles, se consacrant exclusivement aux ardoisières. Coralie, cependant, s'interrogeait sur le regard mélancolique de sa fille. Elle s'inquiétait trop, elle le savait. C'était plus fort qu'elle, elle avait souvent le sentiment d'une catastrophe imminente. Dans ces moments-là, elle se morigénait.

Malgré les difficultés, Matthieu et elle n'avaient pas trop mal mené leur barque. Ils vivaient chichement, certes, mais ne dépendaient de personne et avaient réussi à garder Emma avec eux. A quatre-vingt-six ans, la mère de Coralie avait toute sa tête et était encore capable de citer les noms de la plupart des habitants du village. Benjamine l'appelait « la mémoire de La Roche-Laval » et Emma, le dos cassé, les mains noueuses, esquissait alors un sourire.

Coralie se pencha sur son ouvrage, des taies d'oreiller ornées de dentelle. Adeline et Pierre-Antoine lui avaient offert deux ans auparavant une machine à coudre dernier cri qui avait transformé sa vie. Elle coupa son fil, lissa le linge de la main avant de saisir la taie suivante. Elle rechignait à l'admettre, par superstition, mais elle était beaucoup plus heureuse qu'à vingt ans.

Benjamine tendit les mains vers le feu. Un an auparavant, elle avait songé à remplacer la cheminée de son bureau, qui tirait mal, par un poêle en faïence, mais ne regrettait finalement pas d'y avoir renoncé. La vue des flammes lui aurait trop manqué, elle ne serait pas parvenue à se réchauffer.

Elle se retourna vers Bertrand.

— Assieds-toi, suggéra-t-elle, désignant de la main une chaise Thonet en bois blond.

Il s'irrita de se sentir encore petit garçon face à sa tante. Elle avait eu beau modifier la décoration de son bureau, elle-même n'avait pas changé d'un pouce. Bien que ses cheveux fauves aient grisonné, elle paraissait encore jeune – elle était restée mince et se tenait bien droite.

Fille d'ardoise, elle s'habillait volontiers de bleu ou de gris, deux couleurs qui s'accordaient à son teint clair et à ses yeux.

Bertrand s'assit et vérifia le pli de son pantalon. Le sourire ironique de Benjamine ne lui échappa pas.

— Tu vois, c'est ce genre de détail qui te trahira toujours, remarqua-t-elle. Tu n'es pas un véritable écaillon, tu as bien trop peur de te salir.

— Vous ne m'avez pas laissé ma chance.

Ils échangèrent un regard chargé de défiance.

— Ta chance ? Je crois que tu n'as pas su la saisir. Je ne suis pas certaine que tu aies changé malgré tes belles paroles.

Il ne se laissa pas décourager. De toute manière, il avait un impérieux besoin d'argent et ne pouvait se permettre de repartir les mains vides. Il finit par l'avouer à Benjamine, qui fronça les sourcils.

— Des ennuis financiers, avec le train de vie que tu mènes ?

Il expliqua les placements désastreux de son beau-père, quelques dépenses incompressibles, sans bien sûr mentionner l'existence de Noémie, sa maîtresse.

Benjamine soupira.

— Tu n'as jamais eu à te battre pour gagner ta vie, remarqua-t-elle.

— Vous non plus, ma tante.

Elle cilla. Ils étaient deux héritiers. Elle savait fort bien qu'en tant que femme, elle n'aurait jamais pu diriger les ardoisières si elle n'avait pas été la fille d'Eugène Warlet.

Elle s'assit à son bureau, sortit son chéquier. C'était un geste nouveau pour elle, et elle appréciait le fait de ne plus avoir à transporter d'importantes sommes d'argent.

— Combien te faut-il ? s'enquit-elle.

A cet instant, Bertrand la haït avec une force, une intensité telles qu'il demeura plusieurs secondes sans pouvoir articuler un mot. Lorsqu'il se ressaisit enfin, sa bouche s'emplit d'amertume. Il énonça un chiffre. Benjamine le considéra froidement.

— Tu ne penses tout de même pas que je vais jouer la banquière pour toi ? Je veux bien te dépanner pour cette fois mais ce n'est plus la peine de revenir à la charge. Si tu as vu trop grand, revends ton château.

Se défaire de son domaine ? Elle avait perdu l'esprit ! Il faillit l'insulter, se retint juste à temps. Pour le moment, il avait encore besoin d'elle.

La nuit était brumeuse. La lune elle-même paraissait noyée dans un halo cotonneux et ne permettait pas d'identifier l'ombre furtive qui remontait l'allée des Ecaillères. Honorine, qui était descendue à la cuisine se préparer du lait chaud, laissa retomber le rideau en se demandant si elle n'avait pas rêvé. Qui, en vérité, aurait eu l'idée de se promener dans le parc, passé minuit ? Assurément un étranger : les habitants du village étaient tôt levés, tôt couchés. Si ses douleurs ne l'avaient pas tenue éveillée, elle-même serait endormie depuis longtemps.

Elle haussa les épaules. « Ce doit être que je vieillis », marmonna-t-elle pour elle-même.

La présence d'Eugène à ses côtés lui manquait. Elle ne l'avait jamais remplacé, se partageant entre les Ecaillères et le pavillon du jardinier. Certains soirs d'automne, quand la brume noyait les contours des maisons et des arbres, il lui semblait que le souvenir d'Eugène se diluait, devenait flou, et cela lui faisait mal.

Sa lampe à pétrole à la main, elle se dirigea vers sa chambre. Elle tressaillit en découvrant Antonia assise sur son lit.

— Seigneur ! Que fais-tu là, petite ? Tu n'as pas sommeil ?

L'adolescente secoua la tête. Comment expliquer à Honorine qu'elle se sentait vaguement oppressée ? La cuisinière soupira.

— Tu veux dormir avec moi, c'est ça ? Comme au temps où tu étais toute petite ?

Bien serrées l'une contre l'autre, elles se réconfortaient mutuellement. Honorine fit sa prière avant de glisser dans un sommeil entrecoupé de cauchemars.

Le jour n'était pas encore levé lorsqu'elle se réveilla. Elle se sentait la tête lourde. Elle ne parvenait pas à chasser de son esprit l'image de cette ombre dans le parc. Elle s'habilla et, après avoir hésité une dernière fois, alla frapper à la porte de la chambre d'Adeline et de Pierre-Antoine.

Il lui fallut peu de temps pour expliquer ce qui la turlupinait. Pierre-Antoine la connaissait suffisamment pour savoir qu'elle n'était pas femme à le déranger pour une vétille.

Pourtant, elle n'en menait pas large en le voyant remonter l'allée au pas de gymnastique. Rabattant son châle sur la tête, elle le suivit à une allure plus raisonnable.

Si Benjamine aimait autant le pavillon du jardinier, c'était en grande partie à cause de la pièce en rotonde dans laquelle elle avait installé son bureau, qui ouvrait sur les frondaisons du parc. Bien qu'elle soit difficile à chauffer, la rotonde possédait beaucoup de charme.

Pierre-Antoine jeta un coup d'œil au travers des baies vitrées. La lampe à pétrole éclairait le bureau. Il ne vit pas Benjamine et se dirigea vers la porte d'entrée. Comme tout le monde à La Roche-Laval, il savait que Benjamine ne la fermait jamais à clef.

Il se mit à tousser dès qu'il eut pénétré dans le minuscule vestibule. Il fonça vers le bureau, suffoqua. L'air était irrespirable. Il éprouva comme un vertige, aperçut Benjamine allongée sur le parquet.

Sans hésiter, il fonça, donna un coup de poing dans la baie la plus proche. Il sentit à peine le liquide tiède couler entre ses doigts. Se penchant, il saisit Benjamine dans ses bras et l'emmena dans le jardin.

25

1906

Le jour où elle reprit le chemin des ardoisières, Benjamine insista pour qu'Antonia l'accompagnât. Elle lut de l'inquiétude dans le regard d'Adeline, la rassura d'un battement de cils. Elle voulait lui faire comprendre combien c'était important pour elle. Elle était restée plusieurs jours aux frontières de la mort et sa vision des choses en avait été affectée. Elle avait refusé, cependant, de faire appel aux autorités.

Pierre-Antoine et Félicien avaient mené eux-mêmes leur enquête. Il avait été relativement aisé de découvrir que la cheminée du bureau avait été obturée par des gravats. Dès lors, le monoxyde de carbone stagnant sur le parquet avait lentement asphyxié Benjamine à l'intérieur de la pièce.

Honorine avait tout de suite pensé à la silhouette entrevue dans le parc. Pierre-Antoine avait relevé des traces de pas qui l'avaient conduit jusqu'à un chemin creux. Des marques de roues et les traces des sabots d'un cheval étaient restées imprimées dans la boue. Le nom de Bertrand s'était immédiatement imposé. N'était-il pas l'héritier de sa tante ? Dûment convoqué par le « conseil de famille » composé de Pierre-Antoine,

Félicien, Adeline et Honorine, le fils de Louis avait plastronné. Que lui reprochait-on exactement ? On n'avait pas la moindre preuve contre lui.

Félicien s'était avancé de deux pas : « Disparais, Warlet. Nous ne voulons plus te voir par ici. Jamais. Si tu essaies à nouveau de faire du mal à Benjamine, je te tuerai de mes propres mains. »

Bertrand avait ricané. De quel droit Lefort le tutoyait-il et proférait-il des menaces à son encontre ? Il se faisait fort de le dénoncer aux autorités et de le faire arrêter. On verrait, alors, qui triompherait.

Cette fois, Adeline n'avait pu se contenir. Ils détenaient des preuves contre Bertrand Warlet : les traces de roues de son boghei, Honorine qui l'avait formellement reconnu, son besoin criant d'argent.

Benjamine avait rédigé une lettre qu'elle avait confiée à son notaire. Celui-ci avait pour mission de la transmettre à qui de droit si Benjamine, Félicien ou Pierre-Antoine le lui demandait.

« Le triumvirat, avait marmonné Bertrand. Félicitations, ma tante, vous avez toujours su vous entourer. » Il tenait tête, encore, mais paraissait « sonné ». « De toute manière, nous restons parents, vous ne pourrez pas me déshériter ! », avait-il lancé comme un ultime défi.

Pierre-Antoine avait souri : « Nous trouverons bien une solution. »

Bertrand avait accusé le coup. Ce « nous », prononcé tout naturellement par Pierre-Antoine, lui faisait mesurer à quel point il était demeuré un étranger pour les ardoisiers. Il avait beau porter le nom de Warlet, Benjamine ne l'avait jamais considéré comme l'un des siens. Et cela, il ne pouvait le lui pardonner.

Il était parti, le cœur empli de haine et d'amertume. De retour chez lui, il avait bousculé Elisa qui réclamait des explications. La demeure était glaciale. « Nous

allons vendre cette maudite baraque », annonça-t-il à
Elisa, qui pleurait doucement. L'argent ainsi obtenu lui
permettrait de recommencer une nouvelle vie aux
côtés de Noémie. Il n'en pouvait plus de faire semblant. Elisa ruinée ne lui était plus d'aucune utilité.
Quant à son fils, il n'éprouvait que du mépris à son
égard.

« Un jour… », se promit-il.

Il ferait main basse sur les ardoisières Warlet.

Félicien se pencha au-dessus de sa compagne, qui
s'était endormie, et la recouvrit d'un plaid. Depuis la
nuit où elle avait failli mourir, intoxiquée par le gaz
carbonique, Benjamine était restée fragile. Elle prétendait, avec une délicieuse coquetterie, qu'elle était devenue une vieille dame. Félicien lui prouvait le contraire
en lui répétant qu'elle était toujours la plus belle pour
lui. C'était comme un jeu entre eux. Il ne lui avait
jamais dit qu'il l'aimait. Elle avait renoncé à espérer
cette confidence.

Félicien s'assit sur une chaise à côté du sofa. Il ne
pouvait pas s'habituer aux fauteuils ; d'ailleurs, c'était
très mauvais pour sa jambe. Chez les Lefort, on ne
connaissait que les chaises de bois sur lesquelles on se
tenait bien droit. Félicien détestait songer aux jours
passés et, pourtant, il ne pouvait s'en empêcher. Le
temps avait filé. A soixante-cinq ans, il se sentait encore
dans la fleur de l'âge. Son amputation avait protégé ses
poumons. A la différence de Léon, il ne toussait pas et
avait encore du souffle. Cela lui permettait de soutenir
Benjamine, incapable de « dételer ». Le succès remporté
par les ardoisières Warlet à l'Exposition universelle de
Liège, l'an passé, avait encouragé la fille d'Eugène à
renouveler l'expérience. Soutenue par Pierre-Antoine,
elle projetait de participer à l'Exposition internationale

du nord de la France qui devait se tenir à Roubaix en 1911.

Durant quelque temps, Félicien avait pris ombrage de cette complicité l'unissant à Pierre-Antoine. Il avait fini par comprendre qu'il n'avait pas à être jaloux de l'Angevin. Celui-ci aimait trop Adeline et aucune ambiguïté ne ternissait ses relations avec Benjamine. C'étaient deux fous d'ardoise, tout simplement, toujours prêts à innover pour produire les plus belles scailles.

Sa hanche le faisait souffrir. Il allait pleuvoir cette nuit, à coup sûr. Il se leva, claudiqua jusqu'à la fenêtre. La baie vitrée avait été remplacée. Le vitrail, en revanche, était resté intact. Ç'avait été la première préoccupation de Benjamine. En l'entendant s'inquiéter pour ces bouts de verre coloré, Félicien avait secoué la tête. Il n'existait pas deux femmes comme elle ! Il l'aimait, même s'il n'avait jamais réussi à le lui dire. Il était pudique, comme son père. Et puis il se sentait toujours dans une situation gênante. Le régisseur amoureux de la patronne. S'il ne s'était pas agi de Benjamine, il aurait rompu depuis longtemps.

Il scruta le parc obscur. Parfois montait en lui le désir lancinant d'un enfant, la volonté de transmettre son savoir. Il était trop tard, désormais. A moins que ce ne soit mieux ainsi ? Quand il se retournait pour mesurer le chemin parcouru, il se disait que Benjamine avait illuminé sa vie. En avait-il été de même pour elle ? Il n'aimait pas se livrer à ce genre de bilan. Leur histoire à tous deux était différente.

Il revint vers le feu, qu'il tisonna avant de retourner s'asseoir. Il ne dormirait pas cette nuit. Peu lui importait, du moment qu'il était auprès d'elle.

Elisa se détourna du carreau, s'essuya les yeux d'un geste rageur.

— Il ne m'a jamais aimée, souffla-t-elle.

Guillaume, navré, la contempla sans mot dire. Il avait pris le pli de s'exprimer le moins possible pour échapper aux sarcasmes et aux quolibets. Chaque fois qu'il ouvrait la bouche, il entendait la voix moqueuse de son père : « Mon pauvre garçon, tu n'arriveras jamais à rien ! Tu n'es même pas capable d'aligner deux mots ! »

Jugement terrible contre lequel Guillaume ne pouvait mais. Honteux de bégayer, méprisé par son père, il s'était peu à peu enfermé dans le mutisme. Elève médiocre, il préférait se consacrer au travail du bois qu'il avait appris avec le vieil Arsène, un menuisier du village.

Délaissé par ses parents, Guillaume avait trouvé soutien et réconfort auprès de Jeannette Debermont, sa grand-mère maternelle. Cette solide paysanne avait déployé des trésors de patience pour lui apprendre à lire et à écrire. Quand elle le voyait sombre ou triste, elle lui répétait qu'il avait de l'or dans les mains et qu'il devait croire en lui. Lorsque Bertrand Warlet avait vendu le château et abandonné son épouse et son fils, Jeannette les avait recueillis à la ferme familiale. Depuis, Elisa se laissait aller, se contentant de manger, beaucoup trop, en vouant son mari à tous les diables.

Jeannette gardait le silence. Elle ne tenait pas à accabler sa fille en répétant qu'elle n'avait jamais fait confiance à Bertrand. De toute manière, elle s'était laissé prendre, elle aussi, à la cour empressée qu'il avait faite à toute la famille. Elle n'imaginait pas, alors, à quel point il pouvait être retors.

Son mari lui-même, le vieux Debermont, n'avait pas flairé le danger. Le nom de Warlet, le prestige qui y était attaché l'avaient impressionné. A présent, il n'avait pas de mots assez forts pour le critiquer, mais il était trop tard. De toute manière, sa ruine avait fait de lui un vieillard.

Jeannette posa doucement un châle sur les épaules de sa fille.

— Il fait cru, lui dit-elle.

Elisa leva vers elle un regard perdu.

— J'ai froid, gémit-elle.

Dehors, une pluie persistante noyait les chemins creux.

Jeannette Debermont soupira sans répondre. Elle savait que, quelle que soit la saison, Elisa aurait toujours froid, désormais.

26

1914

Benjamine, escortée de Filou, marcha jusqu'au promontoire dominant la Meuse. Elle aimait particulièrement cet endroit. Chaque fois qu'elle voyait une péniche lourdement chargée remonter le fleuve en direction de la Belgique, elle se disait qu'elle n'avait pas failli. Les ardoisières Warlet avaient résisté aux différentes crises et étaient même devenues l'une des entreprises les plus modernes de la région.

C'était le résultat d'une politique de concertation menée par Pierre-Antoine, Félicien et elle. Tous trois s'étaient attachés à développer une infrastructure sociale en créant une école d'apprentissage et en mettant en place des caisses de retraite et de secours mutuel, ainsi qu'une pharmacie mutualiste.

De son côté, Adeline avait installé un dispensaire dans des locaux de ses bureaux. Un médecin formé à la prévention des risques professionnels venait régulièrement de Reims et avait travaillé avec Pierre-Antoine et Félicien à l'amélioration des conditions de travail. Léon, secrétaire du Syndicat des ardoisiers, se battait aux côtés de ses camarades pour faire admettre le principe de l'assimilation des ardoisiers au régime des mineurs.

Des chefs d'entreprise faisaient le déplacement de Belgique, d'Anjou ou d'Angleterre pour constater ce qui avait été réalisé aux ardoisières Warlet. Benjamine en était particulièrement fière. Elle mesurait les progrès accomplis lorsqu'elle pénétrait dans la salle des machines, située dans un bâtiment de briques, regroupant la production et la distribution de l'énergie électrique. Cette centrale alimentait aussi bien les compresseurs que les pompes, les machines-outils, les forges et l'éclairage.

Dieu merci, grâce à toutes ces innovations, le nombre d'accidents avait baissé de façon importante. Le travail du fond demeurait cependant extrêmement pénible, notamment pour les extracteurs.

Benjamine se pencha, caressa la tête de Filou, le petit griffon que Félicien lui avait offert cinq ans auparavant. « Que veut-il donc que je fasse d'un chien ? », avait-elle pensé en découvrant la tête ébouriffée et le regard malicieux du chiot. Mais Filou s'était imposé en douceur dans sa vie. Il respectait sa sacro-sainte indépendance tout en ne la quittant pas. Honorine se moquait gentiment : « Tiens ! Voilà saint Roch et son chien ! », lançait-elle lorsqu'elle les voyait arriver, l'un derrière l'autre. De son côté, la cuisinière avait recueilli une chatte tigrée qui dormait sous le chartil et ne se laissait approcher par personne. « Ce qu'on devient, tout de même, avait-elle confié un soir à Adeline. Je suis folle de cette bête qui distribue plus volontiers les coups de griffe que les coups de langue. »

Malgré l'âge, Honorine demeurait « rétue » et effectuait toujours son ouvrage. Elle avait même pris le pli d'aller servir le dimanche chez des particuliers afin de gagner « trois francs six sous ». Cette activité supplémentaire provoquait le courroux de Benjamine : « A ton âge, Norine ! Comme si tu ne gagnais pas assez aux Ecaillères ! »

Têtue, la cuisinière n'en démordait pas. « C'est mon dimanche, non ? Alors, j'en fais ce que je veux. »

Benjamine se doutait bien que ce n'était pas l'appât du gain qui l'incitait à agir ainsi. Elle avait beau se creuser la cervelle, elle ne comprenait pas pour quelle raison la cuisinière avait besoin d'argent. Certes, Honorine avait toujours aidé sa famille, mais ses neveux et nièces étaient établis désormais.

Haussant les épaules, Benjamine regagna à pas lents le site d'extraction.

Chaque fois qu'elle lisait le panneau « Ardoisières Warlet », son cœur battait un peu plus vite. Elle savait qu'elle n'avait pas démérité et que son père n'aurait rien pu lui reprocher. L'entreprise familiale avait résisté face à une situation économique difficile. A présent, elle s'accordait enfin le droit de souffler un peu. Son carnet de commandes était rempli, elle vendait les ardoises Warlet jusqu'en Allemagne, en Hollande et en Grande-Bretagne.

« Une réussite exceptionnelle pour une entreprise dirigée par une femme », avait commenté le préfet lors de leur dernière entrevue, dans les locaux de l'Ecole pratique de commerce et d'industrie des Ardennes créée en 1904. « C'est la réussite de toute une équipe », avait corrigé Benjamine.

Elle avait conscience de toujours déranger ses collègues chefs d'entreprise. Quelle place lui accorder dans les dîners d'affaires auxquels elle arrivait seule, sans escorte ? Si encore elle avait été veuve, ce statut lui aurait conféré une certaine légitimité. Mais une demoiselle de soixante-deux ans ! Drôle de demoiselle, chuchotaient les mauvaises langues de Charleville, qui descendait encore au fond de la fosse, portait souvent des vêtements masculins et semblait prendre un malin plaisir à bousculer les règles en vigueur. Cependant, si la bonne société la snobait, Benjamine était parfaitement à son aise chez les écaillons.

Elle poussa la porte des bureaux, salua Pierre-Antoine qui était déjà penché sur ses colonnes de chiffres.

Il releva la tête. A la différence de son neveu, Pierre-Antoine ne l'avait jamais déçue, songea Benjamine avec émotion. Elle ignorait toujours pour quelle raison il avait décidé un jour de quitter sa région natale et de venir se perdre au fond des Ardennes mais elle savait que, sans lui, elle n'aurait pu mener son œuvre à bien.

— Cette année s'annonce exceptionnelle, déclarat-il le sourire aux lèvres.

Benjamine s'assit derrière son bureau et, d'un geste machinal, saisit l'ardoise rouge que son père avant elle utilisait comme presse-papiers. A plusieurs reprises, elle s'était raccrochée à ce simple objet, lorsque tout allait mal et qu'elle était tentée de jeter le gant.

A chaque fois, elle s'était dit qu'elle n'avait pas le droit d'abandonner.

— Oui, je crois que nous n'avons pas de souci à nous faire pour le moment, approuva-t-elle.

Adeline recula d'un pas pour mieux juger de l'effet de l'affiche.

Mémoires d'ardoise, annonçaient les lettres rouges sur fond gris-bleu. Ce livre, elle le portait en elle depuis plus de vingt-cinq ans. Elle avait bavardé avec des dizaines et des dizaines d'écaillons, rassemblé une foule de témoignages, avant d'oser s'attaquer à la rédaction de l'ouvrage. Seuls son mari et sa fille avaient soutenu son projet. Ses parents eux-mêmes avaient tenté de l'en dissuader : « Ecrire, ça ne se fait pas chez nous ! » Coralie avait ajouté, d'un air scandalisé : « Comment saurais-tu ? Tu n'as jamais appris ! »

Ce jour-là, Adeline avait pris conscience du fossé la séparant de sa mère. Toute petite, déjà, elle devait batailler pour lire à sa guise. Lire, jusqu'à ce que ses yeux fatigués se troublent. C'était pour elle plus qu'une distraction. Une nécessité vitale. La lecture l'avait aidée à surmonter le choc de la mort de Frédéric, lui avait permis de nouer ses premiers liens avec Pierre-Antoine. Comment aurait-elle pu expliquer ce qu'elle pressentait, à savoir que la lecture et l'écriture étaient intimement liées ? On n'avait pas besoin d'apprendre ce qui, pour vous, relevait de la passion. On le vivait, tout simplement.

Adeline s'était obstinée. Elle écrivait la nuit ou au petit matin, quand la maison dormait encore. Dès qu'elle entendait Honorine s'affairer dans la cuisine, elle rangeait plume, encre et cahiers, et vaquait à ses tâches ménagères. Seul Pierre-Antoine avait le privilège de la lire. Il s'était battu pour la convaincre de trouver un éditeur. Il avait confiance en elle et, surtout, il avait compris que c'était pour Adeline un moyen d'exister par elle-même.

Les dernières années avaient été éprouvantes. Antonia, toujours rebelle, avait décidé de quitter La Roche-Laval et de poursuivre ses études d'infirmière à Charleville. Elle rêvait de devenir médecin, ce qui faisait pousser les hauts cris à Honorine. Avait-on jamais entendu pareille ineptie ? Et qui irait-elle soigner ? Personne ne voudrait avoir affaire à une femme.

« Les temps changent, Norine », glissait Benjamine.

Adeline soupira. Même si Benjamine et elle gardaient le silence, le secret partagé pesait sur leur vie, sur leurs relations. Depuis vingt-deux ans, depuis la naissance d'Antonia, Adeline vivait dans la peur. Ce qui lui pesait peut-être le plus, c'était le fait de ne pouvoir s'ouvrir de ses craintes auprès de son mari. Pour n'avoir pas porté Antonia dans son ventre, elle avait

194

toujours redouté de mal faire, d'être une mauvaise mère. Comme si, quelque part, elle avait dû expier doublement sa stérilité.

D'une certaine manière, son ouvrage était pour elle une autre façon d'exister, de créer.

Elle effleura la couverture du plat de la main. Pierre-Antoine avait été son premier lecteur, Félicien le deuxième. Tous deux avaient assuré qu'elle n'avait pas trahi l'univers des écaillons.

Pour Frédéric, elle en était heureuse.

1914

Elisa, exaspérée, jeta un coup d'œil courroucé à Guillaume.

— Espèce de maladroit ! glapit-elle. Tu ne pouvais pas faire attention ?

Toujours perdu dans ses rêves, son fils avait oublié de refermer la barrière, la veille au soir. Les moutons s'étaient égaillés dans les pâtures. Dieu merci, Pataud, le chien de berger dressé par son père, avait eu tôt fait de ramener le troupeau au bercail.

Elisa s'essuya le front. Il faisait déjà chaud pour un mois de mai. Elle paniquait à l'idée de tout le travail qu'il lui restait à effectuer. A la mort de son père, elle avait dû reprendre la ferme en ne gardant qu'un valet, Charles, puisque, de toute manière, elle n'avait pas les moyens de payer du personnel. Bertrand était parti avec l'argent tiré de la vente du « château », sans même leur laisser de quoi vivre, à Guillaume et à elle.

Elisa avait dû admettre ce qu'elle se refusait jusqu'alors à accepter, à savoir que Bertrand ne l'avait jamais aimée. Pourtant, cette certitude ne l'avait pas rapprochée de son fils, bien au contraire. Pour elle, Guillaume était lié au souvenir des souffrances endurées lors de l'accouchement et à l'éloignement de Bertrand. Elle avait longtemps pensé que son mari n'aurait pas cherché son bonheur ailleurs si son corps n'avait pas été déformé par sa grossesse. Sa mère prétendait qu'elle se faisait encore des illusions sur son compte.

« Il t'a mariée uniquement pour ta dot, ma pauvre fille, et, une fois qu'il l'a eu croquée, il vous a abandonnés, le petit et toi, sans le moindre remords. »

Elisa savait bien au fond d'elle-même que c'était vrai mais il lui était plus facile de rejeter toute la responsabilité sur Guillaume. De toute manière, elle n'avait jamais aimé son fils. C'était un constat cruel, mais lucide.

La mère et le fils s'affrontèrent du regard.

— Je... je... ne l'ai pas... bredouilla Guillaume.

Grâce au soutien sans faille de sa grand-mère, il était parvenu à maîtriser ses troubles d'élocution mais, dès qu'il s'énervait, son bégaiement revenait de plus belle.

Elisa haussa les épaules. Elle se sentait vieille et aigrie.

— Tais-toi donc ! jeta-t-elle méchamment. Nous avons de l'ouvrage par-dessus la tête.

Elle aurait été mieux inspirée de se lancer dans une autre activité mais elle n'avait pas eu le choix. Son père ayant déjà vendu le bétail le plus rentable, les vaches laitières, il ne restait plus que les ovins. « Maudits moutons », pensa Elisa.

Dieu merci, un cours d'eau traversait l'une de leurs pâtures. Guillaume avait, suivant ses instructions, édifié la veille un barrage sur la rivière afin d'en ralentir le courant. Elle détestait laver les moutons. Les cours de la laine avaient chuté depuis une vingtaine d'années. En 1890, elle se vendait environ trois francs vingt-cinq le kilo lorsqu'elle était lavée. En 1910, elle ne valait plus que deux francs trente le kilo et un franc quinze pour la laine en suint. Elle avait donc tout intérêt à laver ses moutons sur pied, avant la tonte, afin de débarrasser leur laine de la crasse et du suint accumulés pendant la mauvaise saison.

Sa mère qui, à son âge, était tout juste bonne à préparer les repas et balayer la salle, la regarda partir, le cœur serré. Elisa avait multiplié les couches de vêtements et enfilé de solides bas de laine afin de se protéger du froid. Jeannette savait que sa fille allait passer la plus grande partie de la journée dans la rivière jusqu'à la ceinture, à immerger les moutons en leur maintenant la tête hors de l'eau et en esquivant leurs ruades, puis recommencer la manœuvre pour les rincer l'un après l'autre. Guillaume la relaierait, certes, mais il manquait de confiance en lui et redoutait de faire mal aux bêtes. C'était bien une préoccupation de gamin ! Jeannette et Elisa avaient dépassé depuis longtemps ce genre de crainte. Elles n'avaient qu'un but, survivre.

« Si seulement j'avais été un homme », pensa Jeannette avec force. Elle aurait aimé tuer de ses propres mains celui qui demeurait son gendre.

Benjamine, qui conduisait elle-même sa Clément-Bayard, acquise deux ans auparavant pour faciliter ses déplacements, arriva dans la cour de la ferme Debermont alors qu'Elisa et Guillaume, secondés par Charles, achevaient la tonte.

— J'aurais pu choisir un meilleur moment ! s'écriat-elle en considérant le champ de bataille et les visages épuisés de sa nièce et de son petit-neveu.

Elle n'avait jamais coupé les ponts avec eux et envoyait régulièrement de l'argent à Elisa. Leurs relations demeuraient cependant superficielles, marquées de défiance de la part d'Elisa. Guillaume, pour sa part, vouait une profonde admiration à sa tante qui ne lui avait jamais témoigné ni dédain ni mépris.

Elisa lâcha le dernier mouton et s'essuya les mains à son grand tablier gris.

— La prochaine fois, il faudra nous prévenir, déclara-t-elle en guise d'accueil. J'aurais aimé vous recevoir plus décemment.

Cette réflexion était tout à fait révélatrice. Elisa était restée marquée par « ce qui se faisait » et « ce qui ne se faisait pas ». Benjamine la rebelle avait un peu de peine à comprendre ce conformisme, tout en le respectant. Après tout, l'épouse de Bertrand Warlet n'avait-elle pas passé la plus grande partie de sa vie à tenter de sauvegarder les apparences ?

Guillaume tourna autour de la voiture avant d'inviter Benjamine à pénétrer dans la salle. Jeannette, saisie, faillit laisser tomber sa soupière.

— Seigneur, Benjamine ! Vous ne nous avez donc pas oubliés ?

L'intérieur de la ferme criait misère. Les plus beaux meubles avaient disparu et des traces claires sur les murs révélaient la vente des tableaux. Suivant son regard, Jeannette haussa les épaules.

— Nous survivons, lança-t-elle, bravache. Tant qu'Elisa et moi tenons le coup... C'est ce pauvre Guillaume, qui ne sait pas se battre...

Benjamine secoua la tête.

— Je le crois tout à fait capable de mener sa barque, du moment qu'il s'intéresse à ce qu'il fait.

Jeannette n'osa pas exprimer tout haut son scepticisme. Elle avait lutté durant des années pour aider son petit-fils à surmonter et son handicap, et sa timidité, mais elle se demandait parfois s'il n'aurait pas été plus heureux en gardant les moutons.

— Vous savez bien qu'il a sa famille à La Roche-Laval, insista Benjamine.

Même si elle avait dépassé les quatre-vingts ans, Jeannette n'avait rien perdu de sa vivacité d'esprit. « Et après ? signifiait son regard aigu. Vous êtes une vieille femme, vous aussi, Benjamine. Qu'adviendra-t-il de mon Guillaume *après* ? »

La maîtresse des ardoisières baissa la tête. Pour une fois, elle n'avait rien à répondre.

Dans son demi-sommeil, Félicien se rapprocha de Benjamine et la serra contre lui. Lorsqu'il passait la nuit au pavillon, ils dormaient en général étroitement lovés l'un contre l'autre, en parfaite osmose. La nuit, Benjamine lui appartenait. Félicien n'avait plus à se cacher. Il supportait de moins en moins bien cette discrétion qu'ils s'étaient imposée d'eux-mêmes. Après tout, ils n'étaient pas mariés chacun de leur côté et ne faisaient de mal à personne ! « On ne comprendrait pas », s'obstinait Benjamine alors que tout le pays, ou presque, avait deviné leur secret depuis longtemps.

— Vous êtes si belle... souffla Félicien, caressant le corps de son amante, libre sous le caraco de soie.

Mince, le visage lisse, Benjamine ne paraissait pas ses soixante-deux ans. Seuls quelques cheveux blancs striaient sa longue tresse fauve. Lorsqu'elle dénouait ses cheveux, le soir, avant d'aller au lit, Félicien se penchait, humant leur parfum d'iris, s'en grisant. Il n'avait jamais aimé d'autre femme. Pour lui, Benjamine était unique.

Il n'envisageait pas de prendre sa retraite tant qu'elle dirigerait les ardoisières. Elle affirmait avoir besoin de lui, et il savait que c'était vrai. Il aspirait, cependant, à s'évader en sa compagnie, vers Reims, ou Namur. Vivre une autre vie, présenter Benjamine comme sa femme, prendre quelques jours de vacances. S'agissait-il d'un rêve trop ambitieux ?

« Plus tard », lui promettait-elle. Il y avait toujours une urgence, un impondérable. Une commande à honorer, des clients à visiter, les comptes à vérifier...

Il savait bien que Benjamine n'avait pas vraiment envie de partir : sa vie était ici, entre les verdoux et la Meuse.

Cette année, pourtant, il se promettait de la convaincre. L'été 1914 s'annonçait superbe. C'était peut-être leur dernière chance d'être heureux.

28

1914

Benjamine s'appuya des deux mains à la table de schiste, dont le plateau avait été découpé tout près, dans une baraque de fendeur, avant de déclarer d'une voix sourde :

— Je vais fermer.

Pierre-Antoine et Félicien échangèrent un regard perplexe. Quand la patronne prenait ce ton définitif, il était inutile de chercher à discuter. Pourtant, Pierre-Antoine ne pouvait s'y résoudre.

— Nous devrions attendre encore un peu, suggéra-t-il.

Benjamine secoua la tête.

— Je me refuse à travailler pour les Boches !

Un silence pesant s'abattit sur le bureau. Depuis le 1er août, date de la mobilisation, Félicien savait que Benjamine allait prendre cette décision. La plupart des ouvriers étaient partis. Pierre-Antoine, plus jeune, plus impétueux, espérait encore que l'armée française parviendrait à stopper l'invasion allemande. Félicien, lui, ne se faisait plus d'illusions. Il avait recueilli le matin même les témoignages horrifiés des premiers réfugiés belges et n'avait qu'une hâte : mettre les siens à l'abri.

— Ils ont abattu des femmes, des enfants, des vieillards et des prêtres à côté de Liège, reprit-il d'une voix sourde.

Pierre-Antoine marcha jusqu'à la fenêtre, l'ouvrit toute grande sur le chevalement le plus proche. Le ciel, d'un bleu irréel, démentait les prévisions les plus pessimistes. Au loin, cependant, du côté de la Belgique, le canon tonnait.

— Tout ça à cause d'un archiduc qu'on ne connaît même pas, marmonna Félicien.

Il avait prévenu Benjamine dès la mi-juillet : « On va droit à la catastrophe, mon petit. Les politiques, ces maudits, se moquent bien de nous. » Opinion partagée par Honorine, qui avait consulté le vieux Robert. Celui-ci prédisait du sang et du malheur. Benjamine avait tapé du poing sur la table. Ils la fatiguaient, tous, avec leurs superstitions et leurs craintes ! Est-ce qu'elle avait peur ? Et puis, l'armée française saurait tenir l'ennemi en échec, non ?

« Non », avait répondu Léon avec un calme déconcertant. Lui préconisait la solidarité des travailleurs. Tous unis pour refuser de se battre, pour ne pas participer à ce qui serait forcément une tuerie innommable. Ce qu'il en disait, bien sûr, c'était pour sauver les jeunes, car, à son âge, il n'était plus mobilisable. Pierre-Antoine n'était pas d'accord. Il ne croyait pas en l'Internationale et estimait que l'ère du « chacun pour soi » ne tarderait pas. Adeline, pour sa part, refusait de participer à ces discussions sans fin. Le sommeil l'avait fuie, elle faisait des cauchemars terrifiants qui la laissaient épuisée, le cœur barbouillé. Elle se dévouait sans compter auprès de ses parents. Matthieu souffrait de la maladie classique des écaillons. Il toussait à s'en étouffer, l'air passait de plus en plus difficilement dans ses bronches.

« Je ne survivrai pas à mon mari », avait énoncé, la veille, Coralie d'une voix paisible, réfléchie. Adeline en avait éprouvé un choc. « Mon mari », et non pas « ton père ». Elle avait brusquement pris conscience de l'amour éperdu que Coralie vouait à Matthieu. C'était curieux, cette sensation de découvrir ses parents sous un autre jour. Elle n'osait pas s'ouvrir de ses craintes auprès d'Antonia. Leur fille était pourtant une infirmière de premier ordre, qui travaillait à l'hôtel-Dieu de Mézières, mais Adeline n'avait jamais pu nouer un véritable dialogue avec elle. Si les années avaient gommé certaines aspérités de son caractère, Antonia gardait toujours jalousement par-devers elle la plupart de ses émotions. Elle offrait une apparence lisse, l'image d'une jeune fille gaie et séduisante, et ne manquait pas de courtisans. Ceux-ci l'amusaient, affirmait-elle. Parfois, lorsqu'elle surprenait son regard insondable fixé sur elle, Adeline éprouvait un pesant sentiment de culpabilité. Elle se réfugiait alors dans le petit salon qu'elle avait aménagé en bureau. Là, parmi ses piles de livres et de papiers, elle se sentait revivre.

Benjamine regarda tour à tour Félicien et Pierre-Antoine.

— Vous pensez que je prends ma décision de gaieté de cœur ? lança-t-elle d'une voix coupante. Ce sera la première fois que l'entreprise fermera depuis sa création, en 1824, mais, en toute franchise, je ne puis faire autrement.

Pierre-Antoine et Félicien inclinèrent lentement la tête. Les habitants demeurant encore au village chargeaient qui une charrette, qui une brouette, et prenaient la direction du sud. Ils fuyaient, sans savoir vraiment où, tandis que les plus âgés demeuraient figés sur le pas de leur porte, guettant la route poussiéreuse sous la chaleur.

Benjamine se redressa. Son visage défait disait combien sa décision lui coûtait. Résolument, elle marcha jusqu'à la porte, l'ouvrit toute grande.

— Pierre-Antoine, vous voulez bien actionner le gueulard ?

Elle assista à la remontée des derniers écaillons, donna ses instructions. Quand enfin le silence se fit sur le site, Benjamine et ses ouvriers échangèrent un regard perdu. Ce silence au beau milieu de l'après-midi était lourd d'angoisse. On n'entendait plus rien, ni les coups des fendeurs, ni le mécanisme des treuils, ni le vacarme de la salle des machines.

La fosse était comme morte et, d'une certaine manière, le cœur de Benjamine était mort, lui aussi.

Elle s'essuya les yeux d'une main rageuse et, prenant le bras de Félicien, lui offrit un sourire tremblant.

— Rentrons à la maison, lui dit-elle.

Pierre-Antoine suivit d'un regard ému le couple qui s'éloignait.

— Sacrée bonne femme ! murmura-t-il.

Le soleil d'août conférait un éclat particulier à Haybes-la-Rose, la ville de l'ardoise reine. Il régnait une chaleur lourde sur la cité industrielle bâtie en bordure de Meuse.

Adeline s'essuya le front d'un geste agacé. Elle était lasse et irritable. Le départ de la plupart des ouvriers, la lente agonie de son père l'avaient plongée dans une profonde dépression. Elle se retourna vers Antonia, comme pour quêter du réconfort dans la présence de sa fille à ses côtés.

— Merci de m'avoir accompagnée, ma chérie, lui dit-elle.

Antonia haussa les épaules. Elle n'allait tout de même pas laisser Adeline effectuer seule ce genre de démarche ! Grand-père Matthieu avait été enterré deux semaines auparavant et grand-mère Coralie, qui ne se pardonnait pas d'avoir survécu à son époux, avait exigé de la belle dalle gris-rose pour son monument.

« Comme si c'était le moment ! », avait bougonné Pierre-Antoine, juste avant de s'engager.

Tout le monde partait. Il avait fallu retenir de force l'oncle Félicien, en lui rappelant qu'il risquait fort de retarder son unité. Depuis, il s'était retranché dans sa petite maison, où il avait pris une bonne cuite pour tenter d'oublier qu'il était « un bon à rien avec sa patte en moins ».

Benjamine, qui le connaissait bien, avait affirmé que ça finirait par lui passer mais Adeline en doutait. Un homme fier comme Félicien ne pouvait accepter de gaieté de cœur d'être mis à l'écart.

Un silence pesant avait succédé à l'effervescence du départ des trains de mobilisés et de réservistes. On manquait de nouvelles, on s'angoissait.

Les premiers soldats, des cavaliers essentiellement, étaient passés aux alentours du 10 août. Ils se dirigeaient vers la Belgique. Benjamine, toujours efficace, avait organisé un buffet sous les arbres des Ecaillères. Pâtés, vin de Bouzy, viandes froides avaient reçu le meilleur accueil d'hommes déjà recrus de fatigue.

Tout le monde était venu les saluer, leur souhaiter bon courage. Tout le monde à l'exception de Félicien. Cette fois, Benjamine n'avait pas fait de commentaire. Le silence était retombé sur La Roche-Laval dès que le dernier cavalier avait disparu derrière la colline. Un silence d'autant plus insupportable qu'il permettait d'imaginer le pire. Sans Pierre-Antoine, Adeline paniquait. La mort de son père l'avait déjà ébranlée, il lui semblait que tout son univers familier s'écroulait. Pas question, cependant, de craquer. Sa fille et sa mère avaient besoin d'elle. Antonia, même si elle ne l'avouait pas, n'avait pas accepté la mort de son grand-père.

Voir cet homme imposant réduit à l'état de vieillard amaigri et affaibli lui avait été intolérable.

Comment, dans ces conditions, en entendant le canon tonner, ne pas songer à tous ceux qui étaient partis se battre ?

Le « caprice » de Coralie avait fourni à Adeline un prétexte pour s'évader, quitter le village qui avait perdu son âme depuis la fermeture des ardoisières. A qui aurait-elle pu confier ses angoisses diffuses, sa certitude que plus rien, jamais, ne serait comme avant ? Pourtant, Haybes était paisible en cette fin août ; on aurait pu croire que cette histoire de guerre n'était qu'un mauvais rêve.

La situation bascula d'un coup, alors qu'Adeline et Antonia sortaient de chez le tailleur de pierre. Elles avaient entendu un échange de coups de feu puis un silence inquiétant. Elles se retrouvèrent soudain au milieu d'une foule affolée qui courait en hurlant des mots sans suite.

— Ils vont tout brûler.

— Le maire… sacrifier.

La violence brutale du bombardement pétrifia Adeline.

— Seigneur ! murmura-t-elle, saisie.

Autour d'elles, tout le monde semblait en proie à la panique. Un déluge de feu s'abattait sur Haybes. Antonia entraîna sa mère vers la Meuse. Instinctivement, il lui semblait que leur seule chance de salut était de traverser le fleuve puisque des soldats français se trouvaient sur la rive gauche.

— Ils vont nous abattre, cria Adeline.

Elle tenta de bifurquer vers les ardoisières de l'Espérance, suivant l'exemple de nombreuses personnes. Antonia, obstinée, l'en dissuada. Le bombardement de la population civile l'avait tant choquée que,

207

désormais, elle croyait les Allemands capables de tout. Et elle se rappelait les mises en garde de Félicien.

— Le fleuve, maman, insista-t-elle.

Elle estimait en effet que les galeries des ardoisières pouvaient constituer un piège mortel. Elle jeta un coup d'œil par-dessus son épaule. Les flammes s'élevaient déjà dans toutes les rues du village. Elle vit des vieillards tomber, entendit des femmes hurler.

— Ce n'est pas possible, souffla Adeline.

Deux heures auparavant, elles avaient traversé la petite ville riante enserrée dans les méandres de la Meuse. Deux heures seulement : était-ce imaginable ? Elle ne pouvait plus raisonner calmement, elle se raccrochait à l'idée de sauver Antonia.

Sa fille l'entraînait toujours. Toutes les deux se baissèrent pour traverser un endroit découvert. Devant elles, un homme touché en pleine course s'immobilisa durant deux, trois secondes avant de s'effondrer, frappé d'une balle dans le dos. Adeline se mit à tousser violemment. Une odeur de fumée et de mort planait sur Haybes.

— Nous y sommes presque, maman, l'encouragea Antonia.

Adeline n'avait plus de souffle. Un point lui déchirait le côté. Elle entendait partout des gémissements, des cris de douleur, aussitôt couverts par le crépitement des balles et le ronflement de l'incendie, qui ravageait la ville.

Elles atteignirent le bord de la Meuse alors que les Allemands faisaient avancer entre leurs rangs des prisonniers français, afin de franchir plus aisément le passage découvert.

— Les monstres ! se révolta Adeline. Ce sont des femmes, des vieillards et des enfants. Ils ont donc perdu toute humanité ?

Antonia, peu patiente, tira sur son bras.

— Laisse-toi glisser dans l'eau, maman. Je t'aiderai. Ils ne se hasarderont pas à traverser le fleuve, ils sont trop lâches pour ça.

Adeline hésita-t-elle une seconde de trop ? Elle avait toujours eu peur de l'eau.

— Maman, viens ! insista Antonia, déjà à mi-corps dans la Meuse.

Elle n'entendit pas le sifflement de la balle. Elle vit qu'Adeline devenait livide, portait la main à sa poitrine.

— Maman ! hurla Antonia, paniquée.

Adeline bascula vers elle. Elle ouvrit la bouche. Un flot de sang en jaillit. Antonia, horrifiée, comprit que sa mère était blessée à mort.

29

1914

D'un coup sec, Benjamine tira les lourds rideaux en velours que Coralie avait confectionnés sur sa machine à coudre plusieurs années auparavant. Elle ne voulait pas voir les Ecaillères réquisitionnées par les Allemands et transformées en hôpital. « Ils appellent ça un lazaret, bougonnait Honorine. Comme si ça pouvait nous aider à mieux supporter la situation ! »

Benjamine avait été tentée de répliquer vivement qu'après la tragédie d'Haybes, plus rien n'importait. Elle s'en était abstenue : elle avait toujours de la peine à évoquer le drame. Personne ne le faisait, d'ailleurs, pour ne pas bouleverser plus encore Antonia. La mort d'Adeline avait profondément marqué la jeune fille. Félicien l'avait retrouvée parmi les survivants regroupés en bordure de Meuse. Le regard fixe, le visage figé, elle serrait contre elle le corps sans vie de sa mère.

Félicien avait cru perdre la raison ce jour-là. C'était trop de malheur, et la petite, qui le fixait sans paraître le reconnaître, comment allaient-ils la tirer de là ? Les Boches, ces maudits, avaient massacré la plupart des civils qui avaient trouvé refuge dans les ouvrages souterrains de l'Espérance, de Saint-Antoine et de Belle-

Rose. Haybes, village martyr, n'était plus que désolation et ruines.

Félicien aurait voulu se signer devant les murs noircis, les squelettes de maisons, les ouvertures béantes, l'église incendiée, les décombres de ce qui avait été une petite ville paisible.

Une femme hagarde répétait, inlassablement, que la ville avait été accusée du meurtre de deux uhlans, alors que plus personne dans Haybes ne possédait d'arme à feu. En fait, c'étaient les chasseurs à pied cachés sur la rive gauche de la Meuse qui avaient tiré sur la patrouille allemande mais, malgré les véhémentes protestations du maire, monsieur Roffidal, les autorités ennemies n'avaient rien voulu entendre. Haybes serait bombardée, incendiée. Le maire avait eu beau se proposer comme victime expiatoire pour sauver ses concitoyens, le bombardement avait déjà commencé. Pris d'une folie meurtrière, les Saxons avaient semé la mort sur leur passage, tuant, pillant, brûlant, violant.

Sous le choc, Félicien avait tendu la main à Antonia.

— Viens, petite, on rentre à la maison.

Il avait conduit il ne savait comment la Clément-Bayard de Benjamine. Il s'était alors promis d'apprendre à Antonia. Il ne restait plus que des vieux, au village, et des enfants. Tous inutiles, comme lui.

Il avait parlé, tout au long de la route, pour tuer ce silence terrible. Antonia ne pleurait pas, ne soufflait mot. Elle avait pourtant frémi en traversant le village de Gué-d'Hossus. Là aussi, la IIIᵉ armée de von Hausen avait fait son œuvre de mort. Maisons pillées, église et mairie incendiées, rescapés hagards. Antonia avait tourné la tête vers Félicien : « On ne peut pas les laisser continuer. » D'une certaine manière, c'était ce jour-là que tout avait commencé. Pour qu'Adeline, et toutes les autres victimes, ne soient pas mortes en vain.

211

Après un mois d'août interminable, les événements s'étaient succédé sans relâche. La Roche-Laval avait été investie par des hussards de la mort, à la sinistre réputation. Ginette, une fillette de dix ans, s'était enfuie en hurlant le jour où elle les avait aperçus pour la première fois traversant la rue principale, la lance au poing. Raymond, le vieux forgeron, était sorti sur le pas de sa porte et avait attrapé la petite au vol. Il n'avait pas baissé les yeux mais, ainsi qu'il l'avait confié un peu plus tard à Félicien, il était sûr que les cavaliers auraient piétiné Ginette s'il n'était pas intervenu. « Ce ne sont pas des humains, avait-il ajouté. Ces gaillards-là n'hésiteraient pas à tuer père et mère si on le leur ordonnait. »

Benjamine était persuadée que ces massacres avaient été perpétrés dans le seul but de terroriser la population française. Et, en effet, nombreux étaient ceux qui partaient sur les routes ou les chemins, leurs maigres biens entassés sur une carriole, en compagnie du grand-père ou des enfants trop effrayés pour pleurer. « On évacue », disaient-ils, et Benjamine serrait les poings, révolte et impuissance mêlées. Elle l'avait annoncé tout net aux siens. Pas question pour elle de fuir ! Ils étaient libres, bien sûr, d'agir comme ils l'entendaient.

Félicien avait ricané. Libres, vraiment, avec une armée en déroute, des réfugiés belges en pagaïe et l'ennemi partout ? Benjamine le croyait-elle donc capable d'abandonner derrière lui de pauvres femmes sans défense ?

A ce moment-là, Honorine était intervenue dans la discussion. Malgré ses soixante-douze ans, elle était encore fort capable de chasser les Boches de sa cuisine, hussards de la mort ou pas !

Benjamine le croyait volontiers. En vieillissant, Honorine ne s'était pas tassée, elle était restée bien droite et en imposait. « D'ailleurs, avait repris la cuisinière d'un air buté, partir pour aller où ? Nous ne savons même pas où se trouve notre armée ! »

C'était vrai. Les nouvelles les plus contradictoires circulaient, véhiculées par des réfugiés ou des individus sortis d'on ne savait où. Il se chuchotait que des espions allemands s'étaient infiltrés dans les rangs des fantassins français. On imaginait l'ennemi partout. Antonia ne disait toujours rien. Benjamine aurait préféré l'entendre hurler. Ce silence assourdissant lui broyait le cœur. Le secret partagé avec Adeline depuis vingt-deux ans l'empêchait de serrer la jeune fille contre elle. Elle se sentait inutile, incapable de lui venir en aide. Seule Honorine parvenait de temps à autre à arracher un sourire à Antonia. Qui, en vérité, aurait pu résister à la faconde de la vieille femme ? Dès que les premiers Allemands s'étaient installés à La Roche-Laval, Honorine avait imité leur accent guttural.

L'ordre de réquisition des Ecaillères était rapidement tombé. Il avait alors été décidé qu'Honorine et Antonia s'installeraient dans le pavillon. Les trois femmes avaient guetté depuis la pièce en rotonde l'arrivée des ennemis. En moins de deux heures, la maison avait été bouleversée de fond en comble. Honorine, les poings serrés, avait vu sa batterie de cuisine de cuivre transportée dans un camion tandis que des ordonnances déchargeaient des tapis d'un autre véhicule. « Ces messieurs aiment leurs aises, apparemment », avait commenté Benjamine. Elle ne pouvait se défaire de l'idée d'avoir failli quelque part. Elle aurait dû empêcher Adeline et Antonia de se rendre à Haybes, convaincre les siens de fuir.

Désormais, les Ardennes occupées étaient coupées du reste du pays. Ils étaient condamnés à vivre au rythme de l'ennemi. Elle avait essayé, en vain, de glaner quelques nouvelles de son petit-neveu Guillaume.

Il y avait longtemps qu'elle n'avait plus entendu parler de Bertrand Warlet ; elle ignorait même s'il était encore vivant. Les Allemands n'avaient pas tardé à mettre le département en coupe réglée. Pas question de se déplacer sans le précieux *Ausweis*, les papiers d'identité, et un laissez-passer, accordé seulement pour une raison valable.

Logiquement, Antonia aurait dû en obtenir un pour retourner travailler à l'hôpital de Mézières mais, pour le moment, elle restait prostrée. Elle réagit enfin lorsqu'elle apprit que les ardoisières avaient été inondées par les Allemands.

Cela avait provoqué un beau tollé dans le pays ! Coralie avait pleuré ce jour-là, et s'était rendue au cimetière sur les tombes de son mari et de son père. La vieille Emma, toute cassée, avait tendu l'oreille quand on était venu lui raconter ce qui s'était passé. Elle avait glissé dans la conversation que les Prussiens, pendant la guerre de 1870, avaient déjà commis de nombreux crimes. La haine enflait, attisée par l'isolement. Combien de temps ces maudits allaient-ils s'incruster au pays ?

Benjamine se retourna. Tout son corps était douloureux. La faute au brouillard, qui rongeait les os. Elle ne supportait plus l'inaction. Son entreprise lui manquait d'une façon presque physique, les bruits familiers provenant de la salle des machines ou des baraques, la sirène. La Roche-Laval était morte, sans âme, depuis la fermeture des ardoisières.

— Qu'allons-nous faire désormais ? soupira Pierre-Antoine.

La mort brutale de son épouse l'avait anéanti. Il ne se pardonnait pas de s'être engagé, de ne pas avoir pu accompagner Adeline et Antonia à Haybes, ce jour-là. S'il avait été présent, il lui semblait qu'il aurait réussi à sauver sa femme.

Antonia se redressa. Ses yeux brillaient d'un étrange éclat.

— Ce que nous allons faire ? répéta-t-elle. Nous venger, bien sûr ! Et survivre.

Chaque nuit, elle revoyait sa mère tomber. Pendant de longues semaines, elle avait perdu le goût de vivre, partagée entre la culpabilité d'être toujours en vie et le chagrin d'avoir perdu Adeline. Même si toutes deux avaient eu des relations heurtées, elles s'étaient aimées, profondément. Antonia se sentait orpheline, et ne parvenait pas à se rapprocher de son père. Chacun se murait dans sa peine.

— Survivre, répéta Pierre-Antoine.

Il était rentré au pays pour apprendre la mort d'Adeline. Blessé à la tête, rapatrié par le dernier convoi venant de la Marne, il avait manqué perdre la raison. Lorsqu'elle l'observait à la dérobée, Benjamine se demandait s'il réussirait à surmonter cette épreuve.

Elle marcha jusqu'à son bureau, se redressa.

— Pierre-Antoine, avez-vous une idée de la raison pour laquelle nos « hôtes » ont recensé tous les hommes âgés de dix-huit à quarante-cinq ans ? questionna-t-elle.

Elle se sentait égoïstement soulagée de savoir que Félicien, Pierre-Antoine et Léon n'étaient pas concernés. En même temps, elle avait un peu honte de sa réaction, qui ne lui ressemblait pas. Elle aurait voulu posséder la foi du charbonnier, pouvoir prier. Elle en était incapable depuis l'accident survenu à la fosse, en 1884. Finalement, c'était Antonia qui avait raison, se dit-elle avec une pointe de cynisme.

Pour se venger, il fallait survivre.

30

1915

La pluie, qui tombait obstinément depuis plusieurs jours, avait transformé le parc des Ecaillères en un cloaque boueux dans lequel on risquait d'enfoncer à chaque pas. Exaspérée, Antonia jeta un coup d'œil à ses bottines déjà couvertes d'une boue collante. Elle hâta le pas, répondit froidement au salut de l'Allemand qui montait la garde au pied du perron de la maison Warlet. Chaque fois qu'elle levait les yeux et apercevait les lettres LAZARET peintes grossièrement en noir au-dessus de la porte, Antonia sentait une bouffée de haine l'envahir. Elle détestait venir travailler là, où les blessés n'avaient pas grand besoin de ses soins. C'étaient les convalescents qu'on amenait à La Roche-Laval. Une sorte d'étape intermédiaire entre l'hôpital de campagne et le retour au front. Antonia ne cherchait même pas à compatir au sort de ces hommes au regard parfois vide, aux gestes lents, empreints de gêne.

Pourtant, c'étaient des victimes, eux aussi, mais, en surimpression, chaque fois qu'elle se risquait à les regarder, elle revoyait le visage éperdu de sa mère, elle entendait ses dernières paroles : « Chérie, n'oublie pas que je t'aime », et elle se sentait déchirée. L'homme

216

qui dirigeait le lazaret, un certain docteur Müller, ne contribuait pas à dissiper son sentiment de malaise, bien au contraire. Personnage sec et maigre, au ton cassant, il ne se gênait pas pour dire que l'armée allemande devait « vivre sur les Français ». Expression assez révélatrice des mentalités en cet automne 1915, qui avait vu le conflit s'enliser.

Les rares nouvelles que les habitants du village pouvaient glaner leur venaient de l'abbé Huet, un jeune curé revenu du front avec un bras en moins mais animé d'une farouche volonté de résistance. Sa qualité de prêtre lui permettait de se déplacer d'un village à l'autre et il en profitait pour remplacer le *Petit Ardennais,* qui avait disparu dès le 26 août 1914. Personne, en effet, ne voulait acheter la sinistre *Gazette des Ardennes*, organe de propagande officiel de l'occupant dont le premier numéro était paru le 1er novembre. On y apprenait que le Kaiser – « notre Em-pe-reur », disait Müller, détachant bien chaque syllabe, comme s'il claquait des talons – appréciait ses séjours à Charleville où il habitait le château Corneau, situé place de la Gare, que la glorieuse armée allemande accumulait les victoires et que les Anglais honnis cherchaient à trahir les Français.

Antonia serra les dents avant de franchir le seuil des Ecaillères. Elle ne reconnaissait plus vraiment la maison Warlet. Müller avait procédé à un déménagement complet du mobilier avant de faire réquisitionner lits, commodes, chaises, chevets, vases de nuit, garnitures de toilette, linge, destinés à accueillir les malades. Il semblait avoir pris un malin plaisir à détruire la plupart des souvenirs de famille. Antonia avait retenu Honorine à bras-le-corps le jour où un soldat avait arraché toutes les cliches des portes de la maison. « Beaucoup de cartouches », avait-il commenté d'un air satisfait, et les deux femmes avaient éprouvé comme un désir de meurtre. Le pire, peut-être, était à venir.

Quelques jours plus tard, une équipe de bûcherons était venue abattre le noyer centenaire qui ombrageait une aile du pavillon. Benjamine s'y était farouchement opposée, en vain. Comme elle menaçait de rester plaquée contre le tronc, Müller avait lancé, perfide : « Nous apprécions beaucoup le noyer pour fabriquer les crosses de nos fusils. De cette manière, nous pourrons tuer encore plus de Français !

— Oh ! allez donc au diable ! » avait répliqué Benjamine, livide.

Elle pensait à ses filleuls partis pour le front plus d'un an auparavant et dont elle ignorait tout.

Müller, le visage tordu par un méchant rictus, s'était rapproché de la maîtresse des ardoisières : « Ne vous croyez pas toute-puissante, mademoiselle, lui avait-il dit. Nous n'avons que faire de votre âge, de vos cheveux blancs ou de votre situation sociale. Nous sommes les maîtres, désormais. »

Benjamine avait froidement soutenu son regard. « Pour combien de temps, major ? » s'était-elle contenté de demander. Et elle avait eu la satisfaction de le voir s'éloigner en donnant de grands coups de cravache sur ses bottes.

Un peu plus tard, quand le grand noyer avait été abattu, Benjamine avait refusé de pleurer. « Je les hais, avait-elle confié à Honorine. Je les hais si fort que je pourrais, me semble-t-il, en tuer plusieurs de mes propres mains. »

N'était-ce pas stupide de se mettre dans un tel état pour un arbre après la mort tragique d'Adeline, les drames vécus par tout le pays ? Au fond d'elle-même, Benjamine savait bien que la volonté de destruction était comparable – hommes, entreprise, nature, tout devait plier sous la loi allemande.

Elle ne pourrait jamais le leur pardonner.

Antonia fronça le nez en sentant l'odeur de phénol qui régnait dans la maison. Dans ses souvenirs, les Ecaillères étaient indissociables des délicieux fumets provenant de la cuisine. Elle se rappelait aussi le parfum de la poudre de riz, seule coquetterie que se permettait sa mère, qui imprégnait la chambre de ses parents.

Müller et *Fraulein* Gabriella, une robuste Saxonne aux énormes mains rouges, formaient un tandem surprenant, farouchement attaché à défendre les intérêts de l'Empire. Ils avaient transformé la maison Warlet en un lieu sans âme, sentant le désinfectant et le chou. L'infirmière allemande attendait Antonia en haut de l'escalier.

— En retard, lui dit-elle sèchement en jetant un regard appuyé à la pendule.

Antonia haussa les épaules. Elle n'avait pas la moindre intention de s'excuser. De toute manière, quoi qu'elle fasse, *Fraulein* Gabriella y trouverait à redire. Elle préférait cependant l'animosité déclarée de la Saxonne aux sous-entendus équivoques de Müller.

Elle s'appliqua à vider les vases de nuit, aérer les chambres, faire les lits au carré, nettoyer – toutes tâches ne relevant pas de sa compétence d'infirmière et qui lui donnaient l'impression de perdre son temps.

Elle se refusait à nouer quelque dialogue avec les blessés allemands séjournant aux Ecaillères. Plusieurs avaient essayé, pourtant, et continuaient de lui adresser des compliments. L'un d'eux, un sous-officier blessé à la tête, lui avait même demandé un jour : « Pourquoi nous détestez-vous autant ? » Et Antonia, plantant son regard dans le sien, avait répondu : « Vous avez tué ma mère. » Elle n'avait pu échapper au discours gêné qui avait suivi. La guerre était terrible, mais ce n'était pas de la faute de l'armée allemande. « N'insistez pas, je vous en prie », avait coupé Antonia, glaciale.

Elle savait qu'on la considérait avec défiance. D'une certaine manière, elle préférait qu'il en fût ainsi. C'était déjà assez pénible de devoir travailler pour les Allemands, de les côtoyer chaque jour. Elle ne tenait pas à se faire accuser, comme quelques femmes, de commerce avec l'ennemi. Une réfugiée, dont le mari était prisonnier quelque part en Allemagne, recevait ostensiblement chez elle un caporal au visage rubicond, au grand scandale des habitants de La Roche-Laval. Les enfants lui avaient un jour lancé des pierres, en l'appelant « la Bochette ». Menacés de représailles par la kommandantur installée sur la place, ils avaient dû s'excuser. Depuis, tout le monde, au village, évitait de croiser le chemin de cette personne.

Des tracasseries sans fin minaient le moral des habitants. Chaque jour, semblait-il, le commandant d'étape, grand ami de Müller, inventait de nouvelles brimades. Les premiers temps, les Ardennais avaient refusé de prendre au sérieux les menaces de l'occupant. On avait bien résisté à la terrible défaite de Sedan ! Les Prussiens ne resteraient pas longtemps.

Et puis, il avait fallu se rendre à l'évidence.

« Ils s'installent en maîtres », avait commenté Honorine, désespérée de se voir confisquer son champ de chanvre. Tout était prétexte à saisie, réquisition, amende. Jusqu'à ce pauvre Filou, considéré comme « chien de luxe » pour la raison toute simple qu'il n'était pas ratier ! Pour le garder, Benjamine avait dû acquitter une taxe de six francs. Elle avait payé, tout en sachant que nombre de chiens allaient être abandonnés ou sacrifiés à cause de cette taxe. Les propriétaires de chevaux avaient vu réquisitionner leurs bêtes. Sa Clément-Bayard était partie en hoquetant sur le chemin. Benjamine avait écrasé une larme de rage en constatant que son nouveau conducteur malmenait la boîte de vitesses. « Ce ne sont que des choses matérielles, l'avait réconfortée Félicien, entourant ses épaules d'un bras protecteur. Ils ne peuvent pas nous ôter notre âme. »

Elle en doutait, parfois, lorsqu'elle se sentait à bout de forces, profondément découragée. L'inactivité la minait plus que tout le reste. Oh ! certes, elle travaillait dans la maison, aidant Honorine pour le ménage, et jardinait pour qu'ils ne meurent pas de faim, mais les ardoisières lui manquaient. Lorsque son regard s'arrêtait sur le verdou, elle serrait les poings. Les Allemands avaient brisé les chevalements, saboté la salle des machines. Ils avaient seulement conservé les baraques des fendeurs et les bureaux. Benjamine et les siens s'étaient demandé dans quel but jusqu'à ce que les premiers prisonniers russes arrivent. Ils étaient dans un état effroyable, d'une maigreur saisissante, et couverts de vermine. Sans se concerter, l'abbé Huet et Antonia s'étaient précipités dans les bureaux. Le responsable allemand les avait reçus fraîchement. Il s'agissait de prisonniers de l'Empire et il n'avait aucune leçon à recevoir quant à la façon de les traiter.

« Laissez-moi au moins un local pour une infirmerie », avait supplié Antonia. Elle avait parlé droits de l'homme, devoir de soigner, sous le regard ironique de l'officier. « Nous verrons si les habitants de votre village se comportent correctement », conclut-il.

Antonia et le prêtre savaient à qui il faisait allusion. Depuis plusieurs mois, un conflit opposait Félicien à la kommandantur au sujet du salut obligatoire. S'il retirait – de mauvais gré ! – sa casquette lorsqu'il croisait le chemin d'un Allemand, et ce après que Benjamine, lasse de le voir emprisonner, l'avait supplié de le faire, il refusait obstinément de reculer de trois pas, ainsi que l'exigeait la nouvelle loi.

« Nous allons tenter d'y remédier », promit Antonia.

Ce fut une tâche particulièrement ardue, Félicien mettant un point d'honneur à ne pas céder d'un pouce face aux exigences des « maudits Boches ». Benjamine réussit finalement à le convaincre, en trouvant une parade : « Pendant que vous effectuerez le salut obligatoire, fredonnez donc la *Marseillaise* dans votre tête », suggéra-t-elle.

L'idée lui plut assez pour qu'il la fasse sienne. Avec son visage émacié, son collier de barbe poivre et sel, ses yeux profondément enfoncés, sa haute taille, Félicien en imposait encore. On ne l'aurait pas assommé d'un coup de sabre comme cela avait été fait pour le vieil Arsène, qui n'avait pas ôté sa casquette assez vite. La lâcheté des occupants donnait la nausée à Benjamine.

Il fallut rédiger plusieurs lettres à l'intention de la kommandantur et du major Müller mais, finalement, Antonia obtint l'autorisation d'ouvrir « son » infirmerie. « Sous mon autorité, mademoiselle Fournier », lui rappela le commandant Riesner.

Antonia ne parvenait pas à cerner son caractère. C'était un homme d'une quarantaine d'années, au visage sévère, à l'allure rigide. D'ailleurs, Honorine affirmait en riant que « tous les Boches marchaient avec un balai dans le dos ». Le rire d'Honorine était réconfortant. Comme une note d'espoir.

31

1915

D'un geste machinal, Pierre-Antoine rapprocha sa
chaise de la cheminée, où couvait un maigre feu.
Décembre était glacial et la faim et le froid d'autant
plus mal supportés. Lorsqu'il voyait Honorine, Benjamine et Antonia s'activer, s'ingénier à améliorer
l'ordinaire, il prenait douloureusement conscience de
son impuissance.

Il lui était impossible de surmonter la mort d'Adeline, sa blessure. Il se sentait vieux.

Honorine avait aménagé à sa manière la cuisine du
pavillon, beaucoup plus petite que celle des Ecaillères.
Si elle utilisait encore la cheminée et la crémaillère
pour maintenir le gaufrier et le grille-pain, elle se servait le plus souvent de la cuisinière émaillée noire
pour faire cuire des soupes de plus en plus claires,
faute de légumes et de pommes de terre. L'occupant,
en effet, s'appropriait tout, et multipliait réquisitions et
brimades.

Le fusil, confisqué, avait disparu de la corniche. En
revanche, la bassinoire de cuivre rouge, accrochée au
mur à côté de moules en fer-blanc pour le fromage et
de volettes de tailles différentes, était de plus en plus

utilisée. Honorine, qui dormait dans l'alcôve située sous la montée d'escalier, n'était pas la dernière à bassiner son lit. Les Allemands avaient tout pris, les belles couvertures de laine, les édredons de duvet d'oie, les oreillers de plumes. Il avait fallu se résoudre à aller ramasser des feuilles de hêtre dans le parc et des fougères en forêt pour confectionner des paillasses. Honorine prenait des coups de sang quand elle songeait au pillage systématique des Ecaillères.

Les Allemands avaient détruit les meubles dont ils n'avaient pas besoin ou qui ne leur plaisaient pas. Le bureau Empire d'Eugène Warlet avait été brûlé après avoir servi de billot. Honorine et Benjamine avaient serré les poings. Félicien les avait empêchées de réagir : « Gardons nos forces et nos arguments pour défendre les personnes, avait-il conseillé. Les meubles, eh bien ! ils n'ont que l'importance qu'on veut bien leur donner. »

Antonia partageait son point de vue. Elle se battait pour les prisonniers russes, réclamant sans cesse pour eux des conditions de détention plus humaines. Ce qui lui valait de se retrouver régulièrement emprisonnée dans une « boîte à horloge », ainsi que les nommaient les habitants de La Roche-Laval. Il s'agissait de sortes de guérites, particulièrement étroites, installées dans les sous-sols humides de la mairie. Une fois enfermé là-dedans, il était impossible de remuer. On en sortait à demi asphyxié, le corps ankylosé et courbaturé.

« Vous ne voulez pas comprendre que vous autres, Français, avez perdu la guerre », lui répétait le commandant d'étape. Son regard lui disait qu'il la trouvait à son goût. Face à lui, Antonia refusait de baisser les yeux.

Dieu merci, Benjamine et Félicien la soutenaient. Son père n'était plus qu'une ombre. Cela lui faisait mal de le voir ainsi, las, sans ressort. A croire que, durant toutes ces années, c'était Adeline qui lui avait insufflé de la force. Chaque fois qu'elle évoquait sa mère, Antonia se sentait coupable.

Coupable de vivre.

Elle s'enveloppa de sa cape avant de se tourner vers son père, toujours immobile au coin du feu qui se mourait.

— Je vais jusque chez grand-mère Coralie, lui annonça-t-elle.

Elle ne prêta pas attention à ce qu'il lui disait au sujet du couvre-feu. De toute manière, Pierre-Antoine avait peur de tout, désormais. La guerre avait fait de son père un vieillard craintif. Antonia détestait cette idée.

Elle marcha, vite, vers la maison de ses grands-parents. Coralie, qui aurait voulu mourir en même temps que son mari, avait fini par surmonter sa période de dépression. Cependant, la disparition brutale d'Adeline avait provoqué chez elle un choc tel que la haine avait pris le dessus sur tout autre sentiment. Lorsqu'elle sortait de son logis, entièrement vêtue de noir, c'était pour marcher jusqu'à la kommandantur et contempler d'un air farouche les fenêtres du bâtiment. Certains jeunes soldats la redoutaient, prétendant qu'elle ressemblait à une sorcière. Cela faisait sourire Riesner, le commandant d'étape : « Une pauvre folle, voilà ce qu'elle est », disait-il.

Antonia marchait à grands pas, sans regarder du côté des ardoisières. Tout comme Benjamine, elle souffrait trop de voir les sites d'exploitation désertés.

La porte de sa grand-mère était ouverte malgré le froid vif. Antonia la trouva couchée dans son lit, couverte seulement de sa pèlerine sous laquelle elle grelottait.

— Grand-mère, tu n'as donc plus de bois ? lui demanda-t-elle doucement.

Coralie secoua la tête.

— Ils m'ont tout pris. Deux Boches. Ils ont dit qu'une vieille comme moi n'avait plus besoin de rien.

Elle pleurait, à présent, sans même chercher à essuyer les larmes qui coulaient sur son visage creusé de rides. Antonia se pencha, la berça comme une enfant.

— Tu vas venir avec moi, décida-t-elle.

De nouveau Coralie secoua la tête avec obstination.

— Merci, petite, mais je reste chez moi. J'attends que Matthieu vienne me chercher. J'ai tous mes souvenirs ici. On ne déracine pas les vieux arbres. Mémère Emma est morte chez elle, dans sa maison.

La mère de Coralie s'était éteinte dans son sommeil au début de l'année. C'était la doyenne du village et tout le monde s'était accordé à dire qu'elle avait eu « une belle mort ».

Antonia argumenta, tenta de convaincre sa grand-mère, en vain. Finalement, elle décida d'aller chercher du bois en lisière de forêt. Il faisait déjà nuit noire mais elle n'allait pas laisser Coralie dans sa maison sans feu.

Dans la rue, elle se heurta à une patrouille. Une vague de colère monta en elle. Son travail au lazaret lui ayant permis d'apprendre des rudiments d'allemand, elle jeta au visage du caporal, éberlué, tout ce qu'elle avait sur le cœur. Deux soldats avaient dépouillé sa grand-mère âgée et malade. Il lui fallait du bois, tout de suite. Il pouvait venir se rendre compte par lui-même, s'il ne la croyait pas. Le caporal lança des ordres brefs avant de lui enjoindre de retourner à l'intérieur de la maison. Quelques minutes plus tard, deux soldats déposaient sur le seuil trois fagots et une pile de bûches.

— Ne recommencez pas à sortir malgré le couvre-feu, *Fraulein* Fournier, lui recommanda le caporal. Vous risqueriez de vous retrouver à nouveau emprisonnée.

Antonia haussa les épaules.

— On s'habitue à tout, vous savez. Et puis, pour moi, c'est la preuve que je continue à me battre.

Il l'observa durant plusieurs secondes sans mot dire. Un sourire indéfinissable éclaira son visage. Il la salua d'un signe de tête, claqua les talons. Au moment de franchir le seuil, il se ravisa, s'arrêta.

— Soyez prudente, mademoiselle Fournier, lui recommanda-t-il en français.

Elle ne répondit pas, s'affairant devant la cheminée. Sa grand-mère avait besoin de feu.

Antonia rejeta en arrière la mèche de cheveux fauves qui s'obstinait à glisser sur son front.

— Ça ne peut plus durer ! s'écria-t-elle à voix haute.

Elle n'en pouvait plus d'être confrontée à la misère effroyable des prisonniers russes. Ceux-ci mouraient littéralement de faim, et tombaient d'épuisement. Pour les soigner, elle disposait de moyens dérisoires. Trois paillasses à l'infirmerie, un peu de désinfectant, de la charpie : autant dire rien pour des hommes qui manquaient de tout !

Excédée, elle arracha à demi son voile d'infirmière qui ne parvenait pas à contenir la masse de ses cheveux, et se rua vers le bureau de Riesner.

Elle frappa à la porte, entra sans y être invitée. Le commandant d'étape leva la tête. Leurs regards s'affrontèrent.

— Il serait peut-être plus humain d'exécuter tout de suite les prisonniers russes ! lança-t-elle.

Elle frémissait de colère et d'impuissance. Riesner sourit.

— Mademoiselle Fournier, vous êtes toujours si impulsive ! Exécuter ces misérables ? Comme vous y allez ! Ils peuvent encore travailler pour l'Empire.

Antonia se contint à grand-peine.

227

— Quel homme êtes-vous donc ? reprit-elle, la voix chargée de mépris.

— Un militaire qui exécute ses ordres. Dites-vous bien que nous sommes chez nous en Ardenne. Quoi qu'il arrive, vous ne parviendrez pas à vous libérer de notre joug. Vous êtes chez nous, tout nous appartient et si vous êtes encore ici, c'est que nous vous tolérons.

Antonia pâlit. Cette affirmation corroborait une phrase prononcée par le major Müller : « Nous devons vivre sur le pays », avait-il un jour dit à *Fraulein* Gabriella. Antonia les avait considérés tous deux, les yeux agrandis, et il lui avait adressé un salut ironique. Ce jour-là, elle l'avait haï avec encore plus de force que d'ordinaire.

« Nous tiendrons bon », pensa-t-elle.

Ils n'avaient même plus le choix. Ce n'était pas seulement une question de survie, mais aussi d'honneur.

Benjamine considéra d'un air accablé le parc des Ecaillères, de plus en plus clairsemé. L'occupant procédait à des coupes sombres un peu partout, sans respect pour l'équilibre ancestral de la forêt. Elle resserra son châle autour de ses épaules, se redressa, par réflexe. Elle avait toujours froid, désormais. Elle n'était pas si vieille, pourtant, se dit-elle en essayant de sourire. C'était en tout cas l'opinion de Félicien, qui l'avait comparée à une jeune fille. Sans lui, elle se demandait comment elle réussirait à tenir.

Malgré tous ses efforts, Pierre-Antoine ne parvenait pas à se ressaisir. Elle avait parfois l'impression qu'il perdait un peu la tête, mais n'osait pas en parler à Antonia. La jeune fille rentrait tard du lazaret ou de l'infirmerie. Elle se dépensait sans compter pour les prisonniers russes, ce qui inquiétait Benjamine. Elle était persuadée, en effet, que Riesner épiait le moment où il pourrait exercer quelque vengeance à l'encontre d'Antonia. La jeune fille était belle, même si elle n'en avait pas réellement conscience. Il suffisait de voir la façon dont les soldats allemands la suivaient du regard lorsqu'elle traversait le village.

« Prends garde à toi », lui recommandait Benjamine, sans oser en dire plus. Elle souffrait de devoir se taire. L'obligation de silence qu'elle s'était imposée lui pesait de plus en plus. Elle savait cependant que si, par malheur, elle se laissait aller à quelque confidence, le semblant de famille qu'ils formaient éclaterait.

32

1916

Les fusées éclairantes se succédaient à un rythme soutenu dans le ciel obscurci. Le sol était criblé de trous d'obus. Les « marmites », des obus de gros calibre, arrosaient sans répit les tranchées.

Guillaume Warlet resserra la bride de son casque et leva la tête afin d'estimer la distance les séparant des lignes ennemies. Il se demandait souvent, avec son copain Raymond, si quelque chose avait encore un sens dans l'enfer de la guerre de position.

Chaque fois qu'il montait à l'assaut avec ses camarades, une peur nue, viscérale, le submergeait. Il avait vu tant d'hommes gisant comme des pantins désarticulés ou essayant de contenir leurs tripes d'un geste désespéré qu'il ne se faisait plus d'illusions. Ils finiraient tous par mourir, Français et Allemands mêlés, dans une monstrueuse sarabande.

Il n'avait pas la nostalgie, cependant, de son enfance. Il avait trop souffert des railleries méprisantes de son père, de l'indifférence de sa mère, pour ne pas apprécier sa liberté, même si celle-ci était toute relative. Au front, au moins, on ne l'insultait pas. Il s'était lié d'amitié avec Raymond, un gars du Nord, et Benoît, un Dijonnais. Tous trois formaient une sacrée équipe, prompte à se remonter le moral dès que l'un d'eux flanchait. C'était d'ailleurs la base même de leur survie. Sans amis, on ne résistait pas au front. Il fallait cultiver l'humour, l'autodérision, et la solidarité pour ne pas devenir fou. Le pire, peut-être, c'était la boue, cette crasse qui collait au corps et au cœur. Ne pas pouvoir se laver, se raser, être couverts de poux, de puces, dormir dans des trous d'eau, en tentant d'apprivoiser les rats pour qu'ils ne viennent pas vous bouffer le bout de l'oreille ou du doigt... « On vit pis que des bêtes », affirmait Cornez, un professeur de littérature. Guillaume l'imaginait assez bien avant la guerre, tiré à quatre épingles, parfumé, avec ses moustaches bien cirées, son pantalon au pli impeccable et ses chaussures luisantes. Etait-ce lui qui avait gravé en haut de leur tranchée, à l'aide de son couteau : « Vivre n'importe comment, mais vivre ! » ? C'était bien possible. En tout cas, grâce à lui, Guillaume s'instruisait. La nuit, en effet, pour tromper son insomnie, Cornez récitait des vers durant des heures. Sa voix berçait Guillaume qui s'endormait en écoutant Baudelaire ou Hugo. « Raconte-moi le gars qui pionce », demandait-il souvent, faisant référence à *Booz endormi*. Le vers évoquant Ruth, le sein nu, les faisait tous fantasmer. Une femme. Comme disait Benoît, « on ne sait même plus à quoi ça ressemble ! »

Benoît gardait le moral envers et contre tout. Au plus fort de la mitraille, il ne courbait pas la tête, fanfaronnait : « L'obus qui me tuera n'est pas encore forgé ! » Son optimisme gagnait ses camarades, par réflexe. Pas question de flancher au côté de Benoît ! Leur petit groupe avait bien ri quand, après un bombardement particulièrement intense, leurs voisins de tranchée avaient demandé, en morse : « Pas trop de casse ? » Il n'y avait qu'un gars au monde pour répondre, toujours en morse : « Et ta sœur ? » C'était Benoît, bien sûr.

Parfois, Guillaume se surprenait à évoquer les Ecaillères, et sa tante Benjamine, qui lui avait toujours témoigné de l'affection. Avec mémère Jeannette, c'était la seule personne à s'être occupée de lui sans le critiquer ni l'humilier. Dans une certaine mesure, la guerre lui avait rendu sa dignité. Loin de la présence paralysante de son père, il était parvenu à maîtriser son bégaiement. Il ne savait pas ce que Bertrand Warlet était devenu et, à la limite, cela lui était bien égal. Il avait envoyé à sa mère, à deux reprises, une carte transmise par le bulletin des armées sur laquelle on ne pouvait faire que des croix correspondant aux mots : « Je suis », « blessé », « indemne », « malade ». Drôle de façon de communiquer, avait-il pensé. Déjà qu'en temps ordinaire, Elisa ne lui adressait la parole que pour lui faire des reproches ! Sans nouvelles de sa mère, il n'avait pas insisté. Etait-elle encore en vie ? Il ne voulait pas se poser la question. L'essentiel, pour lui, était de survivre. Pour vivre, enfin, à sa guise, après la guerre.

Les copains lui avaient fait entrevoir d'autres horizons. Benoît, tonnelier, travaillait à son compte. Raymond était mineur. « Au fond, j'suis pas trop dépaysé, dans les tranchées », disait-il avec son accent chtimi prononcé. Tous trois avaient des marraines de guerre qui leur envoyaient des colis par l'intermédiaire de la Croix-Rouge. Ils partageaient tout, même avec Cornez, qui ne recevait jamais rien. « Pardi ! ricanait Benoît. On ne peut pas tutoyer les poètes et avoir une belle fille qui vous envoie des douceurs ! »

Leurs marraines étaient jolies, forcément, même si elles ne leur avaient pas encore fait parvenir leur photo. Celle de Guillaume s'appelait Marie. Il l'imaginait blonde, avec des cheveux mousseux, et un sourire très doux. Quand c'était trop dur, et que la peur lui mordait le ventre, lui tordait l'estomac, il pensait à Marie. Elle, elle devrait pouvoir comprendre ce qu'il éprouvait.

Raymond lui donna un coup de coude.

— Regarde !

Un chien couvert de boue rampait vers eux. Il leur fit fête. Personne ne savait d'où il venait, s'il appartenait à quelqu'un, mais au fond, cela n'avait guère d'importance. Guillaume le baptisa Pompon. La nuit, le chien se coucha sur lui, lui communiquant sa chaleur. Ils se partageraient les puces et les poux, voilà tout, se dit-il. De plus, Pompon était bon ratier. Il fallait le voir pourchasser les gaspards dans les galeries et rapporter triomphalement son butin.

Les camarades de Guillaume l'adoptèrent sans problème. Pompon était la mascotte de leur groupe, un « chien-poilu », qui les faisait rire par ses mimiques. Guillaume manqua s'étrangler le jour où Cornez, toujours si digne, coiffa le chien de son casque. Un sifflement strident déchira l'air.

— Obus ! cria Benoît.

Au bruit caractéristique, Guillaume savait qu'il s'agissait d'un obus autrichien, particulièrement meurtrier. Il eut l'impression d'être soufflé, projeté en arrière, et perdit à demi conscience. Lorsqu'il rouvrit les yeux, ce fut pour apercevoir Bramont, un gars de Vendée, toujours prompt à lever le coude, qui se vidait de son sang. Un autre camarade gisait au pied des barbelés, la bouche grande ouverte sur un cri que personne n'avait entendu. Pompon s'était jeté sur Cornez, lui sauvant certainement la vie en le faisant tomber.

— Il n'est pas passé loin, celui-ci, commenta Benoît, pour une fois secoué.

Juste avant l'offensive suivante, on leur fit boire de la goutte qui les plongea dans un état second. Foncer, tirer dans le tas, marcher, pour ne pas crever. Ils n'étaient plus vraiment des hommes. Le lendemain, les survivants refusèrent d'absorber cette espèce de tord-boyau qui les rendait à moitié fous. Ils mourraient sûrement tous, mais ils tenaient à garder un semblant de dignité. A tout prendre, ils préféraient encore l'eau croupie des trous d'eau.

Guillaume songeait parfois, avant de plonger dans un sommeil entrecoupé de cauchemars, que la guerre lui aurait au moins appris à prendre conscience de sa valeur. S'il revenait de cet enfer, ce qui l'étonnerait fort, il pourrait soutenir sans crainte le regard méprisant de son père.

Le temps était sec, le sol gelé craquait sous les pas. La forêt évoquait un havre de paix.

Chaque village était transformé en camp de prisonniers. Tous les matins, il fallait sacrifier au rituel de l'appel, par colonnes bien distinctes, hommes, femmes, enfants. Antonia avait pour rôle de calmer les récriminations d'Honorine, qui ne supportait pas l'idée de se plier aux règles édictées par l'occupant. Ensuite, les personnes les plus âgées avaient l'autorisation de rentrer chez elles, tandis que les « requis » effectuaient les tâches qui leur étaient assignées suivant la saison. Pas question de s'y dérober : étant donné que chaque maison avait dû détailler le nombre de ses occupants, tout contrevenant aurait exposé les siens à des représailles.

Antonia, qui avait refusé les avances de plus en plus pressantes de Müller, ne travaillait plus au lazaret. Elle avait été assignée aux travaux des champs. D'une certaine manière, elle préférait qu'il en fût ainsi car elle ne supportait pas l'idée de prodiguer ses soins à des soldats ennemis. Elle n'était pas habituée, cependant, à ce genre de travail et s'épuisait vite. De nombreuses jeunes filles, venues de la vallée de la Semoy, ou de Rethel, étaient aussi peu expérimentées. Dieu merci, toutes s'entraidaient, se soutenant mutuellement quand l'une flanchait.

Lorsqu'elle rentrait, le soir, elle avait beau tenter de dissimuler ses mains gercées, ses amis serraient les poings. Seul son père, perdu dans quelque rêve intérieur, ne remarquait rien. Antonia songeait de plus en plus souvent que c'était mieux ainsi.

La forêt proche de La Roche-Laval était encore relativement épargnée. On chuchotait que vers Vendresse, Elan ou Signy-l'Abbaye, les Allemands avaient procédé à des coupes sombres, abattant les arbres sans discernement. Les Ardennais mouraient de faim et de froid. Dans sa mansuétude, Riesner avait autorisé les habitants du village à aller ramasser du bois mort un jour par semaine.

Antonia et Benjamine étaient donc parties de bon matin avec une vieille charrette à bras rafistolée par les soins de Félicien. Les deux femmes se regardèrent en pénétrant sous la futaie. L'air piquant leur brûlait les poumons mais c'était si bon de se sentir libres, ne fût-ce qu'une heure ou deux ! Elles savaient où aller. Elles eurent tôt fait de confectionner des fagots et de ramasser le bois coupé par Félicien la veille.

Antonia avait le dos rompu par les travaux des champs mais ne se plaignait pas. Elle ne put dissimuler sa surprise, cependant, lorsqu'elle découvrit un inconnu allongé sur un tas de feuilles mortes. C'était un civil, et il ne paraissait pas blessé.

— Il est tout bonnement épuisé, commenta Benjamine, qui avait rejoint la jeune fille.

L'homme ouvrit les yeux. Il avait une trentaine d'années – il était difficile de lui donner un âge vu l'état d'épuisement dans lequel il se trouvait. Il passa la main dans ses cheveux bruns, esquissa un sourire.

— Je m'appelle Julien, dit-il.

Antonia ne lui demanda rien. Elle savait qu'il avait besoin d'aide, et qu'elle mettrait tout en œuvre pour le sauver.

33

1916

La nuit était tombée, écrasant le village sous une chape de silence angoissante.

Benjamine suivit d'un regard inquiet les préparatifs d'Antonia qui, après avoir couvert sa tête d'un châle noir, passait une pèlerine de même couleur. Elle hésita avant de couper deux tranches du pain rassis constituant leur principale source d'alimentation. Sans le ravitaillement hispano-américain, les Ardennais seraient déjà morts de faim.

— Prends garde à toi, surtout, recommanda Benjamine.

Elle aurait voulu lui interdire de sortir, aller porter à manger à Julien à sa place, mais elle n'en avait pas le droit. Elle chercha un appui du côté de Pierre Antoine, toujours assis au coin du feu, se reprit. Pierre-Antoine ne savait rien, elle avait trop souvent tendance à l'oublier.

Antonia entrebâilla la porte, se glissa dans la nuit. Honorine et Benjamine échangèrent un regard perdu. Il ne leur restait plus qu'à prier, en guettant le retour de « la petite ».

Antonia marchait vite, prenant garde à ne pas faire de bruit. Elle avait enveloppé ses bottines usées de vieux chiffons et se réfugiait à intervalles réguliers sous un arbre. La situation des Ecaillères lui permettait de gagner les ardoisières sans passer par le village. Pour cette raison, Benjamine avait eu l'idée d'y cacher Julien.

Lorsque les deux femmes l'avaient découvert dans la forêt, il venait des Hauts-Buttés, où un Caudron l'avait déposé. Né à Mouzon, lieutenant dans l'armée française, Julien Pasteurs connaissait bien les Ardennes, ce qui avait déterminé son choix pour cette mission d'observation. Il n'avait pas eu besoin de leur fournir d'explication. Il n'était pas le premier soldat français à s'infiltrer dans les Ardennes occupées.

Benjamine et Antonia savaient ce qu'elles risquaient en lui venant en aide mais n'avaient pas hésité une seconde. Le choix de la fosse Vulcain s'était imposé. Les veines y étant épuisées, les Allemands n'avaient pas jugé bon de l'inonder. Elles avaient installé Julien dans une galerie d'extraction, proche de la grande galerie.

« C'est le grand confort ! » avait-il ri en désignant les « bassats », les coussins plus ou moins bien rembourrés qui allaient lui faire une paillasse acceptable.

Il n'était pas blessé, seulement épuisé par sa longue course en forêt. Une patrouille l'avait pris en chasse, il avait réussi à lui échapper en traversant un cours d'eau et en se réfugiant dans les branches hautes d'un sapin.

Antonia se laissa glisser le long du verdou et descendit les marches de schiste menant à la galerie d'extraction.

— C'est moi, chuchota-t-elle.

Julien l'attendait. Elle éleva la lampe-tempête qu'elle avait apportée, éclairant le plafond bas de schiste. Il lui sourit. Elle comprit qu'il s'était demandé si elle viendrait le rejoindre.

Antonia secoua la tête. Ses cheveux fauves se répandirent sur ses épaules. Ils s'observèrent durant plusieurs secondes sans mot dire. Il avait un visage émacié, des yeux verts, des cheveux un peu trop longs. Antonia lui tendit ses deux tranches de pain rassis.

— Malheureusement, nous n'avons rien de mieux à vous offrir, lui dit-elle avec un petit sourire d'excuse.

Il avait connu bien pis. Depuis deux ans qu'il effectuait des missions en France occupée et en Belgique, il avait dû s'adapter à nombre de situations. Il s'appliqua à manger lentement le pain, bouchée après bouchée, s'interrompant de temps à autre pour boire au quart qu'Antonia lui avait rempli d'eau fraîche.

— Il ne faudra plus venir, lui dit-il. Vous savez que vous risquez la peine de mort…

La jeune fille haussa les épaules.

— Ils nous font mourir à petit feu, de toute manière.

Elle lui parla, à mots retenus, de la tuerie d'Haybes, en août 1914. Elle lui expliqua que, depuis l'assassinat d'Adeline, elle s'était juré de résister à l'occupant, pour que sa mère ne soit pas morte en vain. Julien ne l'empêcherait pas d'agir à sa guise. Personne n'y était jamais parvenu, d'ailleurs.

Sa force et son obstination lui plaisaient. Elle ne semblait pas avoir conscience de sa beauté. Avec ses longs cheveux fauves et ses yeux gris, elle incarnait une jeune femme rebelle, déterminée à se battre jusqu'au bout. Il eut peur, soudain, pour elle. Elle était trop entière, elle ne savait pas tricher. Elle représenterait à coup sûr un symbole de la résistance ardennaise pour les Allemands. Il tenta de l'exhorter à la prudence.

Elle lui promit de ne pas prendre de risques, mais il vit bien qu'elle s'en moquait.

— Je ne veux pas qu'il vous arrive quoi que ce soit, reprit Julien.

Leurs visages étaient très proches l'un de l'autre. Le plafond bas de la galerie, l'humidité ambiante, le froid leur donnaient l'impression d'être seuls au monde. Il se pencha, effleura les lèvres d'Antonia.

Le baiser qu'ils échangèrent les laissa surpris autant que troublés. La jeune fille sourit.

— C'est le moyen que vous avez trouvé pour me convaincre de ne plus revenir ? A mon avis, c'est raté !

Elle rit avec gourmandise. Elle avait des lèvres pleines, appétissantes. Julien éprouva comme un vertige. Un parfum d'iris émanait de ses cheveux.

— Rentrez vite chez vous, souffla-t-il.

De nouveau, Antonia secoua la tête.

— Pas encore. Racontez-moi plutôt ce que vous êtes venu faire ici.

Il parla, longuement, de son travail d'infiltration. Il entrait en contact avec les habitants des régions occupées, collectait des renseignements sur les passages des trains de munitions, les mouvements de troupes, avant de les faire parvenir à l'état-major via la Belgique et la Hollande. Passeur à l'occasion, Julien multipliait les risques. Comme il ne portait pas l'uniforme, il pouvait être à tout moment exécuté comme franc-tireur.

— Et vous voudriez que je sois prudente ?

De nouveau, le rire clair d'Antonia résonna dans la galerie, et Julien l'attira contre lui.

— Ne partez pas, pria-t-il.

Haletante, Antonia se plaqua contre le mur de clôture des Ecaillères. La patrouille approchait, au pas cadencé.

« Pourvu que… », pensa-t-elle en jetant un regard affolé vers le ciel. Si les nuages voilant la lune se déchiraient, si elle bougeait un cil, les Allemands remarqueraient forcément sa présence. Or elle n'avait rien à faire dehors à cinq heures du matin à cette époque de l'année ! Elle retint sa respiration.

Une dizaine d'hommes passèrent sur le chemin. Ils chantaient, certainement pour se réchauffer, un chant aux accents martiaux qu'Antonia bénit car il couvrait les battements précipités de son cœur. La patrouille s'éloigna vers le camp de prisonniers roumains récemment installé à la sortie du village.

Encore sous le choc de la frayeur éprouvée, Antonia se laissa glisser le long du mur, jusqu'à ce que les pierres du chemin lui écorchent les mains. Elle portait sur elle, en elle, l'odeur de Julien. Chaque soir, malgré le couvre-feu, malgré les mises en garde de Benjamine, Antonia courait le retrouver dans sa galerie-refuge de la fosse Vulcain. Là, durant quelques heures volées à la guerre, ils s'aimaient.

Julien lui parlait de sa vie *d'avant*, alors qu'il terminait ses études de pharmacie et s'apprêtait à reprendre l'officine de son père, à Saint-Quentin. L'un et l'autre se refusaient à former des projets d'avenir. Dès que l'effervescence se serait un peu calmée et que les Allemands auraient renoncé à retrouver la trace de Julien, il devrait repartir. Antonia lui avait servi de contact et était allée voir de sa part deux observateurs, qui lui avaient confié des documents de première importance. Elle appréhendait le jour, fatalement proche, où Julien lui annoncerait son départ. A moins qu'il ne quitte son abri sans la prévenir ? Cette idée la rendait folle. Elle l'aimait. Cette évidence la cloua sur place. Elle l'aimait, tout en sachant qu'il repartirait bientôt.

Elle se remit lentement en route. Tout son corps lui faisait mal. Elle aurait juste le temps de procéder à une toilette rapide, de boire un bol de chicorée avant d'aller travailler aux champs.

Sans Julien, elle n'aurait plus la force de tenir, se dit-elle avec une lucidité qui lui fit mal.

34

1917

Debout, s'efforçant de se tenir bien droite malgré la fatigue après plusieurs heures d'un interrogatoire éprouvant, Antonia soutint froidement le regard du commandant d'étape.

— Je suis insomniaque, répéta-t-elle. C'est pour cette raison que je marche la nuit.

— Vous me prenez pour un imbécile ?

La gifle, assenée d'un revers de main, suffoqua Antonia. Les larmes lui montèrent aux yeux. Pourtant, elle savait qu'elle ne devait pas craquer.

— Loin de moi cette idée, ironisa-t-elle.

Curieusement, elle n'avait pas peur pour elle. Elle se disait qu'elle devait tenir le plus longtemps possible pour donner à Julien le temps de se réfugier en Belgique.

Quelqu'un, assurément, l'avait dénoncée car on était venu l'arrêter au pavillon en fin de matinée. Benjamine et Honorine s'étaient interposées, en vain. Le temps que Félicien remonte du fond du jardin, les Allemands avaient déjà emmené Antonia.

Riesner se mit à marcher de long en large dans la petite pièce située en dessous de la Kommandantur. Ce

243

devait être à l'origine un cellier, il subsistait d'ailleurs des sacs de pommes de terre entassés contre le mur du fond. Un soupirail procurait une chiche lumière. Un décor sinistre, qui vous serrait le cœur.

Antonia prit une longue inspiration. Elle savait que Riesner avait tout pouvoir sur elle et elle ne voulait à aucun prix lui laisser voir son angoisse.

— On vous a vue vous diriger à plusieurs reprises vers une fosse appelée la fosse Vulcain, reprit le commandant Allemand.

Antonia ne baissa pas les yeux.

— J'ai pour habitude de suivre toujours le même chemin lorsque je cherche mon sommeil.

Riesner émit un ricanement désagréable.

— Mademoiselle Fournier, ce serait beaucoup plus facile si vous admettiez la vérité.

— *Quelle* vérité ? répliqua la jeune femme. La vôtre ou la mienne ?

Elle avait faim et soif, la tête lui tournait. Elle n'imaginait que trop bien l'angoisse des siens. Il ne fallait pas y penser, se dit-elle fermement.

Riesner rapprocha son visage du sien. Elle pouvait voir le fin réseau de rides cernant ses yeux injectés de sang. C'était un sanguin, pensa-t-elle, prompt à s'emporter malgré son apparence rigide. Durant ses études d'infirmière, elle s'était intéressée à la typologie des caractères suivant l'aspect physique. C'était un aspect de son métier qui l'avait toujours passionnée. Soigner lui manquait. Elle perdait son temps aux travaux des champs.

Elle l'expliqua posément à Riesner, afin d'évacuer la tension qui montait en elle. Il haussa les épaules. N'avait-elle donc pas encore compris que les *Franzosen* n'étaient plus libres de leurs choix ? Infirmière ou pas, elle devait travailler aux champs, il en avait été décidé ainsi. Qu'elle s'estime encore heureuse de ne pas avoir été envoyée en camp de travaux forcés !

Antonia perçut nettement la menace implicite. Elle se garda bien de broncher, cependant. Elle avait déjà pressenti que son calme constituait sa meilleure arme.

Riesner revint à la charge, alternant les manœuvres d'intimidation et les promesses. Entre eux, les habitants de La Roche-Laval avaient surnommé le cellier « le purgatoire ». Le commandant d'étape avait une sinistre réputation. Antonia le sentait ravi de jouer au chat et à la souris. Que savait-il exactement ? Bluffait-il ? Il lui était impossible de le déterminer.

On frappa à la porte. Riesner aboya un ordre. Le planton qui pénétrait dans la pièce en sous-sol était jeune et paraissait fort ennuyé. Il n'eut pas le temps de s'expliquer. Benjamine fit une entrée remarquée dans son sillage. Amusée, Antonia nota que la patronne des ardoisières portait sa « tenue des grands jours », chapeau à voilette, tailleur avec jupe à tournure – des vêtements qu'elle ne sortait de l'armoire que pour se rendre aux soirées de la préfecture, avant la guerre.

Le commandant ne put dissimuler sa surprise. Lorsqu'il se fut ressaisi, Benjamine avait déjà pris l'avantage.

— Commandant, il ne peut s'agir que d'une grossière erreur, attaqua-t-elle après l'avoir gratifié d'un signe de tête. Qu'auriez-vous à reprocher à mademoiselle Fournier ?

L'officier se raidit.

— Il est interdit de sortir de sa maison après le couvre-feu.

— Ce n'est tout de même pas un crime ! protesta Benjamine.

Riesner fronça les sourcils.

— Les autorités allemandes ont prévenu tous les habitants des Ardennes que les lumières devaient être éteintes à huit heures. Toute circulation est interdite après cette heure. Vous n'êtes pas sans le savoir, mademoiselle Fournier et vous.

Benjamine tapota le dossier d'une chaise d'une main impatiente.

— Mademoiselle Fournier ne vous a certainement pas expliqué qu'elle s'était rendue au chevet de sa grand-mère, madame Servant. Celle-ci a eu un malaise cardiaque durant la nuit et...

— Même à l'article de la mort, il est obligatoire de requérir une autorisation pour sortir après le couvre-feu, coupa l'Allemand.

Benjamine balaya son objection d'un geste de la main.

— Ceci, *Herr Kommandant*, c'est la théorie. Or, vous conviendrez avec moi que dans certaines circonstances, on ne peut pas toujours respecter les règles.

Contre toute attente, son interlocuteur se mit à rire.

— Votre réflexion est si... française ! s'exclama-t-il. Comment voudriez-vous que nos peuples réussissent à s'entendre ? Nous sommes fondamentalement différents.

— Faisons donc preuve d'un peu de tolérance de part et d'autre.

Antonia, admirative, se demanda, l'espace d'un instant, comment sa vieille amie parvenait à conserver son calme. Elle avait d'emblée trouvé le ton juste, parlant comme si la jeune femme avait seulement commis quelque peccadille, et non une faute grave contre l'Empire.

Impressionné par sa maîtrise, Riesner saisit la perche qu'elle lui tendait.

— Nous dirons que mademoiselle Fournier pourrait rentrer chez vous, à condition de ne pas commettre de nouvelle infraction. Ce serait une sorte de sursis.

Il se tourna vers Antonia.

— Me suis-je bien fait comprendre ?

La jeune femme ne put s'empêcher de frissonner. La voix de Riesner contenait une menace réelle, qu'elle ne pouvait ignorer.

— N'oubliez pas, reprit-il. A la moindre faute de votre part, je ne ferai pas preuve de la même mansuétude.

« Faute ? Quelle faute ? » pensa Antonia, furieuse contre lui, contre la guerre.

Tout son corps lui faisait mal. Pas question, cependant, de le laisser voir.

Benjamine l'enveloppa de sa pèlerine sans lui laisser le temps de protester. Elle soupira de façon à peine perceptible en franchissant le seuil de la Kommandantur.

— A la maison, fit-elle, et ne te retourne pas, surtout ! Il ne manquerait plus qu'ils aient des remords !

Avec Benjamine à ses côtés, il lui semblait que rien, jamais, ne pourrait lui arriver, songea Antonia, réconfortée de sentir sa compagne la soutenir. Elle-même se sentait épuisée par ces heures de tension.

— Il ne t'a pas brutalisée, j'espère ? questionna la fille d'Eugène.

Elle paraissait si inquiète, tout à coup, que la jeune femme décida de passer sous silence la gifle de Riesner. Ils avaient trop souvent tendance à oublier, aux Ecaillères, que Benjamine était une vieille dame, à présent. Les années pesaient double sur ses épaules depuis le début de la guerre.

— Savez-vous si Julien a pu passer en Belgique ? demanda-t-elle.

Benjamine n'avait pas entendu évoquer d'autre arrestation. Elle contempla la jeune femme à la dérobée. Combien de temps encore pourrait-elle tenir sans lui confier la vérité ? Si elle s'en abstenait, c'était pour respecter la promesse faite à Adeline, vingt-cinq ans auparavant.

Elle lui entoura les épaules d'un bras protecteur.

— Viens, ma grande, nous rentrons à la maison.

Antonia se sentit enveloppée d'une affectueuse chaleur dès qu'elle eut franchi le seuil du pavillon. Félicien, qui commençait à se voûter, s'avança vers elle et la serra contre lui.

— Figure-toi qu'elles m'ont interdit d'aller à la kommandantur, déclara-t-il en désignant d'un signe de tête Benjamine et Honorine. Il paraît que je risquais d'aggraver ton cas !

— C'est bien possible, en effet.

Honorine remua ses casseroles vides, fit beaucoup de bruit avant de faire remarquer d'une drôle de voix étranglée :

— Tu nous as manqué, petite.

Pierre-Antoine ne dit rien. Tous, cependant, frissonnèrent lorsqu'il posa enfin les yeux sur sa fille et questionna :

— Adeline ? C'est toi ?

Benjamine apaisa Honorine qui se signait précipitamment.

— Laisse, murmura-t-elle. C'est peut-être ce qui peut lui arriver de mieux.

Antonia partageait certainement cette opinion car elle se pencha au-dessus de son père.

— Je suis là, dit-elle simplement.

Un lent sourire éclaira le visage de Pierre-Antoine. Antonia ressentit, alors, de façon aiguë, l'absence inéluctable de sa mère.

Jamais, de mémoire d'Honorine, on n'avait eu aussi froid. L'hiver n'en finissait pas. Le thermomètre affichait des chiffres records, moins douze, moins dix-sept. Félicien releva même, un petit matin, moins vingt degrés. Sa barbe gelait. Honorine pestait qu'il allait lui salir son pavé avec tous ces petits glaçons qu'il semait un peu partout.

Les branches des arbres cassaient sous le poids du gel intense et tout le pays mourait de froid.

Le pavillon, pourtant beaucoup plus petit que les Ecaillères, était de plus en plus difficile à chauffer. Pour avoir un peu chaud, Antonia et Honorine partageaient le lit de l'alcôve, dans la cuisine. Elles riaient d'elles-mêmes, le soir, lorsqu'elles superposaient gilets et casaques tricotés sur leurs vêtements de nuit. Patiemment, Honorine avait appris le tricot à Pierre-Antoine et il confectionnait inlassablement de longues écharpes dans de la vieille laine grise, devenue rêche à force d'être lavée, détricotée et retricotée.

Félicien, de son côté, consacrait une bonne partie de son temps à observer les mouvements de troupes, les allées et venues des trains chargés à ras bord de matériels divers. Depuis le départ de Julien, c'était l'abbé Huet qui se chargeait d'acheminer les renseignements recueillis par un réseau de passeurs. Il refusait d'y intégrer Antonia, prétextant, à juste titre, que c'était beaucoup trop dangereux pour la jeune fille. En fait, tous ses amis s'inquiétaient pour elle. Depuis son arrestation, elle ne parvenait pas à reprendre le dessus. Elle avait beaucoup minci – ce qui n'avait rien d'étonnant vu le régime de privations auquel étaient soumis les Ardennais –, elle était pâle et triste. Benjamine se réveillait souvent la nuit, en proie à de terribles crises d'angoisse. Antonia allait mal, et elle se savait impuissante à lui venir en aide.

La jeune fille se refermait sur elle-même. Etait-ce à cause de Julien, qui n'avait donné aucun signe de vie ? Benjamine avait bien pressenti que des liens forts s'étaient noués entre les deux jeunes gens mais ce n'était pas, lui semblait-il, une explication suffisante. Il y avait autre chose, elle en était persuadée.

Cherchant un peu de chaleur, elle frotta ses mains l'une contre l'autre. Elle ne pouvait se défaire d'un sentiment de catastrophe imminente. Cette guerre n'en finirait donc jamais ? se dit-elle, incapable de prier.

Elle, la battante, se sentait vaincue.

35

1917

Mine de rien, Honorine guettait le retour d'Antonia qui venait de s'éclipser précipitamment en direction des commodités, situées derrière l'appentis.

C'était le troisième matin depuis le début de la semaine. Son bol d'orge grillé à peine bu, la jeune fille filait, pâle comme il n'était pas permis. Il n'en fallait pas plus à Honorine pour comprendre. Sa mère, à chaque début de grossesse, ne supportait pas, elle non plus, l'odeur du café. Pourtant, celui-ci n'était plus que de la lavasse, du « jus de chaussette », qui avait pour seul mérite d'être chaud.

Antonia revint. Elle avait repris un peu de couleur.

— Ça va comme tu veux, ma fille ? s'enquit Honorine.

Les deux femmes échangèrent un regard incertain. Elles étaient les premières levées car, depuis deux semaines, Antonia était requise pour la corvée de bois de chauffage et elle devait partir tôt pour rejoindre la colonne de ses compagnes.

Elle lissa ses cheveux de la main, releva la tête.

— Qu'est-ce que je peux faire ? questionna-t-elle d'une toute petite voix.

Honorine s'assit à son tour. Elle se sentit brusquement soulagée : d'une certaine manière, en lui faisant cette réponse, Antonia lui demandait conseil.

Elle chercha ses mots, cependant, de crainte de blesser la jeune fille. Et puis, ne les trouvant pas, elle lança à brûle-pourpoint :

— C'est pour quand ?

Antonia ne rougit pas. Elle soutint le regard de sa vieille amie.

— D'après mes calculs, pour le mois d'août, répondit-elle.

Histoire de se donner une contenance, Honorine essuya une nouvelle fois la table qui n'en avait pas besoin. Il lui fallait le temps d'assimiler la nouvelle. Antonia attendait un petit. Seigneur ! A croire que le destin s'amusait à brouiller les pistes, à répéter la même histoire... De nouveau, elle observa le visage amaigri de la jeune fille, son regard déterminé, et elle se dit que c'était peut-être aussi bien. Cet enfant à naître pouvait redonner le goût de vivre à la jeune fille. A condition, cependant, que celle-ci soit assez forte pour affronter les commérages.

— Tu as l'intention de le garder ? osa-t-elle demander.

Après tout, elles discutaient entre femmes, et Antonia était infirmière. Honorine n'avait jamais caché qu'elle détestait l'hypocrisie.

D'un geste instinctif, Antonia posa la main sur son ventre, comme pour le protéger.

— Pas question pour moi d'aller voir une faiseuse d'anges, déclara-t-elle fermement. J'ai trop vu de pauvres filles mourir d'infection généralisée suite à ces pratiques. De plus, c'est l'enfant de Julien...

Elle n'acheva pas sa phrase. Honorine aurait pu le faire à sa place. Antonia se demandait si elle aurait le courage d'assumer sa condition de fille-mère.

— Tu devines, n'est-ce pas, qu'on racontera tout et n'importe quoi, reprit la vieille femme. Que c'est le fils d'un Boche. Ou bien celui d'un de tes prisonniers russes, que tu défends avec tant d'acharnement. De toute manière, ce sera ta faute. Il en va toujours ainsi, hélas, pour nous autres, les femmes. Les hommes se libèrent de leur semence et nous en portons les fruits. Seras-tu assez forte, Antonia ?

La jeune fille esquissa un sourire.

— Assez forte ou pas, je n'ai guère le choix. A moins d'abandonner mon enfant ou de le confier à un couple.

— Ah non ! Pas toi ! se récria Honorine.

La véhémence de sa réaction surprit Antonia. Elle considéra sa vieille amie avec étonnement.

— Peux-tu m'expliquer ? demanda-t-elle enfin après un long silence. Pourquoi « pas moi » ?

Honorine se troubla. Elle avait dit ça comme ça, sans réfléchir. Si elle devait se justifier pour la moindre de ses réflexions, à présent, où allait-on ?

— Pourquoi ? insista Antonia. Je te connais, tu sais, suffisamment pour deviner qu'il y a autre chose.

Honorine se leva pesamment, se rapprocha de la fenêtre, comme si elle espérait recevoir quelque encouragement du ciel. Un nuage voilait la lune, il avait encore gelé.

— Couvre-toi bien, recommanda-t-elle d'une voix sourde, ce n'est pas le moment d'aller attraper la mort.

Antonia la rejoignit et se serra contre elle.

— Dis-moi, insista-t-elle, câline. Je ne supporte pas les secrets. Toute petite, déjà, j'ai souvent eu l'impression qu'on me cachait quelque chose, et ça me rendait à moitié folle.

Honorine hocha la tête. Elle se souvenait des colères homériques de la petite, de ce secret trop lourd qui pesait sur les femmes de la maison, de cette certitude qu'Antonia irait mieux si elle connaissait la vérité. Mais Adeline ne voulait pas en entendre parler. Elle était persuadée qu'Antonia lui échapperait, qu'elle ne l'aimerait plus. Déjà qu'elle prenait ombrage de l'affectueuse complicité la liant à Benjamine....

De nouveau, elle scruta le parc, de plus en plus dégarni. Les Allemands abattaient les arbres au gré de leur humeur. Toute l'histoire tenait entre ces deux maisons, le pavillon et les Ecaillères, reliées par un sentier bordé de fougères, songea Honorine. Cela faisait plus de vingt-cinq ans qu'elle redoutait quelque catastrophe. Benjamine lui avait tout raconté avant de partir pour le bord de mer. Ce jour-là, la cuisinière avait pensé que la fille d'Eugène aurait dû se confier à Félicien. Elle le lui avait dit, sans parvenir pour autant à la convaincre.

Et maintenant... Elle poussa un énorme soupir.

Elle hésitait encore quand Antonia lui noua les bras autour du cou.

— Norine, toi seule peux m'aider. Regarde : moi, je ne t'ai rien caché.

Se décidant soudain, la vieille femme expliqua ce qu'elle savait. La grossesse de Benjamine, à près de quarante ans, la souffrance d'Adeline qui avait fait plusieurs fausses couches. Au fur et à mesure qu'elle parlait, elle pouvait voir l'expression du visage de la jeune femme se modifier.

— Mais c'est complètement fou ! se récria Antonia. Vous ne vous êtes pas demandé comment je réagirais lorsque j'apprendrais la vérité ?

— Tu étais censée ne jamais la connaître. Je regrette déjà, d'ailleurs, de te l'avoir dite si tu dois te comporter en enfant gâtée, coupa Honorine, péremptoire.

Elle se détourna de la fenêtre, prit Antonia aux épaules et martela :

— Je comprends que cela te fasse mal, petite, mais dis-toi bien qu'on n'y peut rien. Benjamine et Adeline se sont mises d'accord, c'est comme ça, et il faut l'accepter. Sinon, tu auras beau te taper la tête contre les murs, tu ne réussiras jamais à devenir une grande personne. La vie, mon Dieu, nous autres, les femmes, on est bien obligées de la subir, sans trop se plaindre.

A présent, les larmes ruisselaient sur les joues d'Antonia.

— Pourquoi me l'avoir dit, Norine ? A la limite, j'aurais préféré ne rien savoir.

La cuisinière leva la main en guise de protestation. Surtout, qu'on ne vienne pas lui faire de mauvais procès ! Antonia avait assez insisté pour connaître la vérité.

Elle soutint son regard assombri.

— Ce serait trop triste que tu reproduises la même histoire que ta mère, dit-elle enfin. Abandonner son enfant, même dans des circonstances particulières comme celles de ta naissance, demeure un acte très grave et je ne sais pas si tu pourrais le supporter.

Brusquement, Antonia éclata en sanglots convulsifs.

— Oh ! Norine, murmura-t-elle. Dire que maman s'est sacrifiée pour moi. Tu vois, quoi qu'il arrive, c'est elle ma mère. Adeline.

Honorine hocha la tête.

— C'est bien pour cette raison que tu dois garder ton bébé. Allez, file à présent, sinon la patrouille va venir te chercher par la peau des fesses !

Elle la regarda partir, bien droite malgré les bourrasques de vent glacial, et se demanda une nouvelle fois si elle avait bien fait de parler. Allons, se rassura-t-elle, la petite était de bonne race, elle saurait faire front. Mais que de soucis en perspective !

Antonia recula de deux pas et, d'un geste encore mal assuré, fit une encoche dans le tronc du peuplier qu'on lui avait assigné. Sa camarade, Estelle, procéda de la même manière de l'autre côté de l'arbre.

Institutrice « dans le civil », Estelle était encore moins habituée qu'Antonia à ces rudes travaux de bûcheronnage.

— Ils trouvent qu'on résiste encore trop, aussi ils cherchent à nous tuer à la tâche, remarqua-t-elle en riant.

Estelle, yeux bleus, nez retroussé, était dotée d'une bonne humeur à toute épreuve. Elle remontait souvent le moral d'Antonia mais, ce jour-là, elle ne parvint pas à la dérider.

— Qu'est-ce qui se passe, ma grande ? lui demanda-t-elle à la pause de midi, alors qu'elles avalaient une mauvaise soupe claire, autant dire de l'eau tiédasse, qui leur permettait tout juste de ne pas tomber d'inanition. C'est Julien qui te manque à ce point ? Il reviendra, tu verras. Impossible d'oublier une belle fille comme toi !

Antonia haussa les épaules sans répondre. Elle était encore sous le choc des révélations d'Honorine.

Elle laissa errer son regard sur la forêt de peupliers, d'une beauté mystérieuse sous le givre. Les arbres dénudés paraissaient fragiles mais il s'agissait seulement d'une illusion. Les jeunes filles réquisitionnées pour les abattre rentraient chez elles épuisées, courbatues, les mains en sang. Victoire, qui travaillait depuis déjà plusieurs mois, avait raconté à ses compagnes que fin novembre, elle avait dû bûcheronner bouleaux et peupliers au-dessus d'une rivière en crue. Afin de ne pas être emportée par le courant, elle s'attachait à la taille par une corde reliée elle-même à un pieu.

Antonia frissonna. Elle revoyait Adeline, elle entendait sa voix souffler : « Chérie, n'oublie pas que je t'aime… »

Comment pourrait-elle vivre, désormais, en connaissant la vérité ? Et Félicien ! Elle comprenait à présent pourquoi elle s'était toujours sentie à l'aise en sa compagnie. Fallait-il pour autant changer de comportement avec Benjamine et lui ? Trop de questions se bousculaient dans sa tête.

— Attention ! cria Estelle.

Le peuplier s'abattit sur le sol gelé dans un craquement pathétique. Les jeunes filles s'écartèrent, soufflèrent quelques instants sur leurs mains crevassées malgré les mitaines avant de débiter l'arbre.

— Ça va aller ? s'inquiéta Estelle en voyant qu'Antonia pâlissait.

La jeune fille la rassura. Un peu de fatigue, rien de grave. Elle avait faim, surtout. Elle songea à l'enfant qu'elle portait et se dit qu'elle mettrait tout en œuvre pour le protéger. Julien et elle s'aimaient, il avait promis de revenir la chercher dès que la guerre serait finie. Elle ne devait pas avoir honte.

Elle se redressa, soutint le regard intrigué d'Estelle.

— J'attends un petit, dit-elle.

36

1917

Juillet pesait sur La Roche-Laval. La sécheresse avait succédé à l'hiver glacial. Une brume de chaleur montait de la Meuse, diluant dans un flou troublant les collines couvertes de résineux.

Honorine se détourna de la fenêtre grande ouverte sur la touffeur de l'été, vérifia que l'eau avait bouilli suffisamment longtemps.

— Ça se présente mal, répondit-elle à Félicien qui suivait chacun de ses gestes d'un regard inquiet.

Le travail avait commencé depuis le milieu de la nuit. Benjamine avait insisté pour qu'Antonia soit installée dans le salon-bureau en rotonde où il faisait un peu plus frais. La sage-femme était morte, personne ne l'avait remplacée. D'habitude, c'était Antonia qui se déplaçait pour venir en aide aux femmes en couches mais, de toute manière, depuis le début de la guerre, il n'y avait pratiquement pas eu de naissance au village.

Honorine se lava soigneusement les mains et apporta du linge propre dans le salon.

Benjamine, penchée au-dessus du lit, tenait les mains de sa fille.

— Crie autant que tu en as envie, lui dit-elle. Si cela peut t'aider...

L'inquiétude marquait ses traits. Les contractions étaient extrêmement douloureuses sans que le col se dilate plus pour autant. Antonia, trempée de sueur, gémissait sourdement.

Honorine échangea un regard effrayé avec Benjamine. Toutes deux avaient compris qu'Antonia avait besoin d'un médecin.

— Il y a bien Müller, hasarda la cuisinière.

Benjamine eut un sursaut.

— Tu veux qu'un Boche accouche ma fille ? C'est pour le coup que les mauvaises langues s'en donneront à cœur joie !

— Et après ? répliqua Honorine. L'important, c'est de sauver Antonia.

Les derniers mois avaient été si riches en péripéties que la grossesse évidente de la jeune femme n'avait pas suscité trop de commentaires. On avait déjà bien assez de ses propres soucis ! Le pays mourait de faim sous la botte allemande. Des réfugiés venus du Nord et de l'Aisne avaient été placés dans les maisons du village, provoquant de nouveaux problèmes de ravitaillement. Pourtant, la plupart des habitants de La Roche-Laval, émus par leur aspect pitoyable, leur avaient fait bon accueil. Il suffisait de voir arriver ces vieillards voûtés, ces femmes amaigries tenant des bambins en larmes pour éprouver de la compassion à leur égard. Une jeune femme de Saint-Quentin et ses deux enfants étaient hébergés au pavillon depuis trois mois. Les premiers temps, les petits, âgés de trois et cinq ans, hurlaient chaque nuit. Les bombardements les avaient marqués. Ils jouaient à la guerre, malgré les remontrances d'Honorine. Leur mère, Raymonde, préparatrice en pharmacie avant le début du conflit, ignorait tout de la vie à la campagne. Elle était agréable, mais facilement impressionnable. Ce n'était pas elle qui pourrait être d'un quelconque secours à Antonia.

— Je vais aller chercher l'abbé, décida brusquement Benjamine. Il aura bien une idée pour dénicher un médecin. Et lui, au moins, il a un laissez-passer.

Lorsqu'elle revint en compagnie du docteur Varnay, établi à Fumay, Antonia était à demi évanouie.

Le médecin, un homme d'une soixantaine d'années, était rompu à nombre de situations difficiles. Il avait déjà été appelé à pratiquer des interventions sur la table de la cuisine avec pour seuls anesthésiants de l'éther et du chloroforme.

Il demanda à se laver les mains, ausculta Antonia sous les regards perdus de Benjamine et d'Honorine.

— L'enfant se présente par le siège, annonça-t-il en se redressant, l'air soucieux.

Il prit le pouls d'Antonia. L'état de la jeune femme, qui avait travaillé jusqu'au septième mois et était sous-alimentée, l'inquiétait.

— Il faut que son cœur tienne, murmura-t-il.

Honorine se signa. Benjamine, figée, semblait incapable de raisonner.

— Quelqu'un peut-il m'assister ? reprit-il.

Il disposait de peu de moyens mais, Dieu merci, avait pour lui une solide expérience. Il avait peur, cependant, pour cette frêle femme dont le ventre énorme déformait le drap.

Benjamine s'avança d'un pas.

— Je suis là, déclara-t-elle d'une voix ferme.

Elle serra les dents tout au long de l'intervention, se répétant que c'était bien le moins qu'elle pouvait faire pour sa fille. L'accouchement difficile d'Antonia lui rappelait des souvenirs mais, pour elle, tout s'était déroulé sans trop de problèmes. Elle avait pleuré, ce jour-là, en songeant à Félicien et, par un étrange caprice du destin, sa fille se retrouvait seule, elle aussi, sans Julien à ses côtés.

— Il me faut plus de lumière, réclama le médecin.

Honorine alla chercher la lampe à pétrole. Benjamine, droite et pâle, lui tendait les instruments et les pansements au fur et à mesure que le docteur Varnay les réclamait.

— Le voici ! s'écria-t-il, tendant les mains pour faire glisser le bébé couvert de sang et de mucosités. Petit poids, ajouta-t-il après lui avoir administré une légère tape sur les fesses, mais bons poumons. Il vivra.

— Laissez-moi faire, docteur. Occupez-vous plutôt de la petite.

Félicien tenait un burnous préparé par Honorine. Il prit le bébé avec d'infinies précautions, l'enveloppa dedans. Il le porta jusqu'aux baies vitrées. Le soleil déclinant traversait le vitrail commandé par Benjamine plus de vingt-cinq ans auparavant. Félicien tendit son petit-fils vers les ardoisiers taillés dans le verre.

— Bienvenue au pays des écaillons, petit, souffla-t-il.

Une joie profonde l'envahit. Au fond, il avait toujours pressenti la vérité, se dit-il. A présent, il pouvait mourir en paix. Sa fille et son petit-fils étaient là pour prendre la relève.

Le jour du baptême d'Alexandre, tous ceux qui restaient au pays tinrent à faire le déplacement jusqu'à l'église. On avait beau savoir qu'Antonia « avait fait Quasimodo avant Pâques » et que son fils était un bâtard, on se comportait comme si de rien n'était. D'ailleurs, le père Huet et Honorine s'étaient arrangés pour faire courir le bruit que le père de l'enfant était prisonnier en Allemagne et qu'il reviendrait épouser Antonia à la fin de la guerre. Seule la mère Gasparine, une vieille grenouille de bénitier, avait ostensiblement boudé la cérémonie et fermé ses volets alors qu'Antonia remontait la rue principale, Alexandre dans les bras. Il faisait particulièrement beau, mais l'enfant était tout de même emmailloté sous la robe de baptême d'Antonia, qui avait déjà été celle d'Adeline. Sa tête était protégée par un béguin de piqué blanc et maintenue par un mouchoir de cou triangulaire orné de dentelles. Benjamine, la marraine, et Léon, le parrain, fermaient la marche. Félicien donnait le bras à sa sœur Coralie.

Si Alexandre fut très sage tout le temps de la cérémonie, il remua la langue en recevant le sel, ce qui, affirma Honorine, très au fait des traditions, signifiait qu'il serait particulièrement intelligent.

Benjamine le porta elle-même devant la bannière de sainte Barbe, patronne des ardoisiers. Antonia sourit.

— Attendez un peu, avant d'influencer mon fils ! Les ardoisières sont fermées, de toute manière.

— Elles rouvriront, répliqua Benjamine avec force. Et je compte bien être encore en vie ce jour-là.

Antonia lui pressa l'épaule, pour lui dire qu'elle la comprenait. La naissance d'Alexandre les avait rapprochées. Pudiques l'une et l'autre, elles avaient évité de se lancer dans de grandes déclarations. Adeline était toujours entre elles, mais de façon différente. Sa toute récente maternité avait permis à Antonia de comprendre beaucoup de choses. Et le soutien inconditionnel de ses proches l'aidait à surmonter l'absence de Julien.

Il n'y eut pas de véritable repas de baptême à cause des restrictions mais Honorine avait réussi à se procurer, on ne savait comment, les ingrédients nécessaires à ce qu'elle appelait son « gâteau cocotte de guerre ».

Elle avait travaillé trois jaunes d'œuf avec cinq cuillères de sucre, ajouté cinq cuillères de lait, deux cuillères de margarine fondue, tout en déplorant une nouvelle fois de ne pas avoir de beurre sous la main, cinq cuillères de farine et enfin les blancs montés en neige.

L'appareil ainsi obtenu, versé dans une cocotte bien graissée, cuisait une bonne demi-heure au four avant qu'Honorine n'ôte le couvercle de la cocotte et ne laisse dorer son gâteau.

Antonia bénissait le ciel de pouvoir allaiter son bébé. Coralie, toute vêtue de noir, demanda à plusieurs reprises où était le père du petit.

— Il se bat, répondit enfin Antonia, ce qui parut satisfaire sa grand-mère.

Elle avait conscience du fait que la vieille femme s'enlisait de plus en plus dans une démence sénile. Elle en avait discuté avec Félicien et Léon qui se sentaient impuissants, eux aussi, à lutter contre les démons de leur sœur. Coralie refusait de quitter sa maison. « Matthieu ne comprendrait pas », déclarait-elle. Sa haine contre l'occupant ne désarmait pas. Elle proférait des menaces dès qu'elle croisait le chemin d'un Boche. Heureusement, elle sortait de moins en moins. Certaines personnes se signaient discrètement quand elles la voyaient passer. Toute de noir vêtue, le regard enfiévré, elle suscitait un sentiment de malaise et de gêne.

Léon ramena sa sœur chez elle après avoir bu une tasse d'ersatz de café et mangé quelque chose qui pouvait ressembler à du pain brioché, si l'on y mettait beaucoup de bonne volonté.

Antonia coucha le bébé dans le berceau qui avait été le sien, et qu'Honorine avait caché au grenier au moment de la réquisition des Ecaillères. Elle l'embrassa, cherchant sur ses traits une ressemblance avec Julien. Il reviendrait, elle voulait s'en persuader.

— Dors, mon bébé, dors, chuchota-t-elle.

Elle rejoignit Benjamine dans le jardin. Avant la guerre, une tonnelle avait été aménagée devant la cuisine.

Il faisait bon s'y tenir l'été, à l'ombre de la glycine. Les Allemands avaient descellé le banc et la table de pierre, ôté la structure métallique. L'habitude était restée, cependant, de venir là le soir.

Les deux femmes firent quelques pas en direction des Ecaillères avant de s'arrêter d'un même mouvement. Pas question pour elles de s'engager sur le chemin menant à la grande maison Warlet.

— Finalement, cette journée s'est bien passée, commenta Benjamine.

Elle passa un bras protecteur autour des épaules d'Antonia.

— Tu sais, je suis très fière de toi. Tu as plus de cran que je n'en ai jamais eu.

Elles se sourirent. Benjamine lui tapota le bras.

— J'y vais. Félicien doit se demander où je suis passée.

Antonia s'adossa au tronc d'un hêtre. La chaleur commençait à tomber, une odeur d'humus montait de la terre. A cet instant, Julien lui manqua avec une intensité telle que les larmes lui emplirent les yeux. Etait-il seulement encore en vie ? Pensait-il toujours à elle ? Ces questions la torturaient sans répit. La nuit, elle se réveillait, en sueur, victime de cauchemars. Elle se revoyait interrogée par Riesner, appelait Julien en vain. Parfois, elle se disait que cette maudite guerre n'aurait jamais de fin, que les Ardennais étaient condamnés à rester sous la domination allemande.

Comme pour confirmer cette impression, une silhouette se détacha des arbres, s'avança vers elle sur le chemin. Elle reconnut l'uniforme du commandant d'étape, se raidit. Chaque fois qu'elle le rencontrait, sa joue la brûlait.

— Bonsoir, mademoiselle Fournier, déclara-t-il, insistant à dessein sur le « mademoiselle ».

Elle répondit froidement à son salut. Il la félicita pour le baptême de son fils, enchaîna en faisant remarquer que l'événement avait suscité nombre de commentaires parmi les soldats cantonnés à La Roche-Laval. Il fallait les comprendre, expliqua-t-il, patelin. La plus belle fille du pays donnant naissance à un enfant sans être mariée, forcément, on se posait des questions au sujet du père. On parlait d'un prisonnier russe, ou même d'un Allemand.

Antonia serra les dents.

— Ma vie privée ne regarde que moi.

Riesner hocha la tête.

— Certes, certes, mais… comment vous dire, mademoiselle Fournier ? Votre statut a changé. Demoiselle, vous étiez une personne irréprochable et, de ce fait, intouchable. Devenue, comment dit-on déjà chez vous ? fille-mère, vous n'êtes plus respectable. Je voulais simplement vous prévenir.

Il la salua brièvement avant de faire demi-tour, la laissant désemparée sur le chemin. Elle frissonna. Le parc, pourtant si familier, paraissait tout à coup receler quelque obscure menace.

37

1917

Guillaume passa la main sur sa joue non rasée et
écrasa, presque machinalement, un pou qui courait
dans sa barbe. C'était le genre de geste qui rassurait,
avant l'attaque. Les copains et lui avaient ainsi toute
une série de rituels, comme pour conjurer la mort,
omniprésente.

L'amitié les unissant constituait la meilleure chose
qui lui soit arrivée. Face à des conditions de vie inhu-
maines, le groupe des copains offrait une chaleur, une
gaieté même, inestimables. Pas question, en effet, de
flancher. De toute manière, ils avaient tous remarqué
un curieux phénomène. Lorsqu'un « poilu » traversait
une grosse crise de cafard et écrivait une lettre à ses
proches avant l'assaut, en général, il ne revenait pas au
campement. Guillaume en avait vu, des camarades, les
tripes à l'air, ou pulvérisés. Il aurait dû se blinder. Il ne
le pouvait pas. Chaque fois, il se disait : « C'était un
gars comme moi. Pourquoi lui ? »

Cornez prétendait qu'il ne fallait surtout pas se
poser ce genre de question. « On est foutu si l'on
commence », affirmait-il. Cornez avait survécu, lui aussi.
Sa distraction le protégeait des atrocités du quotidien.

Sous les bombes, il récitait à voix haute des poèmes entiers. Raymond, l'anarchiste, croyait dur comme fer que cela faisait peur aux Boches.

Les Boches. Parfois, Guillaume éprouvait des sentiments ambivalents à leur égard. Bien sûr, il était convaincu qu'il valait mieux, comme disait Raymond, « faire le boucher plutôt que le cochon » mais, de temps à autre, il se surprenait à penser que les pauvres diables, de l'autre côté des barbelés, n'étaient pas mieux lotis qu'eux-mêmes.

C'était le genre d'idée qu'il valait mieux ne pas trop approfondir, sous peine de perdre la rage et le désir de vivre malgré tout. Lui, ce qui le poussait à tenir, c'était Marie.

Cousette avant la guerre, elle s'était engagée dans une usine d'armement. Guillaume allait la retrouver à Paris chaque fois qu'il avait une permission. Les parents de Marie, des commerçants, le recevaient comme un fils. Il avait trouvé chez eux la chaleur qui lui avait manqué tout au long de son enfance et de son adolescence.

La chaleur : curieusement, dans la boue, le froid, l'humidité, c'était le mot qui caractérisait le mieux ses relations avec les copains et avec Marie. Il n'avait pas de nouvelles de sa famille et avait renoncé à écrire. De toute manière, il était impossible de communiquer avec les Ardennes occupées. Il se demandait parfois ce que son père était devenu, s'étonnant de ne plus éprouver cette flambée de haine qui l'avait longtemps consumé. Bertrand Warlet appartenait à une autre vie. Guillaume avait changé. Le jour où il se retrouverait face à face avec son père, il refuserait de se laisser piétiner. Pour cela, il devait survivre.

Il se pencha, caressa la tête hirsute de Pompon. Le chien partageait toujours leur existence et, faveur suprême, avait eu le droit de toucher un casque.

Guillaume parlait souvent de lui à Marie dans ses lettres. Le soir, il battait le briquet pour contempler la photographie qu'elle lui avait offerte au cours de sa dernière permission. Elle était telle qu'il l'avait imaginée avant de la connaître, avec ses cheveux blonds mousseux, ses yeux clairs et son sourire à fleur de cœur. Il l'aimait. Il avait l'intention de le lui dire la prochaine fois. Auprès d'elle, il se sentait différent. Quelqu'un de bien, enfin.

La voix du commandant Gallion le fit sursauter.

— Allez, les gars, c'est l'heure de la contre-attaque, il est temps d'entrer dans la danse.

Benoît soupira.

— Je ne la sens pas, cette virée.

Cornez lui administra une bourrade.

— Il y a si longtemps que ça dure, on devrait être habitués.

Les canons allemands pilonnaient le terrain. S'il avait dû représenter la guerre, Guillaume aurait dessiné un énorme trou d'obus. A force de vivre dans les tranchées, les poilus étaient devenus tout gris, comme les rats, comme la terre criblée d'éclats de mitraille.

Pompon dressa les oreilles.

— Plus vite ! criait Gallion derrière eux. Foncez, les gars !

Guillaume obéit sans se poser de questions. C'était son moyen de survie. Un vieux réserviste le lui avait expliqué un jour : « Si tu t'arrêtes pour regarder ce qui se passe, t'es mort. Si tu sursautes au moindre bruit, t'es mort aussi. Ici, pour résister, il faut être sourd et aveugle. En revanche, n'hésite jamais à courir. »

Survivre, c'était la promesse qu'ils s'étaient faite, Benoît, Cornez, Raymond et lui. Au plus fort de la mitraille, Guillaume n'avait pas le loisir de se poser de questions.

Pour une fois, cependant, il oublia ses bonnes résolutions en entendant un hurlement de douleur. Un camarade se tordait à trois pas de lui, prisonnier des lignes de barbelés.

— Mon gars, aide-moi, supplia-t-il.

Sans hésiter, Guillaume se pencha, souleva le blessé. Sa jambe était déchiquetée. Il le chargea sur son dos et courut jusqu'à un abri dans la tranchée la plus proche où un jeune médecin officiait dans la boue et le sang.

— Sauvez ma jambe, implorait son camarade.

Guillaume repartit à l'assaut. Il vit tomber Benoît devant lui, ne parvint pas à le rejoindre. Au même instant, dans un fracas assourdissant, un éclat d'obus lui laboura le dos. Il s'affaissa. Une douleur atroce le submergea. Il pensa à Marie, de toutes ses forces, pour ne pas sombrer.

Il dut perdre conscience, cependant, car lorsqu'il rouvrit les yeux, il se trouvait sur un brancard et on le sortait d'une ambulance. Il aperçut un bâtiment qui ressemblait à un château, éprouva un choc en découvrant la cour d'honneur. Partout, sur des civières, sur de la paille jetée à la hâte, des hommes comme lui, des soldats, couverts de sang, agonisaient. Il eut un haut-le-cœur, éprouva une peur nue, viscérale et, en même temps, il se répéta comme une incantation : « Il faut que je m'en sorte. Pour Marie. »

Antonia, son capuchon rabattu sur ses cheveux, pressa le pas. Sa « compagne de bagne », Estelle, habitait à l'entrée du village, si bien que la jeune femme se retrouvait seule pour effectuer la dernière partie du trajet. Elle passait chaque soir près de la fosse Vulcain. Le souvenir de Julien l'emplissait toute. Elle était toujours sans nouvelles de lui et se disait parfois qu'il avait été tué, ou bien qu'il l'avait tout simplement

rayée de sa vie. Elle était partagée, alors, entre désespoir et colère. Elle refusait cependant de se laisser
sombrer. Il fallait tenir. Pour Alexandre, d'abord, et
pour les siens. Le travail auquel elle était contrainte,
comme nombre d'autres jeunes femmes du département, lui rapportait un pain par jour. Du pain noir et à
moitié moisi mais qui remplissait tout de même l'estomac. Son lait était tari depuis déjà plusieurs semaines
mais, grâce à son vieil ami Robert, le guérisseur, ils
avaient trouvé le moyen de nourrir son bébé. Robert,
en effet, avait réussi à garder chez lui, malgré toutes
les réquisitions, une petite chèvre blanche. Il n'avait
pas hésité à l'amener de nuit au pavillon où Honorine
l'avait cachée dans le cellier. La chevrette broutait
l'herbe que Benjamine allait lui ramasser au bord des
chemins et donnait du lait bien crémeux dont Alexandre
se régalait.

Antonia jeta un coup d'œil par-dessus son épaule.
Elle avait l'impression dérangeante d'être suivie depuis
qu'elle avait quitté la rue principale de La Roche-Laval.

Les conditions particulièrement rudes auxquelles
l'occupant les soumettait avaient aiguisé ses sensations. Toujours sur le qui-vive, Antonia n'avait qu'un
but, survivre.

Elle tressaillit. On marchait derrière elle. Elle se
retourna, se retrouva face à un jeune soldat dont elle
avait déjà croisé le chemin à plusieurs reprises. Il était
grand et maigre mais elle n'y prêta guère attention.
Son regard l'inquiéta. Il avait des yeux trop clairs, qui
la dévisageaient avec avidité. Il tendit la main vers elle
dans un geste sans équivoque.

— Tu vas me réchauffer, lui dit-il.

Antonia frissonna. On l'avait déjà importunée sans
que cela prête vraiment à conséquence. Son allure
droite et fière en imposait. Cette fois, cependant,
c'était différent. Le regard de l'Allemand disait que

rien ne l'arrêterait. Sans laisser à Antonia le temps de réagir ou de s'enfuir, il l'attira vers lui et lui serra le cou, en marmonnant des phrases inintelligibles.

A demi étranglée, suffoquant, Antonia lui planta les doigts dans les yeux. Aveuglé, il hurla, relâcha sa prise. La jeune femme se dégagea de son étreinte, tout en cherchant désespérément un moyen de le mettre hors d'état de nuire.

— Tiens bon, petite !

Elle vit alors surgir une silhouette toute de noir vêtue qui se glissa derrière son agresseur et lui porta un coup dans le dos. Le soldat s'affaissa sans un bruit. Antonia, tétanisée, écarquilla les yeux. Coralie émit un ricanement.

— Depuis le temps que je voulais venger mon Adeline ! Ne t'inquiète pas, petite, tu peux rentrer chez toi. Il ne fera plus de mal à personne, crois-moi.

— Oui, mais toi, grand-mère ?

— File ! ordonna Coralie d'un ton sans réplique.

Quand le père Huet, alerté par Antonia, arriva sur les lieux de l'agression, l'Allemand comme Coralie avaient disparu. Il trouva la vieille femme chez elle, occupée à tricoter devant la cheminée.

— Madame Servant, qu'avez-vous fait du Boche ? questionna-t-il.

Un lent sourire éclaira le visage creusé de rides de Coralie.

— Il est à sa place, au fond de la fosse, répondit-elle tranquillement. J'avais promis à mon Adeline de la venger. Œil pour œil.

— Ne me dites pas que vous avez traîné le cadavre jusqu'à la fosse ! Quel âge avez-vous donc ?

La vieille femme posa son tricot, soutint le regard incrédule de l'abbé.

— Je devais avoir soixante-quinze ans au printemps prochain. Je ne les verrai pas, ce n'est point grave. J'ai

271

fait ce que je devais faire, et je ne regrette rien, même si c'est pas trop chrétien. Vous qui êtes encore jeunot, saviez-vous qu'une des fosses avait été baptisée Adeline à cause de ma fille ? C'est mon père, André Lefort, qui en avait eu l'idée, c'est pour vous dire que je ne pouvais pas laisser ce maudit Boche étrangler ma petite Antonia.

Elle paraissait très calme, à présent. Apaisée. C'était à se demander, pensa le prêtre, comment elle avait trouvé la force de faire ce qu'elle avait fait.

— Il faudra me confesser, mon père, reprit la vieille femme.

Elle n'avait pas beaucoup de péchés sur la conscience, hormis ce coup de couteau, mais elle tenait à se mettre en règle avec le Seigneur.

— Pas de bêtises, n'est-ce pas ? gronda l'abbé.

De nouveau, Coralie sourit.

— Promis.

Elle savait ce qui allait se passer. On allait chercher partout le jeune Boche qui manquerait à l'appel puis le chef détesté, le commandant d'étape, adresserait un avis à la population en la menaçant de représailles. Et, comme personne ne pourrait dire ce qu'il était advenu de lui, il y aurait à coup sûr une prise d'otages, des exécutions d'innocents. Or, cela, Coralie ne le voulait à aucun prix.

Elle se signa, récita d'une voix décidée son acte de contrition.

Après le départ du prêtre, elle resta debout, dans la salle, à ranger ses trésors. Les Allemands avaient confisqué depuis longtemps sa machine à coudre. Il ne lui restait plus que quelques babioles, et ses souvenirs.

Au petit matin, elle s'enveloppa dans son châle noir, alla saluer une dernière fois le rosier de Matthieu, toujours vaillant, avant de passer par le cimetière.

— Je t'avais promis que je viendrais bientôt, dit-elle devant la tombe de son mari.

C'était jour d'appel. Tout le monde était rassemblé devant la Kommandantur, malgré le froid particulièrement piquant. Un vent âpre soufflait des Hauts. L'irruption de Coralie sur la place fut remarquée. Antonia esquissa le geste de s'avancer vers sa grand-mère. Félicien la retint.

— Laisse, petite.

Lui avait déjà compris. Cela faisait assez longtemps que sa sœur aspirait à rejoindre son mari et sa fille. Il respectait sa décision. Il tressaillit violemment, cependant, lorsque le revolver de Riesner cracha trois balles sur Coralie, à bout portant.

« J'ai tué un de vos sales Boches cette nuit, venait-elle de lui dire, et je continuerai jusqu'à ce que vous partiez définitivement. »

Un gémissement parcourut les villageois rassemblés quand la vieille dame s'affaissa sur le pavé. Une nouvelle fois, Félicien retint Antonia, qui s'élançait. Sans s'être concertés, le père Huet et lui sortirent du rang et se dirigèrent vers le commandant d'étape. Félicien se pencha vers sa sœur. Elle était morte sur le coup. Son visage était étrangement détendu.

— Vous nous laisserez au moins organiser ses funérailles, déclara-t-il, se contenant pour ne pas laisser éclater sa haine.

Riesner et lui échangèrent un regard glacial.

— Je trouve toujours votre famille sur mon chemin, remarqua l'Allemand d'une voix indéfinissable.

— C'était une vieille femme qui n'avait plus toute sa tête, intervint l'abbé, soucieux de dissiper la tension.

Riesner pensait au contraire qu'elle savait très bien ce qu'elle faisait. Refusant de mettre fin à ses jours par conviction chrétienne, elle s'était arrangée pour se faire tuer devant tout le village. Il ne manquerait plus qu'elle passe pour une martyre, à présent, s'il la faisait enterrer à la sauvette !

Rompant les chiens, il jeta au père Huet :

— Faites comme vous le jugerez bon, l'abbé. Du moment que je n'entends plus parler de cette histoire.

Il s'éloigna à grands pas, en lançant des ordres pour qu'on retrouve le corps du jeune soldat. Il n'était pas certain d'avoir réussi à sauver la face.

38

1918

L'homme qui comparaissait devant la kommandantur d'Hirson paraissait épuisé. Il avait été arrêté au
terme d'une course-poursuite dans les bois et ne parvenait pas à reprendre son souffle. De toute manière, cela
n'avait plus guère d'importance. Il allait mourir, il le
savait. Les Allemands seraient trop heureux de fusiller
celui qui faisait passer en Belgique, par les bois de
Saint-Michel, aussi bien des Français désireux d'échapper à l'occupation que des aviateurs anglais. Ils ne
prendraient pas en compte le fait qu'il était grassement
payé. Il avait couru toute sa vie après l'argent, pensa-
t-il, amer. Son château avait englouti sa fortune. Noémie
s'était ensuite empressée de dépenser ce qu'il gagnait,
sans qu'il émette de protestation. Quelque part, c'était
pour lui une sorte d'expiation. Sa course frénétique à
l'argent révélait chez Bertrand une singulière atrophie
des sentiments. Seul enfant d'un couple mal assorti, il
n'avait jamais appris à aimer. Parfois, il songeait
encore à Adeline en se disant qu'avec elle à ses côtés,
tout aurait pu être différent. Mais Adeline l'avait
repoussé, renforçant sa conviction que l'amour était un
sentiment inutile.

La mort de sa mère, en 1914, sous les bombardements intensifs de Reims, ne l'avait guère affecté. Il ne lui avait pas pardonné d'avoir refusé de lui venir en aide et d'avoir dilapidé son argent.

Il ne se sentait pas vraiment concerné par le discours haineux du commandant d'étape. Lui, Bertrand Warlet, un dangereux terroriste ? A tout autre moment, cela l'aurait fait beaucoup rire. Il se moquait bien de l'issue de la guerre. Il se moquait de tout, d'ailleurs, depuis que Noémie était morte, d'une mauvaise grippe, un mois auparavant.

Tous deux avaient formé un drôle de couple, uni par l'appât du gain. Installés à Hirson depuis 1906, ils avaient plutôt bien profité de la guerre. Noémie faisait travailler pour elle un réseau de contrebandières qui allaient chercher en Belgique tabac et ravitaillement. Elle revendait le tout très cher en ville. Cette femme avait le génie du commerce. Bertrand l'admirait sans aller jusqu'à le lui dire. Comparée à elle, Elisa était particulièrement terne !

Il n'avait pas cherché à savoir ce qu'étaient devenus sa femme et son fils. La page était tournée. En revanche, chaque fois qu'il le pouvait, il essayait de glaner quelques renseignements au sujet de La Roche-Laval et des ardoisières. C'était ainsi qu'il avait fini par apprendre la mort d'Adeline. Il en avait éprouvé un choc. Il la revoyait encore dans les bureaux, penchée sur des colonnes de chiffres, il sentait le léger parfum de poudre de riz qui émanait d'elle. Si elle avait bien voulu de lui, la vie de Bertrand aurait certainement pris un tour différent. De toute manière, c'était trop tard, désormais.

Il répondit par un haussement d'épaules au commandant d'étape, qui s'impatientait. Il connaissait la sentence. Lorsqu'il s'effondra, atteint de plusieurs balles, sa dernière pensée fut pour Adeline.

Antonia rajusta son fichu sur ses cheveux avant de masser d'un geste machinal ses reins endoloris.

— Je me demande combien de temps nous allons encore pouvoir résister, murmura-t-elle.

Elle n'aurait pas dû formuler à voix haute ce qu'elle pensait. Sa compagne Ginette avait déjà suffisamment le moral en berne. Tout comme Antonia, elle avait été envoyée dans le Rethélois effectuer des travaux de rempierrage, puis de chargement de wagons.

Les Allemands faisaient régner un climat de terreur accrue sur les Ardennes occupées en ce printemps 1918. Un immense espoir avait soulevé les habitants des Ecaillères lorsqu'ils avaient appris de la bouche du père Huet les revers subis par l'armée allemande. Grâce à son réseau, le prêtre avait des renseignements de première main.

Las ! A croire que cette série de défaites avait rendu les officiers enragés ! Alors que les soldats du Reich donnaient eux-mêmes des signes d'épuisement, leurs chefs ne perdaient rien de leur morgue et multipliaient brimades et représailles. Les sanctions tombaient, les prises d'otages se multipliaient, plongeant la région tout entière dans le désespoir.

Les Ardennais mouraient de faim et les plus âgés n'avaient pas résisté au terrible hiver. Dieu merci, les habitants du pavillon étaient rétus, et l'ingéniosité d'Honorine palliait la pénurie. « On finit par avoir l'habitude, disait-elle, de faire *yauque avé rin.* »

— On va encore avoir droit à un appel, soupira Ginette.

Ses jambes étaient rouges et gonflées. Tout comme Antonia et leurs camarades, elle souffrait de la faim, de la chaleur et de journées de travail épuisantes. Les jeunes femmes avaient en effet pour tâche de rempierrer et de combler les fossés le long de la voie de chemin de fer. Travaillant dans un endroit stratégique, elles se retrouvaient fréquemment sous des tirs d'obus. Lorsque leur journée de onze heures était achevée, elles se réfugiaient dans un bâtiment recouvert de tôle ondulée chauffée à blanc. Les premières nuits, Antonia, épuisée, avait tenté de trouver le sommeil sur une mauvaise paillasse. Elle avait eu tôt fait de comprendre son erreur. Au bout de quelques jours, les jeunes femmes étaient couvertes de vermine. Malgré leurs efforts, elles ne réussissaient pas à se débarrasser des poux et de la gale qui les empêchaient de dormir. Elles se grattaient tellement que leur corps était couvert de croûtes qui saignaient et s'infectaient sans cesse.

— Encore un avion ! s'écria Ginette.

Elle amorça un mouvement de repli vers le talus, mouvement stoppé par le chef.

— *Los !* hurla-t-il. Au travail !

Antonia jeta sa pelle d'un air décidé.

— Vous ne pensez tout de même pas que nous allons nous faire bombarder pour votre empereur ?

Ses camarades l'approuvèrent avec force.

Depuis mars, les bombardements se succédaient sur Rethel et ses environs. On finissait par redouter les nuits claires, d'autant que les baraquements dans lesquels étaient entassées les jeunes femmes ne comportaient pas de cave où se réfugier. Chaque fois que la sirène retentissait dans le lointain, Antonia pensait à Alexandre, se demandant si elle reverrait son fils.

Ginette, qui n'avait pas d'enfant, avait fini par cultiver un certain cynisme. « De toute façon, nous sommes toutes condamnées », affirmait-elle. Comment ne pas la comprendre ? Elles côtoyaient chaque jour la mort, sous les tirs des avions français et anglais, un comble ! Impitoyable, le caporal Basler les obligeait à continuer de remblayer malgré les dangers encourus. Lison, une jeune fille de seize ans, totalement paniquée par les bombardements, avait eu le dos cinglé de coups de cravache pour avoir abandonné sa pelle. Ginette et Antonia s'étaient interposées pour la défendre, ce qui leur avait valu de subir le même traitement. Les Françaises s'étaient plaintes auprès du prêtre qu'elles voyaient une fois par semaine. Celui-ci avait plaidé leur cause à Rethel, en vain. Il régnait sur la ville une panique telle que le sort de quelques prisonniers importait peu au commandement en place.

De toute manière, partout en France occupée, des jeunes gens étaient déportés, contraints à effectuer des travaux particulièrement pénibles, tout en n'étant que très peu nourris. « C'est la guerre », soupiraient quelques vieux soldats un peu plus compatissants que les autres, après avoir précisé qu'eux n'étaient pas Prussiens.

Plus encore que de l'épuisement, de la faim ou de la vermine, Antonia souffrait d'être coupée du reste du monde. Comment allait Alexandre ? Elle n'avait aucune nouvelle des siens et cette incertitude la minait.

Elle ne parvenait plus à se projeter dans l'avenir. Chaque journée se résumait pour elle à une succession interminable de tâches épuisantes. Le typhus, et même le choléra rôdaient dans Rethel.

Le caporal ne désarmait pas.

« Françaises fainéantes, glapissait-il. Au travail ! »

Les jeunes femmes qui s'éreintaient depuis le matin à combler des fossés le long de la voie de chemin de fer ne levèrent même pas le nez en entendant, en début de soirée, le vrombissement familier des avions venant du sud, de la France non occupée.

Basler profitait du rallongement des jours pour exiger encore plus de sa main-d'œuvre.

« Allemagne, tes esclaves ne te saluent pas », avait ironisé Antonia la veille.

Elle sentait monter en elle une haine sourde, exacerbée par leurs conditions de détention. Encore avaient-elles la chance, ses compagnes et elle, de loger dans leurs infâmes baraquements ! On racontait que des jeunes filles réquisitionnées à Givet et à Fromelennes partageaient la maison où elles étaient hébergées avec des jeunes gens belges et allemands, à la grande indignation de l'abbé.

— Sainte Vierge !

Blanche, une gamine, seize ans à peine, de grands yeux bleus sous une couronne de cheveux châtains, se signa précipitamment. Folle de terreur, elle lâcha sa pelle, s'enfuit vers la voie ferrée. Les deux mitrailleuses allemandes installées sur le terre-plein crachèrent en même temps. Touchée en pleine course, Blanche s'immobilisa quelques secondes avant de s'effondrer sur les cailloux. Ses camarades hurlèrent, se précipitèrent vers elle.

Antonia, en tête, sentit le souffle de l'obus. Les mitrailleuses crépitèrent de nouveau. Une douleur fulgurante lui traversa la poitrine. Sous le choc, elle s'évanouit.

39

1918

Benjamine s'agenouilla devant la statue de sainte Barbe, miraculeusement épargnée, et se signa lentement. Son désespoir et son angoisse étaient tels qu'elle se demandait parfois si elle aurait encore longtemps le courage de se battre. Heureusement, Félicien et Honorine la soutenaient. Et puis, il y avait Alexandre, le bébé d'Antonia, qui avait fait ses premiers pas et tendu les bras vers elle en criant de joie : « Maninine ! »

Pour le petit et pour Antonia, elle devait tenir. Même si la situation, au village, était plus que critique. Les habitants étaient réduits à manger ce qu'ils trouvaient, c'est-à-dire des pissenlits longuement bouillis ; il n'y avait plus rien pour les assaisonner.

Les Allemands, qui manquaient de tout eux aussi, pillaient de nuit les potagers. Impossible de protester ou même de se plaindre. L'un d'eux avait fait remarquer à Benjamine : « Vous travaillerez le ventre creux ! » Elle s'était contenue pour ne pas le souffleter, s'était tiré un sourire : « Faites donc, vous êtes chez vous... tant que nous n'aurons pas pris notre revanche ! »

L'idée même de revanche l'aidait à tenir bon. Riesner était parti. Un certain Feldkorn l'avait remplacé à la tête de la kommandantur et les villageois n'avaient pas tardé à comprendre combien ils perdaient au change. Feldkorn, en effet, avait décidé de faire travailler tout le monde, même les plus âgés, même les infirmes. Une femme envoyée aux champs alors qu'elle était grosse de huit mois avait accouché sous le soleil de midi et failli y rester. Son petit, chétif, n'avait pas survécu. « C'est bien dommage mais, enfin, ça vaut mieux comme ça », avaient commenté les méchantes langues de La Roche-Laval. Le père du bébé, en effet, était un soldat allemand reparti depuis pour le front. Pourtant, son statut de Bochette n'avait pas permis à la femme d'échapper au travail obligatoire. Feldkorn ne supportait pas le moindre passe-droit.

Léon était mort, lui aussi, et Félicien ne parvenait pas à s'en remettre. Agent de liaison comme son frère d'un réseau couvrant la France occupée, la Belgique et la Hollande, Léon faisait passer ses renseignements en France libre grâce à deux pigeons qu'il gardait chez lui, malgré l'interdiction formelle des autorités allemandes. Il avait fini par se faire pincer en flagrant délit et avait été abattu alors qu'il tentait de s'enfuir. Benjamine et Félicien l'avaient appris en voyant débarquer au pavillon Feldkorn lui-même. Il leur avait annoncé la mort de Léon d'un air navré, ajoutant avec cynisme : « Comme c'est dommage qu'il ait trouvé ce moyen de nous échapper ! Nous aurions eu beaucoup de plaisir à le fusiller. » Benjamine avait retenu Félicien, qui allait foncer tête baissée sur Feldkorn : « Nous n'en doutons pas », avait-elle laissé tomber, glaciale.

Impassible en apparence, elle avait assisté à la fouille systématique du pavillon tandis qu'Honorine, retranchée dans sa cuisine, fulminait contre « ces saletés de Boches ». Raidie, elle n'avait pas bronché quand les soldats avaient pillé sa bibliothèque. Elle n'avait pas détourné le regard lorsqu'ils avaient fait un feu de joie dans la cour avec les ouvrages hérités de son grand-père et les éditions rares traitant des ardoisières, auxquelles elle tenait tout particulièrement. Elle s'était bornée à dire : « Je ne souhaiterais pas être à votre place, commandant », et elle avait frissonné sous le regard glacial qu'il lui avait jeté.

Le même jour, il avait fait fouiller partout, jusqu'au fond des ardoisières, et elle avait remercié le ciel que Julien soit reparti depuis longtemps. Où se trouvait-il ? Etait-il seulement encore en vie ? Il lui arrivait de sangloter doucement, seule, le visage appuyé contre « son » vitrail, comme si elle pouvait y puiser de la force. Antonia lui manquait. C'était inhumain de rester ainsi, sans nouvelles, de prier dans le vide. Cela ne pouvait plus durer.

Dieu merci, si les officiers n'avaient rien perdu de leur morgue et de leur arrogance, les simples soldats, eux, n'affichaient plus l'assurance des vainqueurs. Félicien, qui remarquait tout, avait été le premier à dire à Benjamine que leurs uniformes étaient rapiécés et qu'ils semblaient avoir perdu une bonne partie de leurs certitudes. « Guerre *nicht* bon, pauvre madame », avait dit l'un d'eux à Honorine alors qu'il la voyait contempler d'un air désespéré son cellier vide. La cuisinière l'avait fusillé du regard : « Pauvre, moi ? alors que notre victoire approche ? »

Depuis le printemps, des convois de réfugiés venus de l'Aisne ou du Nord traversaient le village. L'occupant leur attribuait un logement, ou bien les renvoyait sur les routes, sans tenir compte du dénuement et de la fatigue extrême de ces infortunés. Benjamine avait recueilli Sylvia, une jeune femme de Guise, qui avait tout perdu. Elle soutenait son père, souffrant du cœur.

Il avait été victime de plusieurs malaises et il paraissait près de défaillir.

« Quelle misère ! » grommelait Honorine, réduite à essayer d'accommoder avec de la Céréaline des racines amères qu'elle espérait comestibles. Elle avait ainsi expérimenté avec un certain succès le « café de glands ». Elle faisait griller des glands bien secs dans une poêle en les remuant sans cesse puis, après qu'ils avaient refroidi, les écrasait. Il suffisait ensuite de les moudre dans le moulin à café et d'utiliser la poudre ainsi obtenue comme de la poudre de café.

La fille Maillart affirmait que son fils Jean, un gamin de dix ans qui avait fortement maigri depuis le début de la guerre, rongeait le bois des chaises de la cuisine dans l'espoir de tromper sa faim. Chaque fois qu'elle y pensait, Honorine se disait qu'ils risquaient fort de perdre toute humanité si la guerre perdurait.

Dieu merci, un formidable espoir les soulevait dès qu'ils entendaient le canon tonner. On se battait au sud et à l'ouest du département. Combien de temps encore faudrait-il tenir ? s'interrogeait Benjamine, scrutant le ciel. L'été qui s'annonçait serait superbe, comme un pied de nez à l'adresse de tous les militaires.

« J'ai un petit garçon, moi aussi, chez moi », avait dit Hans, le *Feldwebel*, un jour où Benjamine promenait Alexandre dans son landau.

Le soleil parait le verdou de striures dorées. Le village semblait paisible.

« Que deviendrons-nous *après* la guerre ? », avait songé Benjamine en éprouvant un pincement au cœur. D'une certaine manière, son caractère de battante lui avait permis de ne pas baisser les bras, mais qu'adviendrait-il de tous ces jeunes blessés dans leur chair ? Chaque fois qu'elle s'ouvrait de ses craintes auprès de Félicien, il soupirait : « Pour l'instant, il faut tenir. Après… nous avons fait notre temps, Benjamine.

Moi, tout au moins. » Elle ne supportait pas de l'entendre parler ainsi. Elle avait tant à rattraper, notamment avec Antonia.

En même temps, elle savait qu'il avait raison. Ils étaient deux vieillards, leur vie était derrière eux. Cette certitude la glaçait.

Le soleil jouait dans le feuillage des arbres, irisant la surface du lac, irréel. Guillaume contempla d'un air émerveillé le cadre bucolique du bois de Boulogne.

— Toute cette paix… murmura-t-il.

Marie lui pressa la main.

— C'est fini, à présent.

Il lui sourit sans répondre. Il était passé devant la commission de convalescence avant d'obtenir une permission de quarante-cinq jours. Les autorités militaires ne lâchaient pas si facilement leur chair à canon ! Même blessé, Guillaume devrait retourner au front.

Une ombre voila son regard. Il avait gardé des souvenirs confus des jours qui avaient suivi son arrivée dans la cour du château de Prée. Il savait qu'il n'oublierait jamais la vision de ces jeunes gens agonisants, ni leurs gémissements. Il avait pensé : « Je suis foutu. » Une infirmière s'était penchée sur lui, avait pris son pouls.

« Celui-ci a une chance », avait-elle dit.

Quand il y songeait, c'était horrible. De la chance, oui, il en avait eu, puisqu'un médecin militaire l'avait sauvé. Il s'était retrouvé dans une salle aux murs lambrissés, aux côtés de dizaines d'autres blessés. La fièvre le brûlait, ainsi que cette douleur, difficilement tolérable, dans le dos. Il avait été opéré dans ce qui devait être l'office. Il se rappelait les gémissements, l'air soucieux du chirurgien, sa blouse maculée de sang. Il avait sombré sous les effets de l'éther et du chloroforme. Lorsqu'il avait enfin repris conscience, il s'était demandé s'il était encore vivant. La douleur ressentie l'avait vite rassuré. Il avait déliré plusieurs jours avant de pouvoir faire écrire à Marie.

Au bout de deux mois, il était passé devant la commission de convalescence, alors qu'il tenait à peine sur ses jambes. Le voyage en train avait été épuisant mais, heureusement, Marie l'attendait sur le quai de la gare. Depuis, Guillaume vivait sur un nuage, en s'efforçant de ne pas songer au moment où il repartirait pour le front.

Il sourit à Marie.

— Veux-tu m'épouser ? Je n'ai rien, seulement mon amour pour toi, et la certitude que je saurai te rendre heureuse. Quand la guerre sera finie...

Marie se pencha, posa délicatement la main sur ses lèvres.

— Maintenant. Le plus vite possible, souffla-t-elle. Il ne faut pas laisser passer une seule chance de bonheur.

Il ne savait pas ce qu'il était advenu de ses parents mais, au fond, peu lui importait. Son père l'avait abandonné depuis longtemps et sa mère ne s'était jamais vraiment souciée de lui. Il n'avait plus qu'une famille : Marie, et ses copains. Il embrassa la jeune fille.

— Tu as raison, Marie. Je vais parler à tes parents dès ce soir.

Avec elle, il aurait peut-être le courage d'envisager son retour au front.

Tout en sachant qu'il n'avait pas le choix.

L'abbé Huet courait sur la route menant aux Écaillères. Il ne prit même pas la peine d'essuyer la sueur ruisselant sur son front. Il franchit les grilles au petit trot, manqua entrer en collision avec *Fraulein* Gabriella qui effectuait sa promenade digestive au pas de charge. Le prêtre la salua en marmonnant une phrase d'excuse.

L'infirmière le suivit d'un regard intrigué. Décidément, ces Français étaient bien agités ! se dit-elle.

L'abbé poussa la porte du pavillon, bouscula Sylvia et se rua dans la cuisine.

— Elle est vivante ! cria-t-il à l'adresse de Benjamine qui était en train de peser une espèce de poussière malodorante appelée « farine », qui contenait des produits aussi divers que de la paille et même de la sciure.

Elle se redressa. Tout à coup, elle rayonnait.

— Vous êtes sûr, l'abbé ?

— Certain. Le père Lacombes de Rethel m'a fait parvenir ce message par l'intermédiaire des sœurs de Monthermé. Antonia a été blessée. On doit la rapatrier sous peu.

— Blessée, répéta Benjamine.

Elle avait craint le pire en ne voyant pas revenir la jeune femme de ses deux mois de travail requis. Malgré ses plaintes réitérées auprès de la kommandantur, il lui avait été impossible de savoir où Antonia se trouvait.

— Vous avez perdu tout libre arbitre, plastronnait Feldkorn. Vous, les Français, êtes prisonniers de ce pays qui ne vous appartient plus.

Benjamine se moquait bien de ses rodomontades. Seule Antonia lui importait. Aussi sauta-t-elle sans plus de façons au cou du père Huet.

— Dieu vous bénisse, l'abbé. Et aussi notre chère sainte Barbe. Quand Antonia rentre-t-elle à la maison ? Est-ce que je peux… ?

Il secoua la tête.

— Voyons, n'en demandez pas trop. Elle a été sauvée par un médecin allemand, un certain Brenner. Il a extrait la balle de mitrailleuse qui l'avait touchée. Je ne sais pas si vous vous rendez compte.

Elle ne comprenait qu'une chose. Elle avait failli perdre sa fille.

Elle se pencha au-dessus d'Alexandre qui babillait dans son « cadot », un petit fauteuil dans lequel il se tenait bien droit.

— Ta maman va revenir bientôt, mon chéri, lui dit-elle en le prenant dans ses bras.

Lorsque Antonia serait de retour, Benjamine retrouverait l'espérance. Pas avant.

— L'abbé Lacombes m'a également fait dire que de nombreux trains de blessés transitaient par Amagne-Lucquy, reprit le prêtre.

Avant de préciser :

— Des blessés allemands, bien sûr.

Cette information corroborait leurs impressions. Les simples soldats se laissaient parfois aller à soupirer :

— *Krieg... nicht gut*[1] !

Et Sylvia, qui comprenait bien l'allemand, traduisait au fur et à mesure. Des émeutes avaient éclaté en Allemagne en janvier. Le peuple mourait de faim, lui aussi. La fameuse offensive tant annoncée n'avait pas donné les résultats escomptés. L'élan vainqueur était retombé, faisant place à la lassitude et au découragement. De chaque côté du front, deux armées épuisées guettaient la première défaillance de l'autre. C'était à la fois pathétique et choquant.

— Plusieurs générations auront perdu leur âme dans ce conflit, estimait Félicien.

Il regrettait amèrement l'époque où les ardoisières fonctionnaient à plein régime. Désormais, le village, comme tout le département, d'ailleurs, était exsangue.

Honorine fit une entrée triomphale dans la cuisine. Elle brandissait une bouteille de goutte, qui avait plus de trente ans d'âge.

1. « Guerre... pas bon ! »

— Ça fait quatre ans que je réussis à la cacher aux Boches, s'écria-t-elle. C'est le jour où jamais de la déboucher.

Félicien secoua la tête.

— Pas encore, Norine. Ta goutte peut bien attendre encore un peu. Antonia doit être parmi nous.

40

1918

La carriole bringuebalante de l'abbé Huet marqua un temps d'arrêt au sommet de la côte Nor'Goutte. On l'appelait ainsi depuis plus de soixante ans, depuis qu'un roulier particulièrement amateur de gnôle avait pris le pli d'y faire une halte pour boire « nor'une goutte » avant d'atteindre La Roche-Laval.

« Comme elle a maigri ! », pensa à nouveau le prêtre, observant à la dérobée la silhouette fragile d'Antonia.

— Veux-tu te dégourdir un peu les jambes ? lui proposa-t-il.

En guise de réponse, elle sauta sur le sol. Elle prit une longue inspiration, s'imprégnant de l'air piquant qui lui avait tant manqué dans l'église Saint-Nicolas de Rethel. Elle retrouvait avec une joie sans mélange le ciel clair, traversé de légers nuages, la Meuse dans laquelle se reflétaient les toits d'ardoise des maisons, les collines couvertes de hêtres, de bouleaux et de résineux. Elle était de retour chez elle, enfin ! Au cours des derniers mois, elle s'était battue avec acharnement pour ne pas mourir. Le chirurgien allemand, le docteur Brenner, l'avait sauvée en extrayant la balle proche du cœur. Si Ginette n'avait pas fait autant de tapage,

Antonia serait restée le long de la voie de chemin de fer. Dieu merci, le sinistre caporal Basler avait enfin accepté que la jeune femme soit ramenée à Rethel sur un brancard. Là, elle avait été dirigée vers l'église Saint-Nicolas transformée en lazaret. Les bancs avaient été enlevés, des paillasses jetées dans la nef. Une simple cloison de planches séparait les deux grandes nefs. Antonia, consciente malgré la douleur atroce qui lui labourait la poitrine, avait eu le temps de remarquer que le chœur était transformé en salle d'opération. L'armoire aux instruments chirurgicaux était placée sur l'autel. Elle avait prié, alors, avec ferveur, avant de sombrer dans l'inconscience. Lorsqu'elle avait émergé de son sommeil artificiel, elle n'avait pas reconnu la nef de l'église Saint-Nicolas. Elle devait apprendre un peu plus tard qu'on l'avait transportée dans une maison particulière de la rue Mazarin.

Là, des religieuses se relayaient au chevet des blessés civils. Antonia avait longtemps déliré. D'horribles cauchemars la poursuivaient. Elle revoyait la tragédie d'Haybes, elle tentait désespérément de retrouver le visage de Julien qui se diluait dans une sorte de brouillard... Sœur Augustine, qui s'occupait d'elle, venait parfois la réconforter au cours de la nuit.

« Nous vivons une époque difficile, lui avait-elle confié un soir. Il faut tenir, mon petit. Entendez-vous le canon ? Les nôtres avancent. C'est une question de mois, peut-être même de jours. »

Antonia s'était raccrochée à cette idée. Malgré ses demandes réitérées, il ne lui avait pas été possible d'envoyer de ses nouvelles aux Ecaillères. Rethel, trop proche de Reims, objet de combats incessants, était coupée du reste du pays. Seuls les prêtres et les religieuses parvenaient encore à circuler, tout au moins tant que les autorités allemandes ne s'y opposaient pas.

Tout dépendait du contexte. Un repli, un échec sur la ligne de front, et l'occupant durcissait sa position.

Antonia commençait à peine à se remettre lorsqu'une nouvelle épidémie de fièvre typhoïde se propagea dans Rethel. Atteinte parmi les premiers, elle dériva de nouveau pendant près d'un mois. Quand elle reçut enfin l'autorisation de rentrer chez elle, Antonia n'était plus qu'une ombre, flottant dans des vêtements qui ne lui appartenaient pas. Peu lui importait. Elle quittait enfin la ville où elle avait failli mourir à deux reprises.

La canonnade faisait toujours rage. Assise à la fenêtre, Antonia avait vu se succéder dans les rues des convois de blessés. Il y en avait partout, semblait-il. Impression que lui confirmait sœur Augustine, débordée. La religieuse lui avait rapporté que tout le pays allait être pilonné par des bombardements intensifs. Les Allemands avaient déjà prévu l'évacuation des Rethélois. La nuit, les bombes tombaient sans relâche.

Le jour du départ, Antonia, encore vacillante, avait attendu deux bonnes heures sur le quai de la gare en compagnie de plusieurs Rethélois qui avaient eu le droit d'emporter trente kilos de bagages. Il avait fallu beaucoup de patience pour aider à monter une très vieille dame, pratiquement impotente. Sœur Augustine avait tenu compagnie à Antonia.

« Les jésuites allemands, qui nous ont tant aidées au cours des quatre dernières années, partent à destination de l'Allemagne, avait-elle expliqué à la jeune femme. Il a été convenu qu'ils emporteraient avec eux les vases sacrés et les ornements de Saint-Nicolas. Plût à Dieu qu'ils puissent les mettre en lieu sûr et nous les restituer à la fin de la guerre. »

Le pillage, en effet, était systématique. Antonia, le cœur serré, avait assisté à des scènes pathétiques. Dans les maisons abandonnées par leurs occupants, les Allemands raflaient tout : meubles, matelas, machines à coudre, tableaux. Le presbytère des Minimes avait été vidé de fond en comble. Des soldats s'étaient emparés du bénitier des Dauphins et de nombreux tableaux de l'église Saint-Nicolas. Sœur Augustine lui avait rapporté que l'église avait été laissée dans un état lamentable. Les verrières brisées côtoyaient des paillasses et de la charpie ensanglantées. Puis la religieuse l'avait serrée contre elle : « Le Seigneur vous bénisse, mon enfant. Prions pour le retour des jours meilleurs. »

Le train, tous feux éteints, s'était enfin ébranlé, lentement, beaucoup trop lentement au gré d'Antonia, en direction de Fumay. Le voyage avait duré plus de vingt heures. Antonia, exténuée, transie, avait trouvé refuge au presbytère où le religieux, venu de Dinant, avait réussi à se mettre en rapport avec l'abbé Huet de La Roche-Laval. Celui-ci avait multiplié les recommandations dès son arrivée : « Antonia, ne va pas prendre froid. Je me ferais écharper par Benjamine et Honorine. Elles sont redoutables, tu sais. A croire que les épreuves leur donnent de la force. »

Epuisée, la jeune femme avait esquissé un sourire. Elle avait tellement hâte de retrouver les siens et, en même temps, elle était inquiète. Alexandre ne la reconnaîtrait pas. Comment réagirait-il face à cette inconnue ? Elle resserra le châle obligeamment offert par une Rethéloise, lingère de son état. On avait dû lui raser la tête lorsque la fièvre typhoïde s'était déclarée. La seule fois où elle s'était trouvée face à son reflet, dans le hall de la gare, Antonia s'était demandé qui était cette inconnue devant elle. Elle aurait voulu poser au prêtre une foule de questions, mais elle n'en avait pas la force.

L'abbé arrêta sa carriole devant les grilles des Ecaillères. Benjamine et Félicien attendaient leur fille. Si Félicien ne put retenir un gémissement, douleur et colère mêlées, en découvrant le triste état dans lequel se trouvait Antonia, Benjamine, elle, se contenta de serrer la jeune femme contre elle.

— Ça va aller, ma chérie, tu es rentrée à la maison, lui dit-elle.

Tous trois, enlacés, regagnèrent le pavillon. Le père Huet se racla la gorge. Maudite humidité ! Pour un peu, on aurait pu croire qu'il pleurait.

Honorine, pour sa part, n'avait jamais su se taire.

— Sainte Vierge ! Tes cheveux, petite, s'écria-t-elle, au désespoir.

Antonia sourit.

— Ils repousseront. En revanche, tous ces mois perdus ne reviendront jamais.

Elle ne se lassait pas de contempler son fils. Consciente de sa maigreur, elle n'avait pas tenté de l'embrasser. Agenouillée près de lui devant la cheminée, elle l'apprivoisait en fredonnant *Au clair de la lune*, sa berceuse préférée lorsqu'elle-même était enfant.

Benjamine tendit la main, caressa la tête de sa fille.

— On dirait un oisillon tombé du nid, murmura-t-elle. Chérie, tu nous as tant manqué !

C'était plus facile, désormais, de laisser voir ce qu'elle éprouvait. Elle ne voulait plus perdre de temps à dissimuler ses sentiments. Quatre années de guerre lui avaient permis de se défaire du poids des conventions.

Félicien se racla la gorge. Eux aussi avaient terriblement maigri, songea Antonia. Si, par chance, les Allemands étaient enfin chassés du département, ils laisseraient derrière eux une Ardenne exsangue.

Honorine lui servit d'autorité un bol de bouillon de racines. Il avait au moins le mérite d'être chaud. Tout en buvant, Antonia risqua un regard du côté de Pierre-Antoine. Il donnait l'impression d'être transformé en gisant de pierre. Il n'avait pas bougé de sa place durant les sept mois écoulés.

Félicien secoua la tête.

— Il est dans son monde. Ne te frappe pas, Antonia. C'est peut-être mieux ainsi. Tu sais qu'il n'a pas supporté la mort d'Adeline.

Elle comprenait, bien sûr. Elle-même avait souhaité mourir après le drame survenu à Haybes mais, en même temps, elle savait qu'elle était forte, plus forte que Pierre-Antoine. Elle avait en elle la rage de se battre, pour s'en sortir. Comme Benjamine, sa mère.

Abasourdie, Benjamine contempla le pont de La Roche-Laval à demi effondré. Les premiers jours de novembre avaient été marqués par des bombardements incessants et un flot d'hommes las, blessés, épuisés, remontait vers l'Allemagne. La *Gazette des Ardennes* avait cessé de paraître à compter du 5 novembre et, pour les Ardennais, c'était un signe qui ne trompait pas. Enfin, l'ennemi marquait le pas. Les villageois ne parvenaient pas à dormir. Trop d'espoir, trop de bruit. Jour et nuit, en effet, ce qui restait de l'armée allemande se traînait vers le nord, n'ayant, semblait-il, qu'un but, passer la Meuse. Les informations les plus contradictoires circulaient. Les 8, 9 et 10 novembre avaient été marqués par une succession ininterrompue de bombardements du côté de Tournes et de Mézières. L'horizon sanglant témoignait de la violence des tirs. Le 11, un soldat français haletant avait frappé à la porte de Robert, le guérisseur.

Il avait annoncé que la paix venait d'être signée avant de s'évanouir, épuisé. Robert l'avait ranimé d'une bonne rasade de goutte de sa fabrication et avait insisté pour qu'il prenne un peu de repos. Le soldat ne l'avait pas écouté. Il devait prévenir les autres villages en aval, de toute manière, ses camarades le suivaient de près. Une heure plus tard, il tombait, fauché par les tirs des mitrailleuses postées à flanc de colline. Robert, qui avait couru prévenir Antonia et tout le village, avait fermé les yeux du pauvre garçon en se demandant une nouvelle fois dans quel monde ils vivaient.

Au cours des heures suivantes, des combats avaient opposé les avant-postes français aux Allemands qui protégeaient la retraite des leurs en tenant le pont sous leurs tirs. Les officiers avaient quitté La Roche-Laval dans une voiture noire.

Honorine, courant la première aux Ecaillères malgré ses mauvaises jambes, avait découvert qu'ils avaient emporté avec eux ce qui restait de l'argenterie et laissé la demeure dans un état de saleté et de délabrement accablant. Elle en aurait pleuré, de rage et d'impuissance. Benjamine, la rejoignant, l'avait réconfortée : « Nous sommes vivants, Norine. C'est déjà beaucoup. Nettoyer, reconstruire, nous y arriverons toujours. Du moment qu'ils sont partis. » Les deux femmes s'étaient étreintes en pleurant. Honorine contemplait sa cuisine dévastée dans laquelle Eugène était mort et, lentement, les paroles prononcées par Benjamine s'imposaient à elle. Oui, ils étaient encore en vie, malgré les privations et les brimades subies.

Elle s'essuya les yeux d'un revers de la main.

— On commence par quoi ?

Et toutes deux se mirent à rire en même temps. Deux vieilles femmes, maigres comme il n'était pas permis, en train de retrousser leurs manches alors que l'ennemi tirait encore. Deux filles d'écaillons, dures au mal, dures à la peine.

A cet instant, Benjamine sut qu'ils s'en sortiraient.

41

1919

Un soleil insolent éclairait le verdou de la fosse
Vulcain, révélant que la végétation, en cinq ans d'inactivité, avait déjà repris ses droits sur l'amoncellement
de débris et de blocs de schiste.

Sous le regard ébahi du chef de chantier, Benjamine
s'engagea dans la descenderie, sans pour autant se laisser glisser comme le faisaient les écaillons autrefois.
Elle descendit les boursons des échelles à reculons, en
pestant contre son âge. Girardot, le chef de chantier, se
rapprocha de Félicien.

— Sacrée bonne femme ! commenta-t-il d'une voix
admirative. Je n'aurais jamais pensé...

— C'est une fille de l'ardoise, coupa Félicien. A dix
ans, elle courait déjà dans les galeries. Si vous n'êtes
pas d'ici, vous ne pouvez pas comprendre.

Son regard se perdit vers la Meuse. Il avait gardé le
souvenir des scènes vécues en novembre 1918, quand
les Allemands battaient en retraite dans un désordre
invraisemblable. Certains soldats brisaient leur fusil,
d'autres piétinaient leurs camarades blessés pour traverser plus vite le fleuve. Alors que, les jours précé-
dant l'armistice, des officiers avaient encore procédé à

un pillage systématique de ce qui avait quelque valeur, après le 11 novembre, les soldats abandonnaient au bord des routes charrettes et camions embourbés. Des chevaux morts d'épuisement, ou victimes des derniers bombardements, gisaient, le ventre gonflé, sur le bas-côté. Des péniches chargées à ras bord menaçaient de couler. L'occupant fuyait, laissant derrière lui un pays dans le dénuement le plus complet.

Les femmes et les vieillards avaient retroussé leurs manches. De toute manière, ils n'avaient guère le choix. Les Allemands partis, on mesurait encore plus cruellement à quel point le département avait été dépouillé. A Mézières, en ultime présent de l'occupant, un bombardement d'une violence inouïe avait détruit l'hôpital et la place d'Armes, provoquant des dizaines de morts et de blessés. Le pays n'avait plus de voitures, plus de chevaux, plus de bétail, plus d'usines. Il fallait tout reconstruire. Sans moyens, car on n'était pas près de toucher les dommages de guerre promis.

« Nous reviendrons ! avait lancé Feldkorn à Antonia en montant en voiture. Les conditions de la paix sont trop humiliantes pour l'Allemagne, avait-il ajouté. Nous ne laisserons pas cet affront impuni. » Un éternel désir de revanche entraînerait-il une spirale de violence ? Antonia refusait d'y croire. Elle avait trop besoin d'espoir.

Chaque jour, elle attendait le retour de Julien, en vain. Benjamine, agacée de la voir tourner en rond, lui avait suggéré de se rendre à Mézières où l'on avait grand besoin de médecins et d'infirmières. Suggestion qu'Antonia avait suivie avec soulagement.

Tout comme sa mère, elle ne supportait pas l'inaction. Pendant qu'elle travaillait, elle s'efforçait de ne pas penser à Julien. Elle avait guetté longtemps le retour des soldats, dans l'espoir d'apercevoir une silhouette familière. Il n'avait jamais reparu à La Roche-

Laval. Antonia avait pleuré, souvent, le soir, dans sa chambre retrouvée aux Ecaillères. La maison Warlet, dans un triste état, avait dû être nettoyée de fond en comble avant qu'Antonia, son père et son fils ne s'y installent à nouveau. Sylvia les y avait accompagnés. La jeune femme avait préféré rester au village après la mort de son père. Antonia et elle s'entendaient bien et Sylvia savait s'y prendre avec Alexandre. Le fils d'Antonia, en effet, n'avait pas toujours un caractère facile.

« Quoi d'étonnant quand on connaît sa mère ? », persiflait Honorine.

Antonia souriait, d'un air lointain. Malgré ses efforts, elle ne parvenait pas à oublier Julien. Désespérant de le voir revenir, elle avait pensé se rendre à Saint-Quentin pour essayer de savoir ce qu'il était devenu, avant d'y renoncer finalement. Elle ne voulait pas être celle qui suppliait. Aux Ecaillères, personne n'osait lui parler de Julien. Pour en dire quoi, d'ailleurs ? Qu'il était reparti plus de deux ans auparavant, qu'elle ignorait tout de lui, ou presque, ne sachant même pas s'il était toujours vivant. Parfois, lorsqu'elle croisait le regard vide de blessés frappés d'amnésie, elle se demandait si ce n'était pas l'explication de ce silence cruel, mortel. Pourtant, c'était plus fort qu'elle, elle n'imaginait pas que Julien ait pu l'oublier. Chaque heure qu'ils avaient passée ensemble était gravée dans son cœur, dans son corps. Lorsqu'elle regardait son fils, elle retrouvait les traits de Julien, et cela lui donnait la force de ne pas craquer.

Benjamine, au fond du puits, songeait à Antonia et aux liens qui les unissaient. Elle s'était battue pour accélérer les travaux, remettre en marche les ardoisières le plus vite possible. Il fallait embaucher les ouvriers rentrés chez eux, pour produire. La demande était particulièrement forte dans une France dont une grande partie du patrimoine immobilier avait été détruit. Benjamine avait eu le cœur serré lorsqu'elle avait recensé ses écaillons en état de travailler. De nombreux jeunes de La Roche-Laval n'étaient pas revenus de la guerre. C'étaient de braves garçons, qu'elle avait connus tout jeunes et qui avaient fréquenté l'école d'apprentissage. Ils étaient tombés dans les tranchées de la Champagne, de la Meuse ou de l'Aisne, victimes d'un conflit trop long, trop meurtrier. Benjamine ne pouvait songer à eux sans colère ni révolte.

Girardot se pencha au-dessus des marches. Au fond, la patronne arpentait le sol comme si elle s'était trouvée dans son élément naturel.

— Il y a de quoi faire, dit-elle en remontant.

Elle entreprit aussitôt de décrire à Félicien la qualité de la scaille repérée. Les bureaux et les baraques des fendeurs avaient été nettoyés, désinfectés. Benjamine avait obtenu un crédit de son banquier ainsi qu'une avance de charbon et le rétablissement d'une ligne électrique. Les entreprises qui redémarreraient le plus rapidement réaliseraient les profits les plus importants. La demande, en effet, était si forte que les prix grimpaient de façon vertigineuse. La tonne d'ardoises, qui coûtait quatre-vingt-quinze francs en 1913, était passée à *plus de trois cent dix francs* en 1919. Benjamine, manquant de main-d'œuvre spécialisée, avait dû faire appel à des écaillons de Belgique.

Elle avait promis des primes afin de stimuler la productivité. Félicien et elle avaient dressé un tableau d'intéressement. Ils ne pouvaient plus compter sur Pierre-Antoine, de plus en plus réfugié dans son monde intérieur. Benjamine savait qu'elle avait besoin d'un régisseur, sans toutefois accomplir les démarches nécessaires. Cela lui paraissait choquant, presque indécent vis-à-vis de Pierre-Antoine.

Parfois, elle se demandait pourquoi elle se donnait autant de peine. Antonia n'avait pas en elle la passion de l'ardoise, elle ne lui en tenait pas rigueur, c'était ainsi. Elle ignorait si Guillaume Warlet était encore en vie et, d'ailleurs, lui non plus n'était pas un maître ardoisier. Cependant, quand elle entendit de nouveau le bruit étrangement familier de la salle des machines, elle sut qu'elle se battait d'abord pour Félicien et pour elle.

L'ardoise faisait partie de leur vie, elle constituait le ciment de leur couple. Pour cette seule raison, elle se refusait à baisser les bras.

Il descendit du train à Revin, préférant finir le trajet à pied. Tout en marchant d'un bon pas, il s'imprégnait du paysage. L'automne seyait tout particulièrement à la forêt ardennaise. La livrée pourpre et or des arbres dissimulait les coupes opérées par les Allemands durant plus de quatre ans. Même si le pays avait gardé des traces importantes des destructions et des pillages, une formidable volonté de reconstruction avait permis de redresser des pans entiers de l'économie. Il marcha un peu plus vite en apercevant la silhouette du chevalement. Lorsqu'il était venu pour la première fois à La Roche-Laval, les installations des ardoisières étaient démantelées.

Chaque fois qu'il avait failli s'effondrer, au cours des dernières années, le souvenir d'Antonia l'avait aidé à tenir. Arrêté en 1917, il avait été envoyé au Kommando de Bazeilles après un simulacre de procès.

Les prisonniers étaient enfermés dans une ancienne vermicellerie située tout près de la gare. Pas de chauffage, bien sûr, malgré le froid glacial, pas de paillasses, rien que le ciment, et pas de nourriture.

Il avait assisté à des scènes inouïes. Des prisonniers affamés avaient rongé les pousses de bois de la haie cernant le camp et se tordaient ensuite, souffrant de violentes coliques. Un Flamand avait attrapé un rat et commencé à le dévorer. Ecœuré, il s'était détourné, en se maudissant. Il savait qu'il avait basculé en enfer. Il devait tenir. Au bout de trois jours interminables, ils avaient enfin pu manger une mauvaise soupe, du bouillon d'eau tiède, plutôt, dans lequel surnageaient quelques morceaux de légumes ratatinés. Plusieurs hommes étaient prêts à s'entretuer pour cette maigre pitance. Ce jour-là, il s'était lié d'amitié avec Hubert, un Luxembourgeois. A deux, ils se sentaient plus forts.

Durant deux mois, ils avaient connu un régime de forçats. Sous la surveillance d'une sentinelle armée d'un revolver et d'un gourdin, les prisonniers avaient travaillé à la construction d'une voie ferrée. Equipés de pics, ils devaient combler le ballast, porter de lourdes traverses de chêne et les mettre en place. Le tout à un rythme infernal, en mourant de faim et d'épuisement. Pendant ces deux mois, une seule pensée avait permis à Julien de tenir. Retrouver Antonia. Les prisonniers, qui étaient cinquante à leur arrivée à Bazeilles, n'étaient plus que vingt au bout de huit semaines. On les avait alors ramenés au château fort de Sedan, transformé en bagne. Là-bas, Julien et Hubert avaient continué de se serrer les coudes. A Sedan, le régime était différent, peut-être encore plus pernicieux. Vêtus de loques qui ne parvenaient pas à les protéger du froid glacial et de l'humidité, mourant toujours de faim, ils devaient subir un appel qui leur semblait interminable, à six heures trente, avant de partir, au pas, trébuchant dans leurs mauvais sabots, en direction de Torcy, de l'autre côté de la ville, où ils déchargeaient, suivant les jours, wagons ou péniches. Rituel immuable, rythmé par les coups de gueule des gardiens et des sentinelles, prompts à manier la schlague et le bâton.

Un matin, Julien s'était vu, tel qu'il était devenu, dans le regard effrayé d'une inconnue croisée sur le trottoir, place Turenne. Elle avait tendu la main vers lui, comme pour lui porter secours. Julien n'avait pas eu le temps de la mettre en garde. Déjà, l'un des gardiens – comme le disait Hubert en riant, ils avaient si peur de leurs prisonniers qu'ils étaient plus nombreux qu'eux ! – s'était précipité pour repousser la pauvre femme. Les coups de schlague s'étaient abattus sur le dos et la tête de Julien. Bien qu'il en ait désormais l'habitude, il avait résolu ce jour-là de tout tenter pour s'enfuir. Il ne le pouvait pas, cependant, tant qu'Hubert était à ses côtés. Son ami, qui gardait un sens de l'humour redoutable, déclinait chaque jour. Il pâlissait un peu plus lorsqu'il voyait la camionnette de la Croix-Rouge s'arrêter au pied de la citadelle et emporter son lot quasi journalier de cadavres simplement enroulés dans un drap. Les pauvres diables du bagne de Sedan n'étaient pas plus respectés morts que vivants. Les prisonniers, en effet, n'avaient pas tardé à apprendre que les jeunes médecins attachés à l'Asfeld, un important hôpital militaire, avaient besoin de nombreux cadavres. Pourquoi auraient-ils effectué leurs opérations de dissection sur les morts allemands alors que le bagne de Sedan fournissait journellement ou presque son lot de corps ?

C'était tragiquement simple et si atroce que les prisonniers ne pouvaient s'empêcher de frissonner chaque fois qu'ils apercevaient la camionnette portant – horrible dérision – l'emblème de la Croix-Rouge.

« Promets-moi de t'en tirer, mon gars, disait Hubert. Pour les mettre échec et mat. » C'était un moyen qu'ils avaient trouvé pour ne pas sombrer dans la folie. Le soir, pour oublier l'épuisement, la faim qui taraudait le ventre, la promiscuité avec les droits communs, la vermine, Julien et Hubert se livraient à d'interminables parties d'échecs – dans leur tête. Ils visualisaient l'échiquier qu'ils connaissaient par cœur, avançaient leurs pions, sous le regard intrigué de leurs camarades.

Jusqu'au soir où Hubert s'allongea sur son étroit bat-flanc et dit d'une drôle de voix : « Excuse-moi, mon gars, je suis vraiment crevé aujourd'hui. »

Il flottait dans ses guenilles. Durant la nuit, il se réveilla à plusieurs reprises, grelottant de fièvre. Il refusa pourtant que Julien l'emmène à l'infirmerie, et celui-ci n'insista pas. A Sedan, tous les prisonniers savaient qu'elle constituait l'antichambre de la mort. Un sinistre médecin, qui devait avoir une idée très vague de la valeur du serment d'Hippocrate, administrait une piqûre mortelle aux malades.

Ils étaient condamnés à mort, et Julien réfutait cette certitude de toutes ses forces.

Jamais il n'oublierait le visage livide d'Hubert, son ami, lorsque celui-ci était tombé mort durant l'appel. Il avait voulu le relever, le tenir dans ses bras. Un garde l'en avait empêché, à coups de poing, à coups de pied. La haine, la révolte avaient submergé Julien. Daniel, un camarade plus âgé, lui avait murmuré entre ses dents : « Laisse courir. Tu ne voudrais quand même pas lui faire gagner cinquante marks ? »

Il faisait allusion à la prime que recevaient les sentinelles du bagne de Sedan pour chaque prisonnier abattu.

Sonné, Julien s'était laissé entraîner par ses compagnons d'infortune. Il avait passé la journée dans un état d'hébétude complète, jusqu'au moment où il avait arrêté sa décision. A tout prendre, plutôt que de crever comme un chien, il préférait mourir debout. Et, si jamais il existait une chance infime de s'en sortir, il la tenterait. Pour Antonia.

Il s'était enfui huit jours plus tard. Il avait préparé son évasion avec le soin qu'il apportait à ses missions, avant. Daniel, dans la confidence, s'était tordu de douleur, simulant une crise d'épilepsie. Le gardien avait eu quelques secondes d'hésitation. Julien les avait aussitôt mises à profit pour se dissimuler sous un wagon. La nuit tombait. Daniel, gratifié d'une « valse », comme disaient entre eux les prisonniers, s'était relevé, péniblement. La colonne devait quitter le chantier, regagner la citadelle-prison. Les Français avaient entonné *La Matchiche* tout en marchant au pas. Julien, le cœur serré, avait assisté à leur départ. Dès que les échos de la chanson s'étaient éloignés, il était sorti de sa cachette, s'était glissé dans les bois.

Il était libre, enfin ! Pour combien de temps ?

Il était à demi mort de faim et d'épuisement lorsqu'il avait frappé à la porte d'une maison forestière, sur la route d'Alle, de l'autre côté de la frontière. Un homme âgé lui avait ouvert. Avant de s'effondrer sur le plancher, Julien avait soufflé : « Je viens de m'évader du bagne de Sedan. Je ne suis pas un criminel, seulement un résistant à l'occupant. Si vous devez me dénoncer, faites-le tout de suite, qu'on en finisse. »

On l'avait soigné, nourri, réchauffé. Lorsqu'il était reparti, il avait rejoint son quartier général, à Bruxelles.

Il avait appris la signature de l'armistice alors qu'il se trouvait encore en Belgique. Par la suite, il n'avait pas eu le loisir de revenir en France. Envoyé en mission en Allemagne avec les forces d'occupation, Julien avait passé plusieurs mois à Worms, où il avait pu manger à sa faim. Il s'abrutissait de travail, espérant qu'ainsi le temps passerait plus vite.

Cent fois, il avait pensé écrire à Antonia, pour y renoncer au dernier moment. Les mots lui paraissaient dérisoires. Il fallait qu'il la revoie, qu'il lui parle.

Il marqua un temps d'arrêt devant la fosse Vulcain. Une activité intense régnait sur le site. Julien ne reconnaissait plus grand-chose. Il se demanda brusquement s'il n'avait pas imaginé son refuge au fond, les visites nocturnes d'Antonia, leurs étreintes passionnées sur les bassats.

Il aurait peut-être fait demi-tour. La silhouette sortant des bureaux lui parut vaguement familière. C'était une vieille dame qui se tenait bien droite. Elle portait une cape grise que le vent soulevait. Une mèche fauve surprenait, dans ses cheveux blancs. Il nota tout à coup la ressemblance avec Antonia.

Benjamine s'avança vers lui, la main tendue.

— Bonjour, Julien Pasteurs, dit-elle comme s'ils s'étaient quittés la veille. Vous avez de la chance, ajouta-t-elle, Antonia ne travaille pas aujourd'hui.

Elle l'accompagna jusqu'aux Ecaillères, où il n'était jamais venu. Tout en devisant avec lui, elle éprouvait un curieux sentiment de dédoublement. « Il est revenu », se dit-elle, heureuse pour Antonia, et pour Alexandre.

Elle retint Julien sur le seuil de la maison Warlet.

— Antonia est encore fragile, précisa-t-elle. Elle a été gravement blessée à Rethel.

Elle hésita. Ce n'était pas à elle de mentionner l'existence d'Alexandre. Julien lui sourit. Il avait souffert, lui aussi, pensa Benjamine en remarquant son visage aminci, marqué de rides profondes.

— Je suis revenu dès que je l'ai pu, répondit-il. La guerre est finie à présent et, si Antonia veut toujours de moi, j'ai bien l'intention de l'emmener à Saint-Quentin.

Le cœur de Benjamine se serra. Elle se morigéna aussitôt. Elle savait bien, en effet, qu'Antonia attendait le retour de Julien depuis trois ans.

— Allez vite la rejoindre, se contenta-t-elle de dire.

Elle retourna à pas lents vers le pavillon. Elle se sentait à la fois heureuse et lasse. Elle avait toujours su qu'Antonia ne prendrait pas sa suite à la tête des ardoisières. Son neveu Guillaume était venu à La Roche-Laval au printemps 1919. Il lui avait présenté sa jeune femme, Marie, une jolie blonde. Benjamine l'avait trouvé changé, beaucoup plus sûr de lui. Il travaillait comme menuisier dans un atelier parisien. Il était heureux, avait-il dit simplement à sa tante. Il n'avait pas éludé les questions délicates. Elisa était morte d'une pneumonie durant l'hiver 1914. Bertrand avait été exécuté par les Allemands en 1918.

Guillaume et Marie avaient promis de donner de leurs nouvelles. En les regardant partir, Benjamine avait pensé que, décidément, il n'y avait plus de Warlet pour prendre la relève.

Il faisait bon dans la cuisine du pavillon. Honorine, toujours vaillante malgré ses rhumatismes, faisait les gaufres, « aidée » par Alexandre. L'enfant s'élança vers Benjamine.

— Regarde, Maninine ! s'écria-t-il, excité, en brandissant un objet que Benjamine reconnut tout de suite.

C'était l'ardoise rouge qu'elle gardait précieusement sur son bureau, en souvenir de son père. Profondément émue, Benjamine se pencha vers son petit-fils.

— Tu sais de quoi il s'agit, mon bonhomme ?

Bien sûr qu'il savait. Félicien le lui avait expliqué. C'était de la scaille, et il espérait bien avoir le droit de descendre au fond pour ses trois ans.

Benjamine et Félicien échangèrent un regard ému. La vie continuait, malgré tout. La vieille dame entraîna Alexandre dans le bureau en rotonde, le prit dans ses bras pour qu'il contemple le vitrail intact.

— Regarde bien, Alexandre. Mon père, mon grand-père et son père avant lui étaient des maîtres ardoisiers. Tu es un maillon de la chaîne. La sixième génération.

Il était trop jeune pour comprendre, mais elle savait qu'il n'oublierait pas l'ardoise rouge, qui l'avait suffisamment fasciné pour qu'il s'en empare, ni le vitrail.

Félicien et Benjamine se sourirent. Un drôle de sourire, proche des larmes.

— Eh bien, qui veut goûter mes gaufres ? s'écria Honorine depuis le seuil de la cuisine.

Alexandre fila. Félicien rejoignit Benjamine devant le vitrail.

— Savez-vous à quel point je vous aime ? lui soufflat-il.

Elle leva vers lui un visage émerveillé, et il pensa qu'il n'avait jamais vu plus belle femme.

— Vous ne me l'aviez jamais dit, mais je crois bien l'avoir deviné, répondit-elle en souriant.

Là-bas, sur le chemin venant des Ecaillères, Antonia et Julien marchaient, hanche contre hanche, épaule contre épaule.

1938

Avec l'aisance d'un vieil écaillon, Alexandre Pasteurs dégringola les échelles et rejoignit Lucien au fond
de la fosse Adeline.

Le contremaître, qui avait travaillé avec Benjamine et
Félicien avant la guerre, était l'un de ceux qui connaissaient le mieux les ardoisières Warlet. Il parlait
d'ailleurs souvent à Alexandre des « vieux », comme il
disait, avec beaucoup de respect et de tendresse dans la
voix. Les grands-parents d'Alexandre étaient morts en
1926, alors que l'entreprise venait de connaître six
années d'expansion et de prospérité sans précédent. Benjamine, malade depuis plusieurs semaines mais refusant
avec force de se faire hospitaliser, avait succombé à un
œdème pulmonaire. Antonia et Félicien étaient restés à
ses côtés. C'était Félicien qui, d'une main tremblante,
avait fermé les yeux de son amante. Il l'avait contem-
plée durant un long moment avant de suggérer à Antonia d'aller prendre un peu de repos.

Lorsqu'elle était revenue au petit matin, elle avait
découvert son père allongé auprès de Benjamine sur le
grand lit. On aurait dit qu'il dormait, mais Antonia
avait déjà la certitude qu'il n'en était rien. Son cœur

qui, lui avait-il confié une fois, ne battait plus que pour eux trois – Benjamine, Alexandre et Antonia –, son cœur de quatre-vingt-cinq ans avait cessé de battre, tout simplement.

Les parents d'Alexandre avaient suivi les consignes de Benjamine. Elle tenait à être enterrée aux côtés de Félicien, sous une ardoise d'Ardenne. L'emplacement était choisi depuis longtemps, un endroit stratégique d'où l'on apercevait aussi bien le ruban de la Meuse que les silhouettes des chevalements et un pan du toit des Ecaillères. La mort officialisait enfin leur amour, mais personne ne s'en souciait vraiment, à La Roche-Laval. Une foule considérable s'était déplacée pour rendre hommage à la patronne et au vieil écaillon.

Alexandre se rappelait que, ce jour-là, il avait tenu bien serrée dans sa main l'ardoise rouge que « Maninine » lui avait offerte. Depuis, elle n'avait pas quitté son bureau, la table en schiste de sa grand-mère.

— On peut faire un nouveau forage. Il y a de la belle scaille, là, à coup sûr, suggéra Lucien.

Alexandre hocha la tête. Il avait repris le flambeau au terme d'une période difficile, durant laquelle l'entreprise avait subi les conséquences de la crise de 1929. Heureusement que Lucien lui avait donné un sacré coup de main ! Et puis, il y avait les écaillons, qui avaient fait bloc autour de « Cencendre », comme ils l'appelaient, car ils l'avaient connu tout môme. Le garçon avait suivi les cours de l'école d'apprentissage, il était descendu au fond alors qu'il avait à peine huit ans. « Maninine » n'avait pas eu besoin de l'encourager, il avait l'ardoise en lui. Ses parents ne s'étaient pas opposés à sa vocation. Il lui semblait même que sa mère était heureuse de le voir succéder à Benjamine. Il avait dû se battre, pourtant, pour sauvegarder les ardoisières Warlet dans un contexte de crise. Nombre d'entreprises avaient été contraintes de fermer, notamment celles qui travaillaient pour la Grande-Bretagne et avaient été frappées de plein fouet par la grande crise de 1929.

Ce qui avait sauvé l'entreprise Warlet, c'était le formidable esprit de corps qui caractérisait les écaillons et leur qualification exceptionnelle. La qualité de leur production était reconnue aussi bien en France qu'en Europe. Alexandre envisageait désormais l'avenir avec sérénité. Il n'avait pas failli. Il était, lui aussi, maître ardoisier.

Lucien et lui remontèrent à l'air libre. Un vent plus que frisquet soufflait sur le site. Alexandre, tête nue, le sourire aux lèvres, aspira l'air vif à longues goulées. Les années à venir promettaient d'être exceptionnelles pour les ardoisières Warlet.

Il n'accorda pas la moindre attention à la nuée de corbeaux qui, perchés sur les fils, considéraient le chevalement d'un air moqueur. Contrairement à son père, Alexandre refusait de penser que la paix était menacée. Tous ceux qui avaient tant souffert de l'occupation allemande n'affirmaient-ils pas que la guerre de 14-18 était « la der des ders » ?

Toujours souriant, il se dirigea en sifflotant vers son bureau.

Le ciel était rouge, du côté de la Belgique, mais il ne s'en rendit pas compte. Il songeait à cette nouvelle machine, qu'il avait conçue deux ans auparavant, et il était heureux.

POCKET N° 13855

FRANÇOISE BOURDON
La Figuière
en héritage

POCKET

« *Tout, dans ce roman, est réussi : l'intrigue, la psychologie, le dénouement.* »

La Manche Libre

Françoise
BOURDON
LA FIGUIÈRE EN
HÉRITAGE

Lorsque Mélanie découvre la Figuière, elle y voit le refuge où elle pourra oublier son enfance difficile. Pour y vivre, elle doit quitter ceux qu'elle aime et épouser Alexis Gauthier, propriétaire d'une distillerie d'absinthe. Mais elle ne peut laisser passer la chance que lui offre la « Fée verte »...

POCKET N°14336

FRANÇOISE BOURDON

La nuit de l'amandier

> *« Une héroïne attachante. Des sentiments très forts pour cette saga provençale. »*
>
> *L'Est-Éclair Libération*

Françoise BOURDON
LA NUIT DE L'AMANDIER

Anna se croyait promise à Martin, mais celui-ci en a épousé une autre. Lorsqu'elle rencontre Armand, pâtissier, la jeune femme croit enfin avoir trouvé le bonheur. Mais alors que l'ombre de la Grande Guerre se profile, une lettre de Martin vient bouleverser cet heureux équilibre...

POCKET N°14565

FRANÇOISE BOURDON
La Combe
aux Oliviers

POCKET

« [Un] style
dépouillé et
merveilleuse-
ment adapté aux
grandes sagas
familiales. »

L'Union - L'Ardennais

**Françoise
BOURDON
LA COMBE
AUX OLIVIERS**

À la mort de son père, Lucrèce Valentin, passionnée
d'oliviers, prend la direction du domaine familial.
Mais la prospérité ne dure pas : veuve et mère d'une
fillette atteinte de la polio, Lucrèce doit désormais
faire face à la Seconde Guerre mondiale. La Résistance a commencé...

Imprimé en France par CPI
en juin 2020
N° d'impression : 2051178

Dépôt légal : mai 2006
Suite du premier tirage : juin 2020
S15036/14